BERND WEILER

Butterbrezel

KRIMINALROMAN

emons:

Bibliografische Information der Deutschen Nationalbibliothek
Die Deutsche Nationalbibliothek verzeichnet diese Publikation in der Deutschen Nationalbibliografie; detaillierte bibliografische Daten sind im Internet über http://dnb.d-nb.de abrufbar.

FSC www.fsc.org
MIX
Papier aus verantwortungsvollen Quellen
FSC® C083411

Umschlagmotiv: photocase.com/pfosti
Umschlaggestaltung: Tobias Doetsch
Gestaltung Innenteil: César Satz & Grafik GmbH, Köln
Lektorat: Susann Säuberlich, Neubiberg
Druck und Bindung: CPI – Clausen & Bosse, Leck
Printed in Germany 2015
Erstausgabe 2014
ISBN 978-3-95451-400-7
Originalausgabe

Für Elisabeth

Es ist nicht die Zeit, die Menschen macht,
es sind die Menschen, die ihre Zeit machen.
Bernd Weiler

Vorwort des Autors

Liebe Leser, als ich das Manuskript zu diesem Buch verfasste, war die Geschichte der FDP noch nicht so weit geschrieben, wie sie es heute ist. Als Autor habe ich gewisse Entwicklungen beobachtet und spekuliert, wohin der Weg der FDP wohl gehen würde. Dass es so gekommen ist, wie es gekommen ist, mag Zufall oder Unausweichlichkeit sein. Ich sah keinen Grund, meinen Text jetzt, mehr als zwei Jahre nach seinem Entstehen, in dieser Hinsicht zu korrigieren. Natürlich wünschen Frieder Kötzle und ich der FDP gute Besserung.

Eine kleine Anmerkung zum Buch: Als ich »Leberkäsweckle« schrieb, wollte ich damit nicht aufhören. Also habe ich weitergeschrieben. Was dann entstand, ist das, was euch, liebe Leser, mit der »Butterbrezel« nun vorliegt. Pfenningen sollte sich weiterentwickeln, die Personen sollten ihre Wege gehen, und vor allem sollte der Schriftsteller sich endlich finden. Zusammen mit meiner Lektorin, Susann Säuberlich, die Gott sei Dank den ersten Band nicht gelesen hatte, habe ich versucht, einen Anschluss herzustellen. Trotz alledem möchte ich empfehlen, vielleicht den ersten Band, also »Leberkäsweckle«, dann doch noch vorher zu kaufen und zu lesen. Das ist keine neue Marketingmasche, sondern ein gut gemeinter Aufruf des Autors, denn dann macht das Lesen dieses Buches auf jeden Fall mehr Spaß. Ich wünsche ein fröhliches Leseerlebnis.

Prolog

Drei Tote in Pfenningen!

Gestern erreichte den Beutlinger Generalanzeiger ein Bericht seines Pfenninger Korrespondenten Ignaz Würer über die Geschehnisse der letzten Tage im Nachbarort Pfenningen. Würer sprach auch mit der örtlichen Kriminalpolizei.

Drei tote Menschen gibt es in unserer Nachbarstadt Pfenningen zu beklagen. Kommissar Knöpfle vom Pfenninger Revier erklärte gegenüber dem Beutlinger Generalanzeiger, dass es eine Reihe von unglücklichen Todesfällen in Pfenningen gegeben habe. Begonnen habe das Ganze mit dem Tod von Elfriede Schuckerle, die von der Ehefrau des Pfenninger Bürgermeisters, Luise Bremer, versehentlich beim Waffenreinigen erschossen wurde. »Des war a Ofall«, meldete sich dazu der bekannte Kommissar Schirmer zu Wort. Ein weiterer Toter war am selben Tag an einer Kreuzung der Hauptstraße ganz in der Nähe der Christuskirche zu beklagen. Franz Werth hatte beim Überqueren der Straße den Bürgerbus übersehen und wurde bei der Kollision tödlich verletzt. Mehr als verletzt wurde tags darauf die Sekretärin des Bürgermeisters an den Rathaustreppen. Wie bekannt wurde, hatte Hans Bremer einen Auftragskiller gedungen, seine Frau aus der Welt zu schaffen, der dann versehentlich die Sekretärin erschoss. Laut Kommissar Knöpfle werde hier noch ermittelt, die Hintergründe seien noch nicht klar. Wie zu hören war, ging diese Aktion wohl vom Pfenninger »Atlas-Grill« aus. Der Täter befindet sich noch auf der Flucht.

Ein vermeintlich vierter Toter entpuppte sich als Kunstprojekt einer Klasse am hiesigen Goethe-Gymnasium. Die Jugendlichen hatten eine männliche Figur im Kühlraum der Mensa einfrieren wollen. Als dies einer der Kochenden bemerkte, verständigte er umgehend die Polizei. Beutlinger Beamte ermittelten vor Ort, was vorgefallen war. Sie stellten fest, dass es sich lediglich um eine Pappmaschee-Figur handelte. Die Pfenninger Kriminalbeamten erlebten diesen falschen Todesfall nur von Weitem, denn sie waren, wie auch übrigens die Beutlinger Kriminalpolizei, mit anderen Fällen beschäftigt. Wie aus gut unterrichteten Kreisen bekannt wurde, verschwand unter sehr seltsamen Umständen ein Polizeifahrzeug. Wie unsere Zeitung berichtete, gab es am vergangenen Freitagabend einen Facebook-Aufruf zu einer Fete am Georgenberg. Die Jugendlichen strömten auch aus Beutlingen an die Berghänge. Wie es zu dem kam, was dann folgte, kann sich Dr. Sommerwagen von der Beutlinger Kreisklinik nur dadurch erklären, dass jemand die Getränke der Jugendlichen mit etwas versetzt hatte. Inzwischen hat sich eine Gruppe »Rache für den Georgenberg« gegründet, die nach dem Schuldigen für diese Sauerei sucht. Wie Herr Dr. Sommerwagen berichtet, waren die Stationen des Beutlinger Kreiskrankenhauses mit den unzähligen Neuaufnahmen völlig überfordert. Erst jetzt, nach Tagen, könne man wieder einigermaßen mit offener Nase durchs Haus gehen. Allerdings, so Dr. Sommerwagen, sei es interessant, dass gerade lange Liegefälle und auch Frischoperierte eine teilweise unglaubliche Genesung erfahren hätten. Offensichtlich, so der Mediziner, habe sie der Gestank aus ihren Betten getrieben. Dr. Sommerwagen plant in diesem Zusammenhang eine Veröffentlichung im Medical Journal. Im Gespräch teilte der Doktor unserer Zeitung weitere Pfenninger Fälle mit. Die Frau des Bürgermeisters, Luise Bremer, Opfer eines Hausbrandes, war leider ihren Verletzungen erlegen. Die Anlieferung ihres eigenen Grabsteines hatte sie so aus der Fassung gebracht, dass sie sich mit ein paar Gläsern Cognac beruhigen musste. Mit etwa zwei Promille im Blut habe sie auf dem Stuhl das Gleichgewicht verloren, sei am Herd angeschlagen und bewusstlos zu Boden gegangen. Dabei hatte sie wohl die Herdschalter gestreift und so den Brand in Gang gesetzt.

Außerdem, so Dr. Sommerwagen, sei ein Pfenninger Geistlicher mehrmals mit verschiedenen Verletzungen bei ihm auf Station gewesen. Dem Patienten gehe es inzwischen besser, er sei entlassen worden. Des Weiteren seien auch ein Angestellter der Stadtverwaltung, ein Pfenninger Einzelhändler und ein Polizeiassistent bei ihm eingeliefert worden. Nachforschungen unserer Zeitung ergaben, dass es sich bei dem Einzelhändler um Hans M. handelt. Wie Augenzeugen berichten, sei dieser von der Sekretärin des Bürgermeisters attackiert worden, als diese wegen der Verletzung des Stadtverwaltungsbeamten einen Notruf absetzen wollte.

Es mag für den Leser verwirrend sein, was ich aus Pfenningen zu berichten habe. Ein Gespräch mit dem Gütlesbesitzer Frieder K., auf dessen Wiese das Pfenninger Besäufnis stattfand, war wenig ergiebig. Herr K., einmal Ressortleiter Politik unserer Zeitung, konnte zusammen mit Alfred R. am Samstagmorgen lediglich die Verunreinigung der Wiese feststellen. »A Mordssauerei«, so der Rentner Alfred R. Wie es zu dem Facebook-Aufruf gekommen war, konnte sich Frieder K. nicht erklären. Auch im Zusammenhang mit dem Verschwinden des Polizeifahrzeugs, das zwei Tage später weiß angestrichen und mit einem Strohhut über dem Blaulicht plötzlich wieder hinter der Wache stand, wollte der Pensionär keine Angaben machen.

Nun wäre dies eine zwar schwierige, aber doch machbare Berichterstattung. Es kommt aber hinzu, dass all diese Vorfälle in der örtlichen Zeitung, dem »Pfenninger Blatt«, in literarischer Form beschrieben wurden. Die Redaktion des »Pfenninger« wollte zu diesen Veröffentlichungen keine Informationen geben. Allerdings konnte Kommissar Knöpfle unserer Zeitung gegenüber nicht verhehlen, dass ein hiesiger Schriftsteller verhaftet worden sei. Nachforschungen ergaben aber, dass es sich wohl um zwei verhaftete Schriftsteller handelt. Der eine, Zyrill von Ebhausen, wird sich in einigen Wochen wegen des Besitzes von Kinderpornografie zu verantworten haben, der andere, Bernd Weiler, scheint derjenige gewesen zu sein, der diese Zeitungsartikel geschrieben hat. Die Kommissare machten den Eindruck, als ob ihnen meine Recherchen in dieser Angelegenheit nicht gerade recht wären. Offensichtlich hatte dieser Schriftsteller einen deutlichen Wissensvorsprung gegenüber der örtlichen Kriminalpolizei. Wie zu hören war, ermittelten die Kommissare eher ihren eigentlichen Fällen hinterher.

Wie uns Kommissar Knöpfle auf weiteres Nachfragen erklärte, sei dieser Bernd Weiler aus der Untersuchungshaft im Trübinger Gefängnis auf mysteriöse Weise geflohen. Zu allem Überfluss, so Knöpfle, habe er auch noch den Hans Bremer »mitgehen lassen«, wenn man ihm diese Formulierung erlaube. Wo sich die beiden Flüchtigen im Augenblick aufhielten, das entziehe sich seiner Kenntnis, so Kommissar Knöpfle. »Weg send se halt«, so Kommissar Schirmer aus dem Nebenzimmer. Die beiden Beamten machten nicht gerade den Eindruck, die Situation in irgendeiner Weise im Griff zu haben. Die Artikelserie im »Pfenninger Blatt« war mit »Stille Tage am Albtrauf« überschrieben gewesen. Stille Tage waren das in keinem Fall. Es werde noch einige Zeit dauern, bis die Polizei über die Vorkommnisse in Pfenningen einen umfassenden Bericht liefern könne, so Kommissar Knöpfle. Der Beutlinger Generalanzeiger wird seine werte Leserschaft über weitere Entwicklungen in Pfenningen auf dem Laufenden halten.

Weitere stille Tage am Albtrauf

So ging das doch nicht mit dem Schreiben, dachte der Schriftsteller. Hier in diesem Verlies konnte er kaum richtig Luft holen. Frei war er, gut, das schon, aber in diesem Keller konnte doch keiner ein paar vernünftige Worte aneinanderreihen. Er brauchte die Freiheit, den Wind, die Berge und auch mal ein kühles Bier.

Fast wünschte er, er hätte damals die Versorgung von Hans Bremer, als der hier einsaß, ein wenig mehr kritisiert und verbessert. Davon könnte er heute profitieren. So blieb die Versorgung hier eine einzige Zumutung. Dabei war doch alles so gut gelaufen. Der Litauer hatte dafür gesorgt, dass er wieder aus dem Gefängnis kam. Das war so was gewesen. Er hatte natürlich gleich an Literatur gedacht, »Der Graf von Monte Christo« etwa, »Papillon« oder die »Flucht aus Alcatraz«. Von wegen. Er wusste bis heute nicht, woher sein Zellenkollege, genannt die Glatze, all die vielen Schlüssel hatte und warum da überhaupt kein Wärter zu sehen gewesen war. Das war anscheinend ein sehr personalarmes Gefängnis dort in Trübingen, dachte er.

Jedenfalls waren sie, das konnte er so schreiben, einfach hinausgegangen. Gut, der Bremer war mal eben noch so mit rausgewitscht, aber sonst lief alles einwandfrei und zu seiner Zufriedenheit. Bis dahin. Eben bis dahin. Denn als sich Bremer dann davongeschlichen hatte, ging es für den Schriftsteller darum, einen Ort zum Schreiben zu finden. Denn in sein Haus am Pfenninger Ortsrand konnte er natürlich nicht zurück. Er brauchte seine Ruhe, wollte weiterschreiben, dieses Pfenninger Spiel weitertreiben. Er brauchte nichts Besonderes, war in dieser Hinsicht nicht anspruchsvoll. Gut, der Blick von seinem Balkon auf den Albtrauf war schon was Schönes gewesen. Es hatte funktioniert dort. Ihm hatte sein Büro genügt, aber bitte, wenn es um Höheres gehen sollte, dann vielleicht auch was Passenderes, um zu schreiben.

Er war locker, er schrieb so vor sich hin. Das merkte er, das sah er in seinen Sätzen. Das machte man nicht mal eben so, eine Stadt so hinschreiben, dass sie so lebte. Die Figuren agieren lassen, dann auch noch Gott mit reinschreiben, so was machte man eigentlich nicht. Man schrieb doch, um gelesen zu werden, oder man war so bekannt, dass man schreiben musste, egal was. Hauptsache, schwarz auf weiß. Aber wie sollte er anfangen? Hatte er nicht schon das meiste von Pfenningen erzählt? Sollte er die Komödie denn wirklich noch weitertreiben?

Diese Frage stellte sich auch Gott droben im Himmel. Er wollte nicht unbedingt einen zweiten Band. Ihm hätte ja der erste genügt. Der Himmel mochte keine Wiederholungen. Einlieferungen hatte er nun wirklich genug gehabt in der letzten Zeit, und schließlich war er ganz zufrieden mit der Geschichte gewesen. Das mit der Befreiung aus dem Gefängnis stand allerdings nicht auf seinem Zettel, das musste ihm irgendwie rausgegangen sein. Die Gerda und der Franz, die übrigens hier oben gute Freunde geworden waren, erinnerten sich aber noch gut.

Da hatte er sich so zwei eingefangen. Die turtelten hier oben rum, als ob sie im siebten Himmel wären. Dabei gab es doch nur den einen. Aber mit denen kam er zurecht. Da machte ihm die Luise schon eher Sorgen, denn deren besseres Teil trieb sich ja noch dort unten rum. Die schaute und schaute, und sie las vor allem mit Entsetzen die Untertitel und zeterte rum. Und das konnte er nun gar nicht brauchen.

Da unten durften und konnten sie von ihm aus laut sein, diese seine Menschen, aber hier oben im Himmel galten dann endlich mal seine Gesetze, hier hatte er das Sagen, und das hieß: Stille. Das klappte mit den meisten auch ganz hervorragend. Da saßen Weltpolitiker in netter Runde und redeten über ihre Zeit da unten. Da wurden Gedanken ausgetauscht, womöglich Fehler zugegeben. Gut, da wurde dann auch mal einer laut, weil er feststellte, da unten gar nicht der gewesen zu sein, der er hatte sein wollen. Da wurde auch mal einem der Kopf zurechtgerückt, von wegen, wer warst du denn wirklich. Das war halt Himmel. Das Ende eben oder auch ein neuer Anfang.

Petrus beklagte sich immer, wie viel Mühe er hatte, dass die Hartz-IV-Empfänger bestimmten Herren nicht an die Gurgel gingen. Auch das war Himmel, schon so, wie es seine Jungs da unten seit Jahrhunderten proklamierten, man traf sich halt wieder, ein zweites Mal. Gericht? Nicht seine Sache, das machten die Menschen schon mit sich selbst aus. Mal so, mal so. Und auf das Jüngste Gericht konnte auch er noch ganz gut eine Weile warten. Er wollte sich die Chose noch ein paar Jahrtausende anschauen und ein wenig mitspielen, dann würde er sehen. Schließlich war er Gott, und Zeit war ein Begriff, der ihm gehörte.

Das hätte Pfarrer Leonhard auch gern so gesehen. Aber die Zeit, die lief ihm ja eher immer davon. Wie jetzt etwa. Er hätte sich gern mal in Ruhe auf seine Bank hinter dem Pfarrhaus gesetzt und ein Zigarillo geraucht. Aber er musste immer weiter. Das hatte ihm irgendwie auch keiner gesagt, als er damals anfing, dass da auch junge Menschen, sozusagen Kinder, sein würden, die er dann zu unterrichten hätte.

Der Religionsunterricht war ihm ein Gräuel. Eigentlich waren es nicht so sehr die Kinder, diese Last hatten die rechtschaffenen Lehrer auch, nein, es war der Verlust an Glauben, der Achtung vor Gott und dem Ganzen, was ihn umtrieb und unsicher machte. Er konnte sich doch keines Momentes bewusst und sicher sein. Kaum hatte er eine Linie gefunden, war mittendrin, da fiepte entweder ein Handy mit einer SMS, oder einer dieser Schüler hatte eine Anwandlung.

Wie letzte Woche diese Sophie. Steht mitten im Unterricht auf und behauptet, eine Erscheinung zu haben. Liebe Sophie, hatte er ohne Körperkontakt, denn man musste ja vorsichtig sein, gesagt, das wollen wir doch mal nicht so ernst nehmen. Von wegen. Die hatten das doch abgemacht, das war doch gegen ihn und die Kirche! Wie eingeübt knieten sich die anderen Schüler vor diese Sophie hin und beteten für ihre Erscheinung. Oh große Sophie und so. Er war Pfarrer, aber er war kein Depp.

Mit dieser Einstellung ging er immer in die Schule und bis dahin hatte das genügt. Aber diesmal waren Reserven gefordert. Eigentlich hätte er sich so viel Phantasie gar nicht zugetraut, aber wenn es dann über einen kam, war es auch schön. Er hatte geistesgegenwärtig das Waschbecken gesehen und flugs die Gemeinde mal deutlich kalt getauft. Und wie bei sonstigen gesellschaftlichen Entgleisungen war der allgemeinen Euphorie eine schnelle Ernüchterung gefolgt. Er war mit Achtung aus der Sache rausgekommen, was ihm nicht unbedingt immer gelang. Gut, er musste anschließend zum Schulleiter, weil sich die Eltern beschwert hatten, dass ihre Kinder nass aus dem Unterricht nach Hause gekommen waren.

Immerhin, da hatten sie mal was mitgenommen, dachte Pfarrer Leonhard.

So hätte das Kommissar Willi Schirmer nicht gesehen. Er war auch nass, hatte aber nichts mitgenommen. Er hatte doch gleich gewusst, dass dieser Schreiberling weitermachen würde. Das war doch klar gewesen. Da gab es doch Wege, aus dem Gefängnis heraus zu schreiben. Heutzutage mit diesen Mails eh.

Ihn hatte der erste Band eingeholt. In seinem innersten Innern hatte er schon so etwas erwartet gehabt. »Die Rache des Georgenbergs« könnte man das nennen, dachte er hinterher.

Natürlich war mit den Artikeln in der Zeitung seine Aktion am Georgenberg bekannt geworden. Manche der Jugendlichen hatten zum ersten Mal wieder eine Zeitung in der Hand gehabt und bewusst gelesen. Und wie die gelesen hatten. Alles, das Trinkgelage, sein Einschleichen und schließlich auch alles darüber, warum es ihnen allen hinterher so schlecht gegangen war. Kein Wunder, dass sie einen Hass auf ihn schoben. Aber sie waren ja noch Kinder, hatte Schirmer gedacht und die Sache feste verdrängt.

Bis gestern Abend. Die hatten ihn also ausspioniert. Ihn und seinen Abendspaziergang, den er ziemlich regelmäßig machte. Er ging nicht mit dem Hund, denn er hatte keinen, nein, er ging einfach so noch eine Runde am Waldrand unterhalb des Monikabergs. Immer denselben Weg. Er hatte diese Blechbadewanne schon mal gesehen, hatte er noch gedacht, als er wieder aufwachte. Er war vermutlich schon Hunderte Male daran vorbeispaziert. Er erinnerte sich noch an ein Mal, da hatte er sich gefragt, was diese Blechbadewanne in diesem Gütle wohl zu suchen hatte oder was man damit machte. Jetzt wusste er es.

Er musste zugeben, die Rache war etwa so ausgefallen, niveaumäßig, wie auch seine Aktion am Georgenberg gewesen war. Sie hatten ihn abgepasst, ihm einen Sack über den Kopf gestülpt und mit so einem Spray kampfunfähig gemacht. Er hätte nicht gedacht, dass das ging, durch den Sack hindurch. Ganz schön gewitzt, die Jungs, war ihm noch durch den Kopf gegangen, bevor ihm die Sinne schwanden.

Als er aufwachte, lag er in der Scheiße, aber so richtig. Wo sie diese

Menge an Exkrementen herhatten, war ihm schleierhaft. Aber stinken tat das zum Gotterbarmen. Er wuchtete sich aus der Wanne, sah an sich hinunter und dachte an Vollreinigung und die Möglichkeit, diese Freizeitjacke und seine Lieblingswanderhose jemals wieder benutzen zu können.

Sein Heimweg war quatschend verlaufen. Die Scheiße war ihm in die Schuhe gelaufen und von dort bei jedem Schritt, den er machte, auf den Weg gespritzt. Es hatte in der DDR mal einen tollen Film mit Manfred Krug gegeben: »Spur der Steine«. Er hingegen spielte hier gerade eher in einem Streifen mit, der hieß: »Spur der Scheiße«. Hoffentlich würde ihn niemand sehen, und hoffentlich würde ihm niemand begegnen. Das wäre fatal gewesen. Aber so, in diesem Zustand, konnte er nicht im Wohngebiet einlaufen. Das hätte ja nach Entdeckung und Bloßstellung geradezu geschrien. Als einziger Ausweg war nur der Bach geblieben, den er immer am Ende seines Spaziergangs überquerte. Er wusste, wenn er einigermaßen sauber und vor allem geruchsmäßig neutral das Wohngebiet betreten wollte, dann musste er rein in den Bach. Der war allerdings wirklich nur ein kleiner Bach, kaum dreißig Zentimeter tief. Also hatte sich der Kommissar hin und her gewälzt. Das Wasser war kalt, sehr kalt.

Als er bibbernd nach Hause kam und durchs Treppenhaus in den ersten Stock hinaufging, sah er es gleich: »Georgenberg-Revenge«, hatten sie ihm kunstvoll auf die Wohnungstür gesprüht. Verdammte Jungs, von wegen Kinder. Aber solange niemand wusste, wie diese Georgenberg-Revenge ausgefallen war, konnte er damit leben. Er schlich sich in seine Wohnung, zog die versauten Klamotten aus, duschte und zog sich an. Dann machte er sich daran, das Treppenhaus zu wischen. Schließlich setzte er sich todmüde auf sein Sofa und machte sich eine Flasche Bier auf. Es hatte ihm gereicht.

Aber nun war ein neuer Morgen. Es muffelte zwar noch ein wenig um ihn rum, aber er hatte mit viel Rasierwasser dafür gesorgt, dass ein strenger männlicher Duft den üblen Geruch überlagerte. Das würde an diesem Morgen seine kleinere Sorge sein. Aber das wusste Willi Schirmer zu diesem Zeitpunkt noch nicht. Was sich da mit einem Klingeln an der Tür ankündigte, würde sein Leben auf den Kopf stellen. Aber lassen wir ihn ruhig mal zur Tür gehen, sich so seine Gedanken machen, wer denn wohl zu einer so frühen Stunde bei ihm klingelte. Mal sehen, wie weit es dann mit der Schirmer'schen Ruhe her sein würde. Womöglich würde das Öffnen der Tür ihm einen ganz neuen Blick auf die Welt und sein eigenes Leben geben, womöglich.

Eine solche Veränderung hätte Genoveva Christlein an diesem Morgen nicht gebraucht. Veränderung, das war etwas Neues, und sie war fest im Glauben. Das hieß für sie Bleiben im Seienden. So hatte es Herr Bleibtreu gesagt, und sie hatte ihm das gleich geglaubt. Vorsichtshalber hatte sie mal den Schirm mitgenommen. Ihr wöchentlicher Einkauf auf dem Markt stand an. Viel brauchte sie ja nicht. Der Garten hinter ihrem Haus brachte eine kleine Ernte an Gemüsen, die sie über das Sommerhalbjahr genießen konnte. Sie kellerte Karotten und Steckrüben in Sand ein, so wie sie es früher auf dem elterlichen Bauernhof in Ochsenwang am Albrand getan hatten. Dazu kamen zwei, drei Zentner Kartoffeln, die sie auf ihrem kleinen »Stückle« anbaute. Damit kam sie gut über den Winter. Denn der Herrgott sorgte schon für die, die an ihn glaubten, sagte sie dann immer zu sich und legte vertrauensvoll ihre rechte Hand auf die Bibel. Sie war eine Frau der Kirche, eine Tochter Jesu, das wollte sie sein.

Ihr Weg führte durch die geschäftigen Straßen Pfenningens, vorbei auch am Busbahnhof, wo diese Kinder saßen, rauchten, laut Musik hörten und sich Eis in die Rachen schleckten. Es ekelte sie vor diesem Genuss, diesem Genießen, diesem gottlosen Vorsichhinleben. Was sollte aus diesen Kindern denn einmal werden? Würden sie je einen Weg zum Herrgott finden? Sie musste sich beruhigen und an Gutes denken, an den heiligen Sebastian zum Beispiel, der so viel Gutes getan hatte, oder an den heiligen Emil, von dem niemand so recht wusste, warum er eigentlich heiliggesprochen worden war. Sie kannte sich richtig gut aus mit den Heiligen. Schon als Kind in Korntal hatte sie die Bildchen vom Pfarrer gesammelt und konnte heute mit Fug und Recht behaupten, eine der größten Sammlungen an Heiligenbildchen in ganz Süddeutschland zu besitzen. Hugo hatte das nie besonders wichtig gefunden. Obwohl er doch ein so gläubiger Mann gewesen war. Hugo, ihr Mann, der so früh gegangen war. Sie hatten sich gefunden, Kinder gezeugt, großgezogen im Glauben, dann ging er. An einem Himmelfahrtstag nahm ihn der Herrgott hinauf in seinen Himmel. Warum, das hatte sie nicht gefragt. Sie hatte getrauert um diesen gläubigen Mann, der sich sogar bei der Zeugung der Kinder die Augen verbunden hatte. Er hatte sie nie erkannt, im biblischen Sinne. Er wollte einen Schritt weitergehen, noch biblischer, noch gläubiger sein. Auch er war aus Korntal gebürtig. Der Herrgott hatte ihn sicherlich gut aufgenommen. Die Guten nahm er gut auf, das glaubte sie fest. Die, die Gutes auch getan hatten, die nahm er noch besser auf. Dann würde es Hugo jetzt gut haben, wahrscheinlich, so dachte sie.

Sie schaute auf diese Kinder und dachte an ihre, die sie schon so lang nicht mehr gesehen hatte. Die Dorothea war nach Amerika ausgewandert, der Hans in den Norden, und die kleine Amalie trieb sich irgendwo im Bayerischen herum. Sie waren alle gegangen, geflüchtet, vor Hugo, diesem guten Mann. Er hatte sie doch erziehen wollen im Geiste seines Herrgotts, hatte ihnen die Bibel so lang über ihre Kinderschädel geschlagen, damit der Geist des Herrgotts in sie einkehren sollte. Sie hatten ihm das übel genommen. Sie hatte noch gedacht, vielleicht geht das so nicht.

Das hatte der liebe Gott damals auch gedacht. So ging das ja wohl aber überhaupt nicht. Er kannte diesen Herrgott nicht, den dieser Hugo da für sein Tun bemühte, aber das konnte er so nicht zulassen. Also hatte er ihn Himmelfahrt oder nicht Himmelfahrt kurzerhand von Petrus holen lassen. Dieser Hugo schmorte jetzt auf der Lernwolke vor sich hin und musste sich die ganze Glaubenskiste von ein paar Atheisten erklären lassen. So ging das, dachte Gott, du denkst, du hast einen Glauben, und dann stimmte das alles gar nicht.

Er wusste um die Schicksale der Kinder dieses Hugo. Der Dorothea ging es gut in Amerika, sie konnte sich frei machen von all dem Scheiß, den ihr ihr Vater hatte eintrichtern wollen. Der Hans, der war nicht mehr im Norden, den hatte es nach Südafrika verschlagen, damals. Der war nicht mehr rausgekommen aus dem väterlichen Denkhüttchen. Arbeitete lange in der Entwicklungsarbeit für die Kirche. Mit den Negern, wie er damals meinte. Dann wurden diese Neger befreit, und seine Einrichtungen musste er für ein Entgelt übergeben. An die Neger. Das hatte er nicht verkraftet. Ging in den Keller und schoss sich ein Loch in den Kopf. Armer Mensch, dachte Gott, aber die Wege des Herrn, also seine, waren eben so.

Er hatte den Fall auch mit Gerda und Franz besprochen. Die waren ganz erstaunt, dass es so etwas heutzutage noch gab. »Und was wurde aus der jüngsten Tochter?«, hatte Gerda neugierig gefragt.

»Die kleine Amalie ist heute eine der kommenden Kandidatinnen der Grünen in Bayern«, sagte Gott mit ein wenig Stolz in der Stimme, »mal sehen, wann wir die dann drankommen lassen!« Gerda und Franz hatten gelacht, und auch Luise, die auf einen Sprung vorbeigeschaut hatte, amüsierte sich. Die Grünen in Bayern! Aber, siehe Baden-Württemberg. Es ging die Zeit, sie ging voran. »Das bin ich«, sagte Gott stolz. Die anderen nickten.

Das tat auch Kommissar Knöpfle an diesem Morgen, als Schirmer mal wieder kein Licht wollte. Natürlich, kein Licht. Bitte schön. Die alte Prozedur. Er wollte keine schlechte Stimmung heute Morgen. Er wusste noch nicht, wie er es machen sollte. Er musste sich was einfallen lassen. Wie sollte er das dem Kollegen Schirmer beibringen? Er konnte es selbst ja noch nicht glauben. Für Höheres empfohlen. Er war sich keiner Schuld bewusst. Aber das Schreiben lag schon ein paar Tage auf seinem Schreibtisch. Nur seiner Frau Britta hatte er davon erzählt. Ihr Jubel war da, aber hielt sich auch in Grenzen, denn immerhin bedeutete das Schreiben, dass er von Pfenningen wegmusste. Und damit auch weg von der Familie sein würde. Aber reizen würde ihn das schon. Britta hatte ihm dann doch zugeredet. Er sollte doch, das wäre doch und so. Da hatte irgendjemand seine Leistung in den letzten Monaten beobachtet und wohl gemeint, wer ein solches Chaos meisterte, der war doch zu mehr in der Lage, den konnte man doch brauchen. Er sollte ein Hauptkommissar in einer Ermittlungsgruppe werden. Hauptkommissar, das kam jetzt ziemlich schnell. Oder auch nicht, wie immer man zählte. Schirmer würde kein Hauptkommissar, da konnte man noch so lang zählen. Aber das alles war noch eine Weile hin. Deshalb zögerte er noch, dem Willi Bescheid zu geben. Das hatte doch noch Zeit. Er wollte ihm das schonend beibringen. Es würde sich schon noch eine Gelegenheit ergeben. Wenn keine Not ist, dann mach keine Not, das sagte sein Vater immer.

Mit solchen Lebensweisheiten konnte Hans Bremer in seiner Situation wenig anfangen. Er war zwar zusammen mit dem Schriftsteller aus dem Untersuchungsgefängnis geflohen, hatte sich dann aber recht schnell vom Acker gemacht. Denn er wollte mit dem Litauer nichts mehr zu tun haben. Der war schließlich verantwortlich für die schlimmste Zeit in seinem Leben. Statt, wie bestellt, seine Frau ins Jenseits zu befördern, hatte der Handlanger des Litauers seine Sekretärin auf der Rathaustreppe erschossen. Die gute Frau Schickle, seine rechte Hand, war nun nicht mehr. Er schaute gen Himmel und spürte einen inneren Drang, an ein Leben nach dem Tode und einen Gott im Himmel zu glauben. Der Schickle würde er das wünschen, den andern dort droben eher weniger, denn die Schickle würde denen dann mal beibringen, was Organisation bedeutete.

Aber, riss er sich aus seinen Gedanken, er musste jetzt an sich denken. Was blieb ihm von seinem Leben, das wollte er jetzt wissen. Er hatte Fehler gemacht, das wusste er, aber es musste doch auch für ihn weitergehen. Die Sache mit Luise war gegessen, das war nicht seine Schuld gewesen. Die Gerda, nun, das war er, aber doch eher indirekt. Aber, was war Schuld in diesen Zeiten, da regierten Politiker rum wie die Wahnsinnigen, da schlugen Jugendliche Menschen zusammen, nur so, da starb ein junger, hoffnungsvoller Eisbär, Schuld? Was war seine Schuld dagegen! Er reimte sich das so zusammen. Er musste sich das so zusammenreimen. Er wollte weiter, wieder raus, Sonne sehen. Aber wie, ohne Heim und Geld? Heim? Auf keinen Fall wieder zum Litauer in den Keller, das bestimmt nicht. Im Ort war es schwierig, weil ihn halt fast jeder kannte. Es müsste was draußen sein, draußen, aber doch nicht so ganz. Vielleicht ein wenig ins Grüne, dachte der Hans. Den Frieder Kötzle, den kannte er doch ganz gut, der hatte doch so ein Gütle am Georgenberg. Das wäre doch vielleicht was. Und der Frieder, der würde dichthalten, als Kegelbruder und Journalist, der hin und wieder Genaueres von ihm erfahren hatte. Das wäre vielleicht eine Möglichkeit, die sich überprüfen ließe.

Nach Möglichkeiten suchte auch Friedhelm Mirner. Freilich, es war Weltspartag, aber mussten denn immer alle kleinen Sparer gleichzeitig kommen? Sie taten ihr Bestes, mit den zwei Zählmaschinen, die ihnen zur Verfügung standen, die ankommenden Sparbüchsen zu entleeren und zu zählen. Aber dann passte hier mal ein Schlüssel nicht, da klemmte was, oder nach dem Durchzählen fehlte das Sparbuch. Sie hatten regen Zulauf, denn sie waren die Leutebank in Pfenningen und hatten einen großen Anteil am Bankgeschäft dieser Stadt. Aber mit einem solchen Andrang war einfach nicht zu rechnen gewesen. Friedhelm holte aus der Verwaltung noch ein paar Lehrlinge dazu, dann lief die Sache einigermaßen. Er war schon eine ganze Zeit, wenn er richtig überlegte, seit fast zehn Jahren bei dieser Bank. Es war nicht mehr so wie früher. Viel angespannter und hektischer. Und wage nur ja nicht, zu sagen, du arbeitest bei einer Bank. Das kam heute nicht mehr so gut. Er wusste nicht, was die da oben machten, aber irgendwie machten die das nicht so gut. Was sollten sie hier unten an den Schaltern denn tun? Sie waren diejenigen, die auf die Fragen dann antworten mussten. Aber dann antworte mal, wenn die Kunden dir die Verfehlungen der Geschäftsleitung ins Gesicht bliesen. Sie standen ganz schön bescheuert da.

Es ging. »Bescheuert« hätte Hans Bremer dazu jetzt nicht gesagt. Er hatte eine Lösung für sein Behausungsproblem gefunden. Er kannte das Gelände, den Georgenberg und das Gütle, und er wusste auch, wo der Schlüssel lag. Vielleicht war Frieder um diese Jahreszeit noch nicht dort zugange. Der Mai hatte begonnen, es würde warm genug sein. Wenn er sich einigermaßen bedeckt hielt, dann konnte er hier zumindest ein paar Wochen verbringen. Versorgungsmäßig musste er sich durch die Vorstadt stehlen und dann, wenn er Glück hatte, unerkannt in den großen Supermärkten seine Einkäufe erledigen. Das Risiko war ihm klar, das war er inzwischen gewohnt. Nachdem er sich in der Hütte ein wenig eingerichtet hatte, machte er sich eine Flasche Bier auf. Tja, der Frieder, der hatte gern ein wenig auf Vorrat. Außer Bier und Wein hatte er auch noch ein paar Dosen mit Suppen und Ravioli gefunden. Also fehlte es ihm erst einmal nur an frischen Sachen. Vielleicht könnte er da unten bei der Gärtnerei Ludwig heute Nacht was organisieren. Er musste nur auf den Hund aufpassen. Der kannte ihn zwar und war tagsüber harmlos, aber wie der sich nachts verhielt, das war eben nicht sicher. Das würde er heute Abend angehen.

Der Abend war für Kommissar Knöpfle noch weit. Er war noch nicht richtig weiter. Ein Versuch nach Schirmers Leberkäs-Runde, inzwischen ja eigentlich eine Butterbrezel-Runde, war kläglich gescheitert, Irgendwie war der Willi nicht mehr der Alte. Das konnte doch wohl nicht daran liegen, dass ihm sein Arzt nun endgültig die Leberkäswecken verboten hatte, dachte Kommissar Knöpfle. Es könnte aber auch an dem seltsamen Geruch liegen, den der Willi heute Morgen ins Büro hereingebracht hatte.

Knöpfle hatte eine Weile überlegen müssen, dann war er draufgekommen, es roch bei ihnen hier drin ein wenig nach Stall. Aber was sollte er sich weiter Gedanken machen, der Willi war schon wieder weg, weil er unbedingt noch etwas Persönliches zu erledigen hatte. Was, das wollte der Willi ihm nicht sagen, und das war dann so gar nicht Willi.

Ansonsten war der Tag ruhig verlaufen. Sie hatten noch mit den Nachwehen dieser Pfenningen-Geschichte zu kämpfen. Alle Betroffenen waren inzwischen aus dem Krankenhaus zurück. Einige Fragen blieben allerdings noch zu bearbeiten. Da war Alfred Rottwald, der zwar ein Polizeiauto gestohlen hatte, dessen Golf allerdings von den Kollegen beschädigt und dann von der Feuerwehr vollends Richtung Schrottplatz geschickt worden war. Die Versicherungen stritten sich noch, wer denn nun welchen Schaden abzudecken hatte. Derweilen machte ihnen Alfred die Hölle heiß, weil seine Klara nicht mehr laufen oder Fahrrad fahren wollte. Er selbst, der Alfred, konnte sich mit einer Gehhilfe schon wieder ganz gut bewegen. Man sah ihn hin und wieder über den Marktplatz schleichen. Unglaublich, dachte der Kommissar, wie man mit dem Fahrrad so unglücklich stürzen konnte, dass kaum ein Knochen im Körper des Rentners ganz geblieben war.

Thomas Knöpfle sah aus dem Fenster und dachte an Erscheinungen. Da kam er, der Alfred. Keine Gehhilfe mehr, nur noch eine Krücke, und er ging oder schleppte sich in Richtung Polizeirevier. Schirmer saß inzwischen wieder hinten in seinem Büro. Es war an der Zeit, eine Dienstfahrt anzusetzen, beschloss Kommissar Knöpfle. Er griff sich den Autoschlüssel, rief ein kurzes »Bin weg« nach hinten und war, bevor Schirmer reagieren konnte, auf dem Weg zum Hinterausgang. Der sollte sich jetzt mal selbst mit diesen Problemen beschäftigen, dachte Knöpfle. Schließlich würde er ja sowieso nicht mehr lang da sein.

Ein Gedanke, der auch Genoveva Christlein umtrieb. Sie würde zum Herrgott gehen. Nicht demnächst, aber in nicht zu ferner Zukunft. Sie ging auch auf die achtzig zu und fühlte ihr Leben gelebt. Sie freute sich darauf, die Himmelspforte zu sehen, Petrus kennenzulernen und dann, das Größte, den lieben Herrgott zu sehen. Dazu musste sie aber ihre weltlichen Dinge abschließen. Das hatten sie erst am letzten Dienstag in der Bibelstunde besprochen. Der richtige, der gute Weg zu Gott, war das Motto gewesen. Herr Bleibtreu hatte wieder mit eindrücklichen Worten gesprochen. Zuerst ein Lied, dann die Andacht und dann das Thema. Herr Bleibtreu hatte ihr klargemacht, wie einfach ihr Weg zum Herrgott sein würde. Sie musste so langsam abschließen mit dem Leben. Ein Ende finden. Das fiel ihr nicht schwer. Die Vergangenheit war vorbei. Da war ein Grab, und da waren Kinder, von denen sie nicht wusste, wo auf dieser Welt sie sich herumtrieben. Man solle sich frei machen, hatte Herr Bleibtreu gesagt. Weltliche Dinge zurücklassen, sich versorgen für das Jenseits, für den Schritt zum Herrgott. Und was gab es da für einen besseren Weg, als die weltlichen Dinge zu Geld zu machen und dem Herrn zu geben. Das wollte Genoveva tun. Allzu viel hatte sie nicht, aber immerhin ihr Häuschen. Das wollte sie demnächst mit dem netten Herrn von der Leutebank in Pfenningen besprechen. Der Herrgott würde sich freuen.

Vielleicht, hätte Pfarrer Leonhard dazu höchstens gesagt. Für ihn ging es gerade um anderes. Es stand sein nächster Kontakt mit diesen kleinen Menschen an. Der Konfirmationsunterricht. Hier wurde es für ihn noch ein bisschen schwieriger, denn er hatte die Instanz Schule nicht hinter sich, war sozusagen nun selbst der Chef. Aber davon wollten diese Jugendlichen nichts wissen.

Er hatte beim ersten Treffen einen Fragebogen ausgeteilt und war sichtlich überrascht von den Ergebnissen gewesen. Immerhin hatten doch einige Interesse an dieser Sache mit Gott angekreuzt. Freilich waren ein paar dabei, die bei »Warum besuche ich den Konfirmandenunterricht?« frei von der Leber weg hingeschrieben hatten: »Wegen der Geschenke.« Er fand das eigentlich gut. Warum sich was vormachen. Da war ihm doch Ehrlichkeit lieber als irgendwelche Heucheleien. Aber nun kannte er seine Kandidaten, die wahrscheinlich nur die

Unterrichtsstunden absitzen, ihre Kirchenbesuche absolvieren würden und insgesamt sich den Tag herbeiwünschten, dass endlich diese Konfirmation über die Bühne gehen würde. Ebendiese Kandidaten würden heute Mittag zum zweiten Konfirmandenunterricht antreten. Das wollte vorbereitet sein.

Er war noch nicht der Alte, das bemerkte er immer wieder. Die Konstruktion geisterte noch in seinem Kopf herum. Er sah Menschen und schaute ihnen auf ihr Mittelteil und war froh, wenn keine Konstruktion zu sehen war. Wer hätte gedacht, dachte der Pfarrer, dass dieses Aufeinandertreffen mit dem Einzelhändler Millreiner im Beutlinger Krankenhaus solche Nachwirkungen haben würde. Vielleicht, wenn er die Vorgeschichte gekannt hätte und nicht selbst ans Bett gefesselt gewesen wäre, dann hätte er eventuell verstanden, warum die diesem Einzelhändler diese Verbandskonstruktion über seine Weichteile gebaut hatten. Aber so war es ein Schock gewesen. Das hatte ausgesehen, als ob sie über seinem besten Stück ein Zelt errichtet hätten. An die anschließenden Geschehnisse mochte er sich lieber nicht mehr erinnern.

Millreiner hatte er seitdem gemieden. Der war wohl aus der Reha zurück, wie er gehört hatte. Es ging ihm wohl sehr ordentlich. Er wusste nicht so richtig, wie er die Sache angehen sollte. In seinem Innern spürte er den Drang, sich zu konfrontieren, diesem Millreiner entgegenzutreten und ihn endlich ohne Konstruktion zu sehen. Das würde ihm helfen. Aber er hatte Angst. Wenn dieser Millreiner dann doch noch eine Konstruktion da unten hatte, dann war womöglich alles wieder da. Dann lag er wieder im Krankenhaus in Beutlingen in dem Zimmer und erlebte alles noch einmal. Und das durfte nicht passieren.

Genau, hätte Willi Schirmer dazu gesagt. Eigentlich durfte so etwas überhaupt gar nicht passieren. Er hatte sein Leben geordnet, ihm Bahnen gegeben und Sicherheit. Er war Beamter, hatte seine Wohnung abgezahlt und fuhr, nun gut, einen alten R4. Er war zufrieden. Die Ziele waren verfehlt, und er wusste, viel weiter würde er sowieso nicht kommen. Seit Jahren hatte er Spaß an seinem Hobby, er sammelte alles rund ums Spätzlemachen. Seien es die klassischen Pressen, die Hobel, was auch immer.

Allen Geräten, die mit der Herstellung der schwäbischen Leib- und Magenspeise zu tun hatten, war er auf der Spur und reihte sie in seine Sammlung ein. Oft war er am Wochenende unterwegs und stöberte auf Flohmärkten nach alten Maschinen. Inzwischen hatte er einen ganzen Keller voll. Er hatte sich ein paar Vitrinen gebaut, und dort lagen die Utensilien nun alle. Die Geschichte des Spätzlemachens, chronologisch aufgereiht, teilweise mit alten Anleitungen, präsentiert von Willi Schirmer. Sein ältestes Exemplar stammte aus dem frühen 19. Jahrhundert. Aber auch die neuen Entwicklungen hatte er alle eingekauft.

Jedes Wochenende war die Überlegung: Was machst du heute? Dann ging er in seinen Keller hinunter und holte sich die passende Maschine. Interessant auch die Teigvarianten, flüssiger fürs Schaben, aber fester für die Pressen, mal ein Schuss Öl, dann wieder ein Stück Butter oder aber auch ein Spritzer Sprudel. Er experimentierte und hatte so langsam, aber sicher seine eigene Spätzle-Philosophie entwickelt. Das war sein Leben. Der Dienst im Revier, seine tägliche Butterbrezel und seine Spätzlemaschinen. Damit war er ausgefüllt. Dazu hin und wieder am Abend einen dieser Regiokrimis, um zu lesen, wie sein Job wirklich sein sollte. Das war es dann aber auch.

Dann kam sie. Stand an diesem Morgen vor der Tür und behauptete, seine Tochter zu sein. Eine junge Frau, hübsch, das musste er zugeben, vielleicht Anfang zwanzig. Und jetzt?, hatte er sich gefragt. Hurra, oder was?

»I ben dei Tochter, die Elke«, hatte sie gesagt.

Mit Lebenserfahrung im Hintergrund kam man auch über solche Situationen hinweg, dachte der Kommissar bei sich. Aber er spürte eine gewisse innere Unruhe in sich aufkommen.

»No kommsch rei«, sagte er und war sich dabei wenig bewusst, was er da eigentlich sagte und tat. Er musste zum Dienst, die tägliche Butterbrezel in der Bäckerei gleich neben dem Großmetzger wartete nicht. Elke setzte sich, er schenkte ihr einen Kaffee ein und rief im Büro an. Eine Stunde später würde es wohl werden. Sie erzählte von ihrer Mutter, deren letzten Tagen und wie sie endlich den Namen ihres Vaters von ihr erfahren hatte. Dann war sie losgezogen. Weit war es ja nicht, und nachdem die Mutter am vergangenen Abend gestorben war, hatte sie sich heute auf den Weg zu ihrem Vater gemacht. »Stichwort Bodensee«, hatte die Mutter ihr noch zugeflüstert.

Der Bodensee, verdammt, hatte Willi Schirmer gedacht. Nur so ein kleiner Ausflug, und heute stand eine Tochter vor ihm.

»Des war am Bodensee, domols, gell, Vatter?«, fragte seine Tochter, als ob sie seine Gedanken lesen könnte.

»Genau, am Bodensee muss des gwesa sei, des isch jetzt aber scho lang her«, antwortete Schirmer.

»Fascht vierundzwanzig Jahre«, sagte die junge Frau.

Willi Schirmer nickte. Beinahe ein Vierteljahrhundert hatte es gedauert, bis er erfuhr, dass er eine Tochter hatte. Er zeigte ihr seine Wohnung und auch das Gästezimmer. Er gab ihr Geld zum Einkaufen und verabschiedete sich bis zum Abend. Als er die Treppe hinunterging, dachte er daran, was nun wohl alles passieren und was sich verändern würde. Alles vorbei, dachte er dann, alle Planung dahin, keine ruhige Rente, keine Spätzlemaschinen. Obwohl, seinen Keller würde er sich nicht nehmen lassen. Aber vielleicht war bald die Ruhe dahin. Mit so einer jungen Frau in der Wohnung ging wahrscheinlich so manches nicht mehr so wie vorher.

Was nicht mehr ging, das versuchte Britta Knöpfle ihren Kundinnen und Kunden zu erklären. Der erste Band von »Stille Tage am Albtrauf« war immer noch ein Bestseller und ging weg wie warme Wecken. Aber die meisten der Kunden wollten wissen, wann denn der zweite Band erscheinen werde, man sei ja schon so gespannt. Was sollte sie sagen? Sicher, der Autor hatte Ende des ersten Bandes angedeutet, dass es vielleicht weitergehen werde. Aber wie das gehen sollte, das war ihr auch nicht klar. Soweit sie wusste, saß der ja noch ein. Womöglich konnte der aus dem Gefängnis heraus am nächsten Band arbeiten. Was wusste sie denn? Schlimm genug, dass sie in ihrer Beziehung einiges hatten ausdiskutieren müssen. Sie begriff das bis heute nicht. Da schrieb einer ein paar Artikel in der Zeitung, daraus wurde ein Buch, und halb Pfenningen machte da einfach so mit. Ihr Thomas allen voran in der Hauptrolle. Und die fanden das alles ganz toll, so mitspielen und so und drin sein im Buch. Das war für die aber mal wirklich so richtiggehend Literatur direkt. Am liebsten hätten die noch mit dem Autor telefoniert, um ihm die neuesten Geschichten brühwarm zu erzählen. Wie das mit Thomas weiterging, das wollten sie in den nächsten Tagen genau besprechen. Sie fand es gut und freute sich, dass er aus diesem Pfenningen mal rauskam, aber er musste das für sich wissen. Mit ein wenig Abwesenheit konnte sie leben, lebte sie schon, und wenn es für ihn eine Chance und auch interessant war, warum nicht.

Warum nicht auch mal anders. Das sagte sich Frieder Kötzle. Mit seiner Barbara hatte er sich wieder ganz gut zusammengelebt. Sie hatte ihm die Sache mit dem Automower und dem Beet verziehen, und er hatte kein Wort mehr darüber verloren, dass sie so Hals über Kopf zur Klara gerannt war. Oft war Schweigen auch ganz gut, dachte er so bei sich. Immerhin hatte ihn die Wiederherstellung des Blumen- und Gemüsebeets seiner Frau eine Stange Geld und einen Haufen Arbeit gekostet. Nun gut, er war der Schuldige gewesen, der den kleinen Moritz, seinen Enkel, mit dem Gerät allein gelassen hatte. Dass der findige Knabe an diesem Ding herumprogrammieren würde, damit konnte man ja nun wirklich nicht rechnen. Aber das war nun Schnee von gestern. Er hatte sich zur Belebung der Beziehung eine schöne Reise herausgesucht und wollte damit seine Barbara überraschen.

Schon als Kind hatten ihn Schiffe fasziniert, und es war immer so ein kleiner Traum von ihm gewesen, mal auf so einem richtig großen Schiff zu fahren. Keine kleine Fähre nach Elba oder Sardinien, sondern was Großes, eine Kreuzfahrt in der Karibik. Er hatte sich kundig gemacht, so teuer war das gar nicht, wenn man keine allzu großen Ansprüche stellte. Schnell entschlossen hatte er gebucht, und nun stand der Moment der Bekanntgabe dieser Überraschung an. Er hatte schon einen Prosecco kalt gestellt und sich dem Anlass entsprechend in die bessere Schale geworfen. Die Barbara würde demnächst heimkommen. Dann ging es los.

Los ging auch Hans Bremer. Diese Dunkelheit musste genügen, dachte er. Wenn es stockdunkel sein würde, fände er womöglich den Weg auf den Georgenberg, zurück ins Gütle, nicht mehr wieder. Dann würde er dumm dastehen. Also schnappte er sich den Rucksack von Frieder und machte sich auf den Weg. Die Feldwege den Georgenberg hinunter waren kein Problem, etwas schwieriger wurde es, als er die beleuchteten Straßen erreichte. Hier hielt er sich möglichst an den Hauswänden und versuchte, eventuellen Passanten frühzeitig auszuweichen.

Nach einer guten halben Stunde war er dort, wo er damals vor den Polizisten geflüchtet war: am Parkplatz des Großmetzgers. Es war alles ruhig, die Gegend wenig beleuchtet. Nur vorn am großen Supermarkt war noch was los. Aber das kam ihm grade recht. Er hatte ein wenig befürchtet, dass vielleicht zu wenige Leute jetzt noch einkauften. Daher reihte er sich recht beschwingt in die Wagenschieber ein und lud sich die notwendigen Dinge in seinen Wagen. Immerhin musste er bedenken, dass er das alles mit seinem Rucksack auf den Georgenberg tragen musste.

Er hatte sich gerade zwei Flaschen trockenen italienischen Weines in den Wagen gelegt, da sah er ein Gesicht. Er kannte das Gesicht, und das Gesicht kannte ihn. Es war der Litauer zusammen mit seinem Bodyguard, der Glatze. Sein Gehilfe durfte ihm den Wagen schieben, und der Litauer spazierte durch die Regale und lud ein. Verdammte Scheiße, dachte Hans Bremer, ehemals Bürgermeister von Pfenningen, das ist der Litauer. Und der Litauer dachte, das ist doch der Bremer Hans, den kennst du doch. Bremer beschleunigte seinen Schritt und versuchte, dem Litauer irgendwie noch zu entwischen. Aber, keine Chance, kaum hatte er zwischen sich und den Litauer ein wenig Abstand gebracht, schoss von rechts die Glatze mit einem voll bepackten Wagen genau in den seinen rein. Prost Mahlzeit, dachte Bremer. »Dich kenn ich«, sagte die Glatze. Von hinten kam der Litauer sehr locker und lässig auf Bremer zu. Und jetzt?, dachte Bremer. Was kam jetzt?

Das fragte sich Hans Millreiner auch. Wie weit würde es mit dem Einzelhandel noch bergab gehen? Nicht nur, dass er sich kaum mehr Personal in seinem Laden leisten konnte, nein, er musste auch selbst alle möglichen Tätigkeiten versehen, die in den guten Zeiten andere für ihn erledigt hatten. Also schnallte er sich seinen Gürtel um, in dem die verschiedenen Utensilien für die Reinigung der Scheiben des Ladengeschäfts verstaut waren. Er füllte den Eimer mit Wasser, gab das Scheibenreinigungsmittel dazu und ging nach draußen. Eigentlich machte ihm die Sache Spaß, denn er kam aus dem Laden raus, und vor allem an Markttagen, denn diese nutzte er für diese Tätigkeit, war immer was los und hie und da ein kleines Schwätzchen drin. Kaum hatte er die erste Scheibe hinter sich gebracht, kam Gärtner Ludwig zu ihm herüber. Oje, der Ludwig, dachte Hans Millreiner noch. Nicht umsonst nahm er sich für die Scheibenreinigung einen ganzen Tag Zeit. Gärtner Ludwig hielt zwei Kaffeetassen in den Händen und setzte sich einladend auf die Bank vor dem Ladengeschäft. Was sollte er machen?, dachte Hans Millreiner. Den Ludwig da sitzen lassen, wie bestellt und nicht abgeholt? Das konnte er nicht bringen. Schließlich waren sie beide Geschäftsleute und unter dem gleichen Druck, teilten das gleiche Schicksal. Aber was diesem Großgärtner so immer im Kopf rumging, da tat Millreiner schon beim Zuhören das Hirn weh.

Was einem anderen im Kopf rumging, das amüsierte gerade Gerda und Franz im Himmel. Sie schauten Willi Schirmer zu, der sich langsam in Richtung seiner Dienststelle bewegte. Die Butterbrezel hatte ihn heute nicht beruhigt, gar nicht. Vielmehr steigerte der Genuss der Brezel seine Empfindung des Verlustes. Das würde dann alles nicht mehr so sein. Gerda und Franz lasen am himmlischen Bildschirm seine Gedanken in den Untertiteln und staunten nicht schlecht, was dem Polizeibeamten da durch die Birne schoss. Sie lasen sich gegenseitig die Zeilen vor, lachten und staunten, applaudierten und bedauerten.

»Armer Kerl«, sagte Gerda Schickle. Franz nickte, und beide schauten hinüber zum lieben Gott, der in einem Buch las.

»Was liest du denn?«, fragte ihn Franz.

»Das Neue Testament«, meinte Gott nur lapidar.

»Warum das denn?«, fragte Gerda überrascht.

»Es wird Zeit für eine Überarbeitung, der Junge hat das zwar nicht schlecht gemacht, aber einige Sachen, die stören mich schon seit Langem«, sagte Gott und strich wieder eine ganze Seite.

»Aber die Menschen lesen und glauben das!«, sagte Franz besorgt.

»Eben«, sagte Gott und strich wieder fast eine ganze Seite. Diese Menschen dachten sich manchmal einen solchen Müll aus! In diesen frühen Zeiten war es am schlimmsten gewesen. Da war irgendwo ein Sack Getreide umgefallen, das hatte keiner bemerkt, und zufällig fiel das Korn auf guten Boden, und es regnete auch noch. Das Korn wuchs beachtlich und trug Frucht. Schon war ein Wunder geschehen, und es wurde erzählt und erzählt und erzählt. Viele »erzählt« später schrieb das dann einer auf, und schon war ein See dazugekommen, das Korn waren Fische, sein Sohn bekam auch eine Rolle, und die Speisung der fünftausend war perfekt. Solche Geschichten wollte er ausmerzen. Raus damit für mehr Ehrlichkeit.

Mehr Ehrlichkeit, das hätte sich Hans Millreiner zurzeit auch gewünscht. Dieser Ludwig redete ihm noch das Ohr ab.

»Do kennet dia en Brüssel lang schwätza! Ich sag Ehne, so goht des doch nemme weiter! Ond jetzt au no des mit der FDP!« Gärtner Ludwig redete sich so langsam in Rage.

»Welche FDP?«, fragte ihn Millreiner.

»Eben. Genau!«, sagte Ludwig heftig nickend. »Das isch genau die Misere! Bschissa hend se von henda bis vorna! Des ganze EU isch doch ein jenseits Mischt!«

»Das kann ich jetzt so, also genau, meine ich, nicht beurteilen, es ist doch … wieso jetzt FDP? Ich meine, was hat das mit der EU zu tun, immerhin …«, versuchte Millreiner einen Einwurf.

»Ach was, immerhin. Des isch d' Leit bschissa, sonscht nix!« Gärtner Ludwig war nun voll drin in seinem Lieblingsthema, Brüssel. Millreiner überlegte sich, wie er aus dieser Nummer wieder rauskommen sollte.

Und der Schriftsteller überlegte sich nun, wie er diese Szene enden lassen konnte, ohne wieder den Spruch mit dem Eigenheim und dem Pool zu bringen, dachte Gott. Da war er ja mal gespannt. Er liebte keine Wiederholungen. Die hatten doch Hirn, seine Menschen da unten, dann sollten sie damit auch was anfangen und denken. Gerda und Franz stimmten ihm zu. Obwohl beide ein schlechtes Gewissen hatten. Hatten sie denn ihr Hirn dort unten tatsächlich eingesetzt, für die Menschen, für sich, für das Leben und das bessere Leben? Wahrlich nicht so, wie dies Gott vielleicht von ihnen erwartet hätte. Wahrlich nicht. Aber es gab so vieles, was sie anders machen würden. Sie konnten leider nicht mehr zurück. Als sie Gott gefragt hatten, ob das denn auch möglich wäre, winkte er ab. Keine Wiederholungen. Er hatte das einmal zugelassen, bei seinem Sohn, und er war sich heute noch nicht sicher, ob das eine gute, eine richtige Entscheidung gewesen war. Schließlich gründete dieses ganze Christentum auf diesem einen Mal Wiederkommen. Das dachten die da unten sich so zusammen. Brauchten das. Dass mal einer kam und ihnen die Leviten las. Seit Jahrhunderten ging das so, und die Menschen glaubten das, beteten das nach, sehnten sich und hofften. Anstatt sich auf ihr Leben zu stürzen, zu leben, zu lieben und zu helfen. »Lebendig sein«, sagte Gott immer, wenn ihn seine Schäfchen fragten, was der Mensch eigentlich tun sollte.

»Sinn des Lebens!«, sagte Gott dann und wurde dabei laut. »Wenn ich das schon höre. Ihr habt einen Kopf, zwei Hände, zwei Beine. Ihr liebt und werdet geliebt, wenn's klappt. Ihr sucht, denkt und findet. Ihr spürt und werdet gespürt. Ihr empfindet, habt Gefühle, seid glücklich, traurig, betroffen und froh. Was wollt ihr denn um meinetwillen noch mehr? Einen Sinn?« Da waren auch Gerda und Franz baff gewesen. So simpel hatten sie das noch nie gesehen oder gehört. Stimmte schon, stimmte tatsächlich. Wenn man es genau anschaute, was sollte eigentlich diese Sinnfrage? Spielplatz schaffen für Philosophen oder vielleicht Spinner, die sich einen Spaß daraus machten, dem Menschen die Sinnfrage vorzutäuschen? Während andere, Billigblättchen, die Blödzeitung vorneweg und vor allem diese Privatfernsehsender, damit beschäftigt waren, eine solche Frage schon damit ad acta zu legen, indem sie das Leben vorgaben. Billig und farbig und plump. Sei schön, sei reich und sei glücklich! Oder sei ein Schwein, ein Messie oder sonst ein Perverser, und du kommst in die Glotze. Hauptsache, in die Glotze, das war sozusagen der billige Ersatz für den Sinn. Ein Ersatzsinn. Gott lachte. Hätte er das damals vorhergesehen, er hätte dem Moses ein paar ganz andere Tafeln mitgegeben. Vielleicht so was wie: Du sollst nicht fernsehen! Aber das war vorbei, Vergangenheit. Und Gott tat eines nicht, er schaute nicht zurück. Sein Job war das Hier und Jetzt und die Zukunft. Dort sollten die Menschen hin und sein, und dort wollte auch er sein.

Wenn Pfarrer Leonhard dieses göttliche Statement vernommen hätte, wer weiß, vielleicht hätte es ihm wirklich geholfen, mal zu lächeln, mal drüberzustehen. Vielleicht hätte er auch laut gelacht, über sich und die Welt, eine Konstruktion und einen Calzone-Gottesdienst.

Vielleicht. Aber er vernahm solches nicht. Daher schritt er dumpf vor sich hin und ging an der Christuskirche vorbei. Nun kam er in die Nähe des Ladens von diesem Millreiner.

»Grüß Gott, Herr Pfarrer Leonhard!«, grüßte Genoveva Christlein von der Seite. Sie trat ihm in den Weg und machte ein Fortkommen für ihn unmöglich.

»Ja, gegrüßt, ebenfalls«, stammelte Pfarrer Leonhard, der etwas durcheinander war, denn er hatte sich innerlich schon auf den Millreiner eingestellt, und nun kam ihm von rechts diese Christlein dazwischen. Genoveva Christlein, eine dieser ganz Frommen, die außer einem Glauben an einen Herrgott so gar nichts im Leben hatte. Furchtbar. Er glaubte. Aber er glaubte nicht so. Mit Mühe und Not entkam er immer wieder den Einladungen zur Schtond, der Bibelstunde. Da saßen sie dann zusammen und legten des Herrn Wort aus. Des Herrn Wort. Hatte er sechs Jahre Theologie studiert, um dann mit ein paar Hausfrauen, die keinen Deut an einer kritischen Auslegung der Bibel interessiert waren, zusammenzusitzen, fromme Lieder zu singen und des Herrn Wort, die Bibel, so auszulegen, wie es ihnen in ihr einfaches Hirn hineinging? Nein. Er hatte viel erlebt in den letzten Wochen, wirklich. Und er hatte nicht nur einmal gezweifelt, an sich und auch an Gott. Aber er wusste, es gab auch Pech im Leben, und das hatte nun eben ihn erwischt. Aber richtig.

»Herr Pfarrer?«, kam es wieder von rechts. Ach so, die Christlein. Die hatte er bei diesen Gedanken nun wirklich ganz vergessen.

»Frau Christlein, was gibt es?«, fragte er.

»Ich wollte mal mit Ihnen sprechen. Es geht um des mit dem Himmel und um den richtigen Weg zum Herrgott«, sagte Genoveva mit bedeutungsvoller Miene.

Was wollte die jetzt?, fragte sich Pfarrer Leonhard. Der Weg zum Herrgott? Was wusste denn er?

Hans Millreiner hätte sich diese Frage wahrscheinlich gern gestellt. Jedenfalls lieber, als sich die Tiraden dieses Großgärtners anzuhören. Der war inzwischen bei der Weltpolitik angekommen.

»Ond dr Amerikaner, da Amerikaner, den kannsch du en dr Pfeif raucha, enzwischa!«, stieß er erregt aus.

»Ja, aber Weltmacht und so«, warf Millreiner ein.

»Ach was, Weltmacht, dia gheret doch scho em Chines! Ich sag dir oins, es muss mol wieder oiner komma …«

»Der ons die Kaffeetassa abnimmt …«, sagte Millreiner schnell. Denn er kannte diesen angefangenen Satz und wollte darauf nun wirklich nichts sagen. Er stand auf, nahm dem Großgärtner die Tasse ab und trug sie hinüber zum Marktstand. Ludwig blieb verblüfft zurück. Auf dem Rückweg zu seinen Ladenscheiben grüßte er den Gärtner und wollte sich dann seiner Arbeit widmen. Der Gärtner rief ihm noch hinterher. Genaues hörte Millreiner nicht mehr, drehte sich aber um.

Jetzt verlassen sie dich, dachte Pfarrer Leonhard in diesem Moment. Er hatte es geahnt, ach was, geahnt, er hatte es gespürt. Als er bei der Christuskirche um die Ecke bog, hatte er es doch schon fast gewusst. Dort war der Laden vom Millreiner, und da stand dann der Millreiner auch. Pfarrer Leonhards Blick ging wieder auf mittschiffs, und da traf ihn fast der Schlag. Der hatte wieder eine Konstruktion, zwar eine etwas kleinere, aber vorn stak eine Art Scheibenwischer daraus hervor und mehrere Schwämme begleiteten dies. Die Bewusstlosigkeit hat ihren Sinn, dachte Pfarrer Leonhard noch und glitt hinüber in das Reich ohne Geist. Er suchte sich seine Wolke sieben, und weg war er. Das stellte neben Millreiner und einigen Passanten auch Genoveva Christlein fest, als sie neben dem Pfarrer stand, der bewusstlos am Boden lag. Nun konnte man mit seinem Schicksal hadern, so wie Pfarrer Leonhard, aber eines muss hier dann doch erwähnt werden, dass der Pfarrer bei allen seinen Bewusstlosigkeiten immer das Glück hatte, weich zu fallen. Es war dieses Glück, das ihn in die Wühlkörbe des Millreiner'schen Ladens fallen ließ, und es war zudem ein Glück, dass heute auch noch Kissen im Angebot waren. Von all diesem Glück bekam allerdings Pfarrer Leonhard nichts mehr mit. Er fuhr wieder mal mit dem Rettungswagen in Richtung der Beutlinger Klinik. Dr. Sommerwagen, unter den Schwestern nur Cabrio genannt, hatte schon so ein Gefühl. Das sollte ihn auch nicht trügen. Er würde jemanden wiedersehen.

Ein ganz ähnliches Gefühl hatte auch Kommissar Knöpfle. Allerdings verband sich bei ihm damit die Hoffnung, Willi Schirmer vielleicht bald einmal wiederzusehen. Gut, der hatte offensichtlich wirklich eine sehr persönliche Sache, die ihn stark in Anspruch nahm. Kein Problem, das hatte jeder mal. Aber er wollte diese Sache heute noch erledigen, wollte den Kollegen informieren, persönlich, ohne dass der über die Dienststelle erfuhr, was sich verändern würde. Am besten, er machte jetzt Feierabend und fuhr noch bei Schirmer vorbei. Vielleicht wollte der auch reden über sein persönliches Problem. Aus dem Kühlschrank nahm er zwei kalte Flaschen Bier mit und machte sich auf den Weg. Er musste hinten raus, denn draußen stand immer noch Alfred, klingelte sich den Finger wund und schlug mit der Krücke gegen die Tür. Sollte der doch, dachte sich Knöpfle. Er fuhr zügig an Alfred vorbei und lenkte den Wagen Richtung Innenstadt, denn Schirmer wohnte sozusagen dem Georgenberg gegenüber am Monikaberg.

Britta hatte noch angerufen, und das ging ihm nicht aus dem Kopf. Was sollte er denn wissen, was dieser Schriftsteller, dieser Weiler, machte. Der saß ein, nach des Richters Spruch mindestens für die nächsten drei Jahre. Sie hatten ihn wenigstens wegen Störung der öffentlichen Ordnung und Verleumdung staatstragender Beamter drangekriegt. Allerdings würde der kaum die drei Jahre absitzen müssen. Aber wie sollte der aus dem Gefängnis heraus weiterschreiben? Er konnte sich das nicht vorstellen. Er wusste zwar immer noch nicht, wie der sich das damals zusammengereimt hatte, aber ihm war auch nicht danach, jetzt literaturwissenschaftlich der Sache auf den Grund zu gehen. Dazu hatte er weder Zeit noch Lust. Hauptsache, da kam nichts nach. Aber seine Frau war irgendwie hin- und hergerissen. Für sie als Buchhändlerin war das natürlich eh eine sehr komische Sache. Da verkaufst du ein Buch und stehst sozusagen indirekt selbst drin. Das ist dann schon mal was. Andererseits verkaufte sich das Ding leider gut, sehr gut, so Britta. Das war die andere Seite. Eine Buchhändlerin verkaufte ein Buch halt auch gern öfter. Diese »Stillen Tage in Pfenningen«, die gingen halt weg wie warme Wecken, wie man hier im Schwäbischen sagte.

Gerade dieses Schwäbische wollten sie hinter sich lassen. So die Absicht von Frieder Kötzle. Er saß immer noch auf heißen Kohlen beziehungsweise kaltem Prosecco und wartete auf Barbara. So langsam könnte sie kommen, dachte er. Das Fernsehen hatte ihn nicht lang interessiert. Seine FDP flog aus einem Landtag nach dem anderen. Die hatten hier im Ländle noch Glück gehabt. Mit den vielen freien Wählern, sozusagen den Ortsniederlassungen der FDP, hatten sie sich noch über die Fünf-Prozent-Marke gerettet. Aber das musste doch zu denken geben, dachte Frieder und erinnerte sich an die Zeiten des großen Wechsels, damals, Hans-Dietrich Genscher. Der Abschied von der SPD und der Handschlag mit der CDU. Das war nicht sehr fein gewesen. Er hatte damals ein flaues Gefühl im Magen gehabt. Das war vorher eine gute Politik gewesen, die Deutschland in seiner Geschichte einen bedeutenden Schritt nach vorn gebracht hatte. Er wollte sich auch gar nicht vorstellen, was geschehen wäre, wenn die Schwarzen in den wirklich kritischen Zeiten des deutschen Terrorismus an der Macht gewesen wären. Unter Umständen hätte sich diese Gesellschaft ganz anders entwickelt, weniger sozial und weniger liberal. Liberal, das verstand man damals noch, da war Überlegung, Hintergrund und Rechtsbewusstsein. Aber heute! Die Liste der Abschreiber bei ihren Doktorarbeiten wollte ja kein Ende nehmen. Zu Kohl-Zeiten hatte es schon ein Buch aus dem Eichborn-Verlag gegeben: »Dünnbrettbohrer in Bonn«. Darin hatten sie nur mal die bedeutenden Themen der Doktorarbeiten der Herren und Damen Politiker unter die Lupe genommen. Wenn er sich richtig erinnerte, dann hatte Helmut Kohl über die Geschichte der CDU in einem Bundesland geforscht. Na klasse. Da war ein wenig von seinem Vertrauen geschwunden. Das Glas hatte einen Sprung bekommen, und er hatte die Welt, die Politik und diese Gesellschaft ein wenig anders gesehen.

Aber die Zeiten hatten sich geändert. Wenn früher Diskussionen über bestimmte Themen aufkamen, dann wurden die geführt, dann in Presse, Radio und Fernsehen berichtet und nachdiskutiert. Heute machte einer den Mund auf, dann war es in den Medien, und die Diskussion fand praktisch überall statt und verlief oft im Sande. Das war das Diktat der Medien, Neuigkeiten. Und diese Neuigkeiten waren dann am nächsten Tag nur dann noch interessant, wenn sich Entwicklungen ergeben hatten. Sonst waren diese Neuigkeiten eben keine mehr und vorbei. Beim Thema Genscher hatte er dann die erste Flasche Prosecco aufgemacht und sich ein Gläschen genehmigt. Das zweite Glas trank er dann auf den Sitzkanzler Kohl, und das dritte brauchte er, um das Bild der heutigen FDP zu verkraften. Mit dem vierten und fünften Glas stieß er mit sich auf die Zukunft und die Kreuzfahrt an. Dann war die erste Flasche auch schon leer. Und die Barbara war immer noch nicht da.

Kein Wunder. Denn die saß recht fest und konzentriert bei Klara auf dem Sofa. Nach der Chorprobe war sie noch auf ein Schlückchen mitgegangen. Die Klara hatte es auch nicht leicht mit diesem Alfred, der zurzeit durch die Stadt rollte oder humpelte. Die Barbara hatte sich vorgenommen, hinter dieser harten Schale ja vielleicht doch noch die eigentliche Frau zu entdecken. Seit der Sache mit Frieder und dem fragwürdigen Rat der Klara hatte sich bei Barbara da was verändert. Vielleicht war diese Klara gar nicht so stark, wie sie vorgab zu sein. Sie wusste um ihren Glauben, aber auch um ihren Hang zu Selbstmitleid. Als es in der Klara-Beratung an den Punkt gekommen war, dass Klara ihr riet, den Frieder zu verlassen, da hatte es bei Barbara »Klick« gemacht. Nein, bloß wegen eines gemähten Gemüsebeets würde sie doch Frieder nicht verlassen. Keinesfalls. Das war die Klara, immer bei andern die Gruben graben, damit sie selbst nicht hineinfiel. Sie war außen vor. Aber jetzt anscheinend nicht mehr. Der Alfred hatte seine Konsequenzen gezogen.

Seine Konsequenzen waren klar. Er konnte sich nicht an die Polizei wenden und würde die polierte Fresse mit Anstand in Richtung Frieders Gütle tragen. Der Litauer hatte ihm mit wenigen Worten, aber vielen Schlägen klargemacht, dass es so nicht gehe. Anfangs wollte er noch dagegenhalten und einwenden, dass eigentlich seine Angaben vollkommen stimmig gewesen waren. Aber solche Widerworte hatte Glatze nicht zugelassen und ihm gleich ein paar eingeschenkt. Jetzt konnte man kämpfen, wenn man denn Kraft hatte. Aber die hatte Hans Bremer längst nicht mehr. Er hielt sich nach der verlorenen Auseinandersetzung an seinem Einkaufswagen fest und schob ihn zur Kasse. Schade, dass ihn der Litauer und die Glatze dann doch entdeckt hatten, obwohl er sich hinter den Suppendosen versteckt hatte. So war es dann auch wieder, ein ursprünglicher Vorteil entwickelt sich zum Nachteil, denn die anderen Kunden hatten den Litauer durch ihr Geglotze erst auf ihn aufmerksam gemacht, und schon war die Fresse dick. Er zahlte und übersah das entsetzte Gesicht der Kassiererin. Er wollte jetzt nur noch heim, auf den Georgenberg, in das Gütle. Ein paar kalte Umschläge und eine schöne Flasche Bier, dann konnte auch er das Leben wieder angehen.

So ähnlich hatte sich das Thomas Knöpfle mit dem Bier ja auch gedacht. Nun stand er mit den zwei kalten Bierflaschen vor dem Schirmer'schen Haus und wusste nicht so recht. Sollte er, oder sollte er nicht? Es war auch später geworden, als er gedacht hatte. Immerhin hatte er schon drei Anrufe von Britta auf dem Handy. Aber nein, das musste heute noch erledigt werden. Also drückte er auf die Klingel und wollte eben ein zweites Mal auf den Knopf drücken, da ging der Türöffner. Schirmers Wohnung lag im ersten Stock. Bei jeder Treppenstufe überlegte sich Knöpfle, welche Variante der vielen, die er sich im Laufe des Tages zurechtgelegt hatte, er jetzt anwenden sollte. Als er vor der Wohnungstür stand, hatte er sich zwar nicht entschieden, dachte aber, dass er so, mit zwei Flaschen Bier in der Hand, vielleicht die richtige Eingangssituation für den Abend geschaffen hatte. Die Tür ging auf. Im Türrahmen stand eine hübsche junge Frau. Ihre blonden Locken umrahmten ein lebhaftes, rundes Gesicht. Sie war beinahe so groß wie er und sehr schlank. Ein sehr sportlicher Typ, dachte der Kommissar noch bei sich.

»I ben d' Elke, ond du?«

Später, als er seinen staunenden Mund wieder zuhatte, das Hirn wieder normale Ströme fließen ließ, so viel später war ihm dann auch klar, dass das nicht hatte sein können. Der Schirmer und diese Elke? Seine Britta hätte das durchs Telefon diagnostiziert, eine so junge Frau, hübsch, und Schirmer, niemals.

Vielleicht hätte er doch heiraten sollen. Eine Frau finden, die ihn verstand, mit all seinen Talenten und Macken. Dann hätte er auch mehr Nähe zu diesen kleinen Menschen, die da immer bei ihm rumsaßen. Dachte Pfarrer Leonhard mit dem Kopf am Kissen. Morgen Mittag, da würde er ihnen wieder gegenübersitzen. Er musste das positiv angehen, das war ihm inzwischen klar geworden. Einen guten Gott aufzeigen, die Menschen beschreiben, vielleicht die Geschichte der

Menschheit hinzuziehen und dann die Rolle von Gott in der heutigen Gesellschaft betonen. Vielleicht ginge es ja so. Er wusste es nicht, verdammt. Er war sich nicht mehr sicher. Diese heutige Gesellschaft hatte er in den letzten Wochen und Monaten ganz anders kennengelernt, als er das studiert hatte. Da war die Konstruktion, gut, die war immer. Dann war diese Gerda Schickle, die an der Rathaustreppe ihr Ende gefunden hatte, und schließlich war da noch sein Toter, der dann gar nicht so tot gewesen war, aber dann doch starb. Alle starben, was war da noch mit heutiger Gesellschaft? Der Schriftsteller, der das alles geschrieben hatte, saß ein. Der Bürgermeister, der auch einiges auf dem Kerbholz hatte, saß ein. Bloß der Millreiner, der verkaufte wieder seine sogenannten Gemischtwaren, als ob nichts gewesen wäre. Das war doch keine heutige Gesellschaft, das war, wenn es gut ging, ein Sauhaufen. Manchmal war er in Gedanken richtig vulgär, so ein wenig proletenmäßig. Aber es tat ihm gut. So fand er in einen ruhigen Schlaf und zählte Konfirmanden, die er über die Klinge springen ließ. Nicht nur in der katholischen Kirche gab es Probleme.

Alfred würde es nicht unbedingt ein Problem nennen. Eher eine vertrackte Situation, die eine Lösung suchte. Von der Sache mit dem Pfarrer wollte er ja gar nicht anfangen zu denken. Aber so ging das nicht. Er war auch ein Mensch mit seinen Bedürfnissen. Er hatte weiß Gott schon viel ausgehalten mit dieser Klara. Die Sache im Krankenhaus hätte er vielleicht noch geschluckt. Kam die nach seinem Fahrradunfall zu ihm ins Zimmer, sieht ihn liegen in seinen zahlreichen Gipsverbänden, grüßt kaum und wendet sich dem Pfarrer zu, der zufällig neben ihm lag. Aber dieses rücksichtslose Verhalten dann anschließend, nach seiner Reha, zu Hause, das ging dann doch zu weit. Von Pflege in dem Sinne hatte man da nicht sprechen können. Er hatte noch froh sein müssen, dass er etwas zu essen bekommen hatte. Er war doch kein Einrichtungsgegenstand oder der Hausdiener. Nun gut, mit der Romantik war es jenseits der sechzig nicht mehr unbedingt weit her. Aber dieser Ton von der Klara erinnerte ihn stark an seinen Feldwebel damals auf dem Kasernenhof. Und den hatte er auch nicht gemocht.

Alfred hatte den einzigen ihm möglichen Weg eingeschlagen und sich so richtig rar gemacht. Er war unterwegs mit seiner Gehhilfe.

Ging frühmorgens aus dem Haus, schnallte sich zwei Flaschen Bier in die praktischen Flaschenhalter und suchte sich seine Gesprächspartner im Städtchen. Er wusste, so wie die Klara im Ort drinsteckte, musste er dagegenhalten. Sonst würde die sogenannte öffentliche Meinung sich gegen ihn wenden. Also galt es, möglichst vor der Klara eine Meinung in den Ort zu tragen. Dann konnte die schon nicht mehr so, wie sie eigentlich wollte. Das hatte er sich für den nächsten Morgen vorgenommen. Er würde auch mal beim Polizeirevier vorbeischauen, wie weit die Sache mit der Versicherung war. Da sollte sich doch bald mal was ergeben. Er hoffte auf eine gute Entschädigung, damit er sich bald wieder einen fahrbaren Untersatz kaufen konnte. Mit diesem Vorsatz drückte er seinen Kopf ins Kissen und hörte hinüber zu Klara, die wie immer dezent damenhaft vor sich hin schnarchte. Sie machte ihm immer wieder Vorhaltungen, dass er, vor allem nach Alkoholgenuss, laut schnarche. Aber sie selbst stritt natürlich alles ab. Bis er dann mal ein Diktiergerät genommen und den Ton aufgezeichnet hatte. Und sie? Erklärte ihm, das sei das Ticken ihres recht lauten Weckers. Was hätte er da noch sagen sollen?

Eben, dachte derzeit Willi Schirmer. Was hätte er dem Kollegen zu seiner Situation mit Elke noch sagen sollen. Elke hatte sich in »ihr« Zimmer verzogen. Willi war etwas durcheinander, aber der Besuch von Thomas Knöpfle tat ihm sichtlich gut. Immerhin kümmerte sich mal jemand um ihn. Das kam selten genug vor.

»Ond, was machsch jetzt?«, fragte Thomas Knöpfle.

»Woiße au noit«, gab Schirmer zurück und zog die Schultern hoch. Er war eigentlich noch gar nicht dazu gekommen, einen klaren Gedanken zu fassen, wie er mit der Situation eigentlich umgehen sollte. Klar, es war alles vorbei, was er sich bisher über sein weiteres Leben so zusammengedacht und erträumt hatte. Schlimm. Aber andererseits war da was Neues in sein Leben gekommen. Ein Vorgang, den er seit der Bodenseezeit nicht mehr gekannt hatte. Eine Veränderung, die von außen kam, die nicht er planen oder steuern konnte. Vorbei das Leben in ruhigen Fahrwassern. Da stand sie und sagte einfach »Papa« zu ihm. Er überlegte, was er Thomas erzählen sollte. Ein guter Kollege im Grunde genommen, ein wenig schon auch ein Freund, das musste er zugeben.

»Also, bass auf«, brach es aus ihm heraus, »des war domols am Bodensee ...« Willi Schirmer kannte sich selbst nicht mehr. Er erzählte aus seinem Leben, aus seiner Vergangenheit – und das auch noch sehr persönlich. Als er die ganze Geschichte von damals und jetzt erzählte, stand er neben sich und staunte. So offen konnte der Willi also auch sein, staunte auch Kommissar Knöpfle.

Gerda und Franz applaudierten laut. Petrus kam von der Himmelspforte und wollte wissen, was denn hier los sei. Gott schmunzelte. Da hatte er doch wieder mal ein schönes Stück echtes Leben produziert.

»Dieser Willi«, sagte Gerda mit einem verschmitzten Lächeln in ihrem Gesicht.

»Allerhand«, sagte Franz.

»Der ganz normale Wahnsinn«, sagte Gott und überlegte sich schon, wie er die Sache weiterlaufen lassen sollte. Er hatte noch ein paar andere Entscheidungen zu treffen. Wie sollte er den Schriftsteller weitermachen lassen? Was wurde aus Hans Bremer? Die schiefe Bahn? Irgendwie war das einfacher gelaufen, als dieser Schriftsteller noch in Freiheit gewesen war. Da hatte der Schreiberling auch noch bessere Einfälle gehabt. Zurzeit hörte Gott von dem nicht viel. Womöglich hatte ihn der Litauer in genau dem Verschlag untergebracht, den auch schon Hans Bremer bewohnt hatte. Er musste sich um den Mann intensiver kümmern. Er hatte sich zu sehr auf die Opfer konzentriert, vor allem auf diesen Leonhard, aber auch auf die anderen, die ins Krankenhaus gekommen waren. Das war ein Fehler gewesen. Um eine gute Geschichte zu machen, somit auch ein gutes Leben, musste er sich auch um seine kleinen Helden kümmern, also auch um seinen Schriftsteller.

Das hätte sich der auch gewünscht. Zwar musste er nicht wie seine Romanfigur Bremer in die Ecke »soichen«. Aber viel besser war seine Unterbringung und Versorgung auch nicht. So ging das nicht. Das hatte er der Glatze immer wieder, wenn der die Hamburger brachte, gesagt. Aber keine Reaktion. Schließlich hatte er einen Hungerstreik begonnen. Mit recht wenig Erfolg. Erst als die Hamburger den Zugang zum Verlies nicht mehr zuließen, weil sie schon den

Boden am Eingang bedeckten, hatte Glatze einen Anlass gesehen, den Chef zu holen.

Als der dann die Bescherung gesehen hatte, ging Glatze mit einem blauen Auge etwas früher, und der Litauer wandte sich seinem Schriftsteller zu.

»Was willst?«, fragte er.

»Schreiben«, sagte der Schriftsteller nur.

»Und?«, fragte der Litauer.

»Das muss anders sein. Ich sitz an meinem Tischchen und schaue hinaus auf die Gasse. Zu trinken kriege ich abgestandenes Wasser, und aufs Klo darf ich, wenn es euch gerade passt!«, entrüstete sich der Schriftsteller.

»D'r andere hot gsoicht en d' Eck«, sagte der Litauer nur.

»Ich weiß, ich weiß. Vielleicht erinnerst du dich noch dran, dass ich das geschrieben habe. Darf ich dich darauf aufmerksam machen, dass du was von mir geschrieben haben willst? Gibt es denn nicht was anderes, so mit Blick und grünen Wäldern, mit Aussicht auf den Albtrauf, womöglich?«, fragte der Schriftsteller flehentlich.

»Hätt was«, sagte der Litauer mit einem rätselhaften Lächeln, »am Berg, em Wein, netts Heisel!«

»Na also«, sagte der Schriftsteller, »darf ich da hin?«

»Wennst gut schreibst!«, sagte der Litauer.

Hätte Kommissar Knöpfle von dieser Ortsveränderung schon Kenntnis gehabt, hätte er den Abend nicht so genießen können. Es war ein langer Abend geworden bei Willi. Es war auch ein schöner Abend gewesen. Es hatte ihn an diese langen, schönen Abende erinnert, als er noch ein junger Mann gewesen war. Als sie bei einer Flasche Bier und ein paar Zigaretten zusammengestanden hatten. Den Blick immer wieder gen Himmel und immer am Diskutieren, wo es mit dieser Welt und dieser Gesellschaft hingehen sollte. Ihrer Ansicht nach. Das waren ebenso erfüllte lange Abende gewesen. Mit frischen Gedanken müde ins Bett, aber am nächsten Morgen voller Tatendrang, diese Gesellschaft zu ändern und zu verbessern. Er war sehr jung unter den jungen Männern gewesen und durfte meist nicht bis zum Schluss dabeibleiben. Aber irgendwie hatte ihn dieser Abend mit Willi daran erinnert. An dieses Gefühl, etwas tun, etwas verändern zu können.

Willi musste nun wirklich einiges verändern. Sein Leben war wie rumgedreht. Der Willi, der gemütlich auf seine Rente zusteuerte und sich inzwischen mit seiner Butterbrezel begnügte, war passé. Es musste ein neuer Willi sein, der aus dieser Situation entstehen würde, und irgendwie passte das sehr gut in die Entwicklungen seiner Karriere.

Das gefiel Gott. So hatte er es gern. Wenn die Menschen an die Welt und die anderen Menschen dachten und vor allem wenn sich was bewegte. Das mit dem Willi hatte doch gesessen. Ein schöner Schlag ins Kontor. Diesen Willi, den hatte er jetzt durcheinandergewirbelt. Der war doch reif gewesen. So ging man doch nicht einer Rente entgegen, auch wenn man Beamter war und eine Pension erwarten konnte. Das war doch Kappes. Der sollte jetzt mal ans Leben ran. Diese Aufgabe musste der erst einmal packen. Er liebte das, den Menschen solche neuen Situationen zu präsentieren und dann von oben zuzuschauen, wie sie damit umgingen. Aber er war abgelenkt. Die Gerda und der Franz hatten hier oben was am Laufen. Der Franz hatte sich auch noch gar nicht nach seiner Frau erkundigt, und die Gerda folgte ihm von Wolke zu Wolke. Und sie trug ihm sogar die Harfe. So war das hier oben eigentlich nicht vorgesehen. Petrus hatte sich schon beschwert und wollte die beiden zur Kur mal runter zum anderen schicken. Aber so weit wollte Gott dann doch nicht gehen. Er hatte schon so manchen da runter zum schwarzen Kollegen geschickt, und die Ergebnisse waren meist nicht sehr befriedigend gewesen.

Sehr unbefriedigend, so hätte das Frieder Kötzle auch beschrieben. Wenn er noch hätte schreiben können. Die zwei Flaschen Prosecco waren dahin, die Kehle hinunter. In seinen letzten klaren Momenten realisierte er noch, dass diese Aktion wohl ziemlich danebengegangen war.

Als seine Barbara dann schließlich nach Hause kam, lag er friedlich schnarchend auf dem Sofa. Barbara sah die beiden leeren Flaschen und auch den Blumenstrauß. Sie sah die Geste. Aber sie sah auch ihren Frieder auf dem Sofa. Warum sie in diesem kleinen Moment an die Klara dachte, das fragte sie sich kurz nach diesem Moment. Die Klara, die redete und redete, und beinahe, das musste sie sich eingestehen, wäre sie ihr auf den Leim gegangen. Es gab solche Menschen, die viel redeten, wenig dachten und andere damit nur tiefer in die Grube schubsen wollten. Verloren gingen dabei Ehrlichkeit, Vertrauen und Menschlichkeit. Sie selbst, die Barbara, freute sich richtig an ihrem Denken. Vor allem fühlte sie sich gut. Sie würde dieser Klara dann schon mal die Meinung sagen, aber deutlich. Mit diesen Gedanken schob sie ihrem Frieder ein Kissen unter den Kopf und legte ihm eine Decke über. Der Frieder. Wenn sie den nicht hätte, müsste sie ihn sich erfinden. Damit stieg sie die Treppe hinauf, schaute noch mal zurück, wie friedlich er schlief. Ein Schmunzeln zierte ihr Gesicht.

Hier ging's. Dachte der Schriftsteller. Auch wenn es Nacht war und er so gar nicht wusste, wo er eigentlich war. Aber hier lief die Sache einwandfrei. Kaum hatte er sein Häuschen bezogen, setzte er sich an sein Notebook und legte los. Und seltsam, als ob die Ruhe in seine Finger fließen würde, veränderten sich seine Worte und seine Sätze. Er würde wohl menschlicher sein, ehrlich und wahr schreiben, eine Tiefe finden, eine Tiefe in sich. Es ging doch auch um ihn. Er musste sich jetzt aus all diesem hier herausschreiben. Er wollte das so nicht. Auch nicht auf Angaben des Litauers warten, der ihm dann sagte, wie und wohin er schreiben sollte. Aber das war Wunsch. Auch Reue. War das Ende des Spiels erreicht? Er spürte diese Kraft in sich nicht mehr so. Jetzt wieder ein wenig mehr, seit er in diesem Haus war. Aber er sah nicht mehr klar auf dieses Pfenningen, dessen Geschicke er gelenkt hatte. Die Figuren entglitten ihm. Er konnte das nicht mehr schreiben. Würde das nicht mehr schreiben können. Die Ideen fehlten ihm, wo sollte es denn hingehen, was sollte er jetzt schreiben? In ihm war Ruhe, endlich. Er legte sich auf sein frisch gemachtes Bett und schloss die Augen. Morgen war ein neuer Tag.

So kniete auch Genoveva abendlich an ihrem Bett. Sie sprach ein Gebet, empfahl sich ihrem Herrgott und legte sich nieder. Sie ließ ihren Tag noch einmal Revue passieren. Ihr Tagwerk war vollbracht. Sie war auf dem Friedhof gewesen und hatte die Gräber ihrer Lieben besucht. Dabei war sie von dieser gottlosen Klara Rottwald angesprochen worden. Die traute sich was! Wo doch jeder wusste, welch scheinheilige Person das war. Eine große Klappe und immer am Schwätzen über die anderen, aber nicht vor der eigenen Tür kehren. Es gingen ja Gerüchte, sie habe was mit dem Pfarrer. Man hatte so einiges gehört, wie sie mit ihrem Alfred seit dessen Unfall umgegangen war. Unmöglich, dachte Genoveva, mit dem Kopf am Kissen. In ihrer eigenen Ehe wäre so etwas undenkbar gewesen. Das hatte ihr schon ihre Mutter eingebläut, der Mann war Herr im Haus. So hatte sie sich ihrem Hugo auch untergeordnet und sein Verhalten und seine Marotten ertragen. Das Leben hatte viel mit Aushalten zu tun, dachte sie. Sie hatte eigentlich immer nur alles ausgehalten und kaum einen eigenen Gedanken zugelassen. Das einzige Mal, als sie aus sich herausgegangen war, das war beim Mauerfall 1989, am 9. November, gewesen. Da war sie im Überschwang am lauen Abend in den Garten hinausgegangen und hatte ein lautes »Heil Europa!« erschallen lassen. Die Nachbarn hatten zwar etwas seltsam geschaut, aber ihr war das in diesem Falle mal ziemlich egal gewesen. Einen peinlichen Auftritt hatte es ihre jüngste Tochter genannt und mit ihr ein paar Tage kein Wort mehr gesprochen.

Das war auch völlig korrekt gewesen von der Tochter, dachte der liebe Gott. Wie konnte er dieses Phänomen nur aus diesen Köpfen herauskriegen? Das saß tief, anscheinend, und vor allem mancher junge Mensch, der diese schlimme, ja eigentlich katastrophale »Heil-Zeit« miterlebt hatte, konnte selbst fünfzig Jahre später noch einen solchen Ausrutscher liefern. Der Adolf, das war ein Kandidat, der mit einigen seiner Kollegen beim Kollegen ganz tief unten im Höllenfeuer schmachtete. Aber was nützte das, wenn dessen wahnwitziges Denken dort unten in seiner Welt unter den Menschen immer noch hin und wieder so peinlich aufblitzte. Das war halt so, dachte sich Gott, das sind Menschen, und sie sind fehlbar. Wie fehlbar, das hatte er sich damals so weit nicht ausgemalt. Aber fehlbar halt. Zwar konnte er von hier oben sehen, was in ihren Köpfen vorging, das amüsierte ja auch Gerda und Franz sehr, aber er konnte darauf keinen Einfluss nehmen. Das dachten die dann für sich.

Mit dem Schriftsteller war das ein wenig anders. Das gab es immer wieder mal, dass er in einen Kopf hineindurfte und mitdenken konnte. Mal positiv was machen, mal was nach vorn bringen und auch mal, wie im ersten Buch, ein Spiel zulassen. Dass einer spielte, spielen ließ und sich dann auch verlor im Spiel. So hatte er sich das damals auch gedacht, aber dann war aus dem Spiel ein – wenn auch noch lustiger – Ernst geworden.

Mit etwas Ernstem hatten auch die Gedanken von Hans Bremer zu tun, der sich einigermaßen gemütlich in seinen Schlafsack gepackt hatte. Es war trotz des warmen Frühjahrs doch noch ziemlich kalt in den Nächten. Gedanken gingen ihm durch den Kopf. Wie sollte das hier für ihn weitergehen, er konnte schließlich nicht Monate in diesem Gütle verbringen? Er brauchte Geld. Seine Karten waren gesperrt, und er wusste auch nicht, ob schon bekannt war, dass er nicht mehr einsaß. Aber ohne Geld, das ging nicht. Sobald er sich an jemanden wenden würde, lief er Gefahr, erkannt zu werden, und dann ging es ruck, zuck zurück in den Knast, das war klar. Und er wollte auch weg, raus aus diesem Pfenningen, irgendwohin, wo ihn keiner kannte und er einigermaßen sicher war. Aber auch dafür brauchte er Geld, und zwar viel Geld. Geld gab es auf der Bank. Auch in der kleinen Filiale hier in Pfenningen. In seinen Bürgermeisterzeiten hatte ihm der Zweigstellenleiter, ein gewisser Herr Lehrer, die Sicherheitsmaßnahmen erklärt und vor allem auch die Summen genannt, die an den Kassen vorhanden waren. Das würde ihm reichen, denn immerhin konnten das schon mal über hunderttausend Euro sein, wenn er denn alle Kassenschalter schaffte. Er müsste nur einen guten Weg finden, dies alles in Ruhe erledigen zu können. Er hatte die bunten Plakate gesehen: Weltspartag. Früher war der, so glaubte er sich zu erinnern, eher im Herbst gewesen. Aber, dachte Bremer, sei es drum, ihm kam dieser Weltspartag in jedem Fall entgegen. Die Pfenninger Leutebank hatte einen Clown engagiert, der die kleinen Sparer an diesem Nachmittag unterhalten sollte. Das würde er ausnutzen. Das wäre die Möglichkeit, mit ein wenig passender Verkleidung, diese Leutebank zu überfallen. Er hatte in einer Kiste einige Fasnetsklamotten entdeckt, darunter auch so was wie ein Kostüm für einen dummen August. Den würde er mimen. Das müsste gehen. Aber den Plan dazu musste er sich noch ausdenken.

Einen Plan hatte an diesem Morgen Willi Schirmer auch noch nicht. War eine lange Nacht gewesen, eine gute Nacht, und er hatte geredet, über sich, viel zu viel, wie er dachte. Thomas Knöpfle war spät heimgegangen. Fast die halbe Nacht hatten sie gesessen und geredet. Thomas hatte ihm geduldig zugehört, sehr geduldig. Aber irgendwie hatte er das Gefühl, da war noch was, was ihm der langjährige Kollege verschwieg. Er würde ihn morgen fragen, das war wichtig. Er wollte Kollege sein und auch Freund, so wie Thomas für ihn heute ein guter Freund gewesen war. Das würde das Erste sein, was er nach dem »Licht an« zu Thomas sagen würde. Vielleicht mit einer Tasse Kaffee zu ihm rübergehen. Vielleicht.

Vielleicht hätte es sich die Sonne an diesem Morgen anders überlegt, hätte den Albtrauf gemieden und wäre über diesem Pfenningen nicht aufgegangen. Vielleicht. Wenn die Sonne gewusst hätte, was an diesem Tag in diesem Pfenningen passieren würde. Sie wusste es nicht, und der liebe Gott hatte auch keine anderen Anweisungen gegeben, also ging sie halt auf, strahlend, wie so oft, und schickte ihr warmes Licht über das Städtchen und seine Menschen.

Lass das mal laufen, dachte sich Gott. So viele Gedanken des Abends bei so vielen seiner Pfenninger, das konnte ja was werden, dieser nächste Tag.

Was brütete der Bremer da wieder aus? Wo kamen die freundschaftlichen Gefühle von diesem Willi Schirmer her? Wieso fürchtete sich sein Pfarrer Leonhard nun schon vor den Konfirmanden? Und was diese Genoveva Christlein mit diesem sogenannten Herrgott vorhatte, verstand er nun überhaupt gar nicht. Er war gespannt, was sich da unten nun entwickeln würde. Die Sonne hatte er aufgehen lassen, der Tag begann normal. Nun legt mal los, dachte sich Gott und wartete nur noch auf Gerda und Franz, die sicher auch schauen wollten, was sich heute da unten so abspielen würde.

»Licht an«, kam es aus dem Nebenzimmer. Thomas Knöpfle schaltete wie immer das Licht wieder an. Plötzlich stand Willi Schirmer in der Tür zu seinem Büro, hatte zwei Tassen Kaffee in der Hand und griff sich einen Stuhl.

»Lass ons mol schwätza«, sagte Willi. Thomas Knöpfle blieb der Mund offen stehen.

»Kasch zuamacha«, sagte Willi nur.

Zuerst wusste Knöpfle nicht, was er eigentlich zumachen sollte. Dann dämmerte es ihm. Er klappte seinen Mund zu und schaute den Willi ernst an. Was war denn plötzlich mit dem los? Freilich, sie hatten gut geredet gestern Abend oder eher gestern Nacht, aber er hätte nicht erwartet, dass das der Willi gleich tags drauf fortsetzen wollte. Aber bitte, von ihm aus, er hatte nichts dagegen.

»Du hast doch irgendwas?«, sagte Willi Schirmer und schaute ihn fragend an. »Dir ist doch irgendwas über die Leber gelaufen!« Thomas Knöpfle kam mit diesem neuartigen Interesse vonseiten Schirmers noch nicht zurecht. Er fühlte sich ein wenig gedrängt und auch entdeckt. Eigentlich war es ja kein Wunder, dass die anstehende Entwicklung und Veränderung sich auf ihn auswirkte und ihm auch anzumerken war. Schließlich war das sein großes Ziel gewesen, das hatte auch Schirmer gewusst. Bevor er antworten konnte, ging die Tür auf. Zuerst kam eine Krücke ins Zimmer. Sie staunten nicht schlecht. Aber an der Krücke folgte Alfred Rottwald, noch ein bisschen ungelenk, aber immerhin schon wieder allein unterwegs.

»Grüß dich, Alfred«, sagte Schirmer und schob ihm einen Stuhl hin. Alfred setzte sich mit einem kurzen Kopfnicken.

»Servus, Alfred«, begrüßte ihn nun auch Kommissar Knöpfle, »was führt dich denn zu uns?«

»Kennet ihr Burscha des eich net denka?«, fragte Alfred. Schirmer sah Knöpfle fragend an.

»Ihr machet mer Schpaß! Zerscht fahret ihr mein' Golf zu Schrott und dann versuchet 'r, des auszomsitza!«

Alfred war anscheinend ein bisschen erzürnt. Es war schon was dran an seiner Vermutung. Thomas Knöpfle hatte die Sache auf die lange Bank geschoben. Die Frage war, wie hätte er das bei seinen Vorgesetzten melden sollen, ohne das Gesicht zu verlieren? Was passiert war, war halt passiert, dachte Thomas Knöpfle. Eine saudumme Geschichte. Da hatte dieser Alfred nichts Besseres gewusst, als beim nächtlichen Heimfahren im trunkenen Zustand bei einem Unfall anzuhalten. Die Kollegen kannten ihn und forderten ihn auf, doch die paar Meter vollends nach Hause zu fahren. Was machte der Alfred? Stieg in den Streifenwagen ein und fuhr damit nach Hause. Den hatte dann die Klara im Gütle vom Frieder versteckt. Die Polizisten hatten versucht, mit Alfreds altem Golf zurück zum Revier zu fahren, hatten aber mangels Servolenkung eine scharfe Kurve nicht mehr gekriegt und waren in die Leitplanke geknallt. Das Auto hatte zu qualmen begonnen, und wenn in Pfenningen mal etwas qualmte, dann war die Feuerwehr nicht mehr weit. Auf jeden Fall war der Golf jetzt Schrott, dachte Knöpfle.

Zuerst hatten sie versucht, mit Alfred einen Deal zu machen. Er nahm seinen Schaden auf seine Vollkasko, und sie würden sich um den beschädigten Polizeiwagen kümmern. Als aber Alfred dann erfahren hatte, dass er da ziemlich weit hochgestuft werden würde und erheblich mehr Versicherung zahlen müsste, hatte er diese Lösung abgelehnt. Jetzt waren sie so weit wie vorher.

»Wir müssen eine Lösung finden, meine Klara macht mir die Hölle heiß, weil sie immer zu Fuß oder mit dem Rad unterwegs sein muss«, beklagte sich Alfred. Schirmer und Knöpfle nickten verständnisvoll. Sie kannten die Klara, mit der war nicht gut Kirschen essen. Aber was sollte man tun?, dachte Knöpfle, und ähnliche Gedanken schienen auch Schirmer durch den Kopf zu gehen.

An sein Tun dachte auch Hans Bremer an diesem Morgen. Er wollte sich heute mal nach Pfenningen reinschleichen und sich die Leutebank ansehen. Dazu musste er sich ein wenig verkleiden. Mit ein bisschen Mehl aus Frieders kleiner Hüttenküche hatte er sich die Haare grau eingefärbt und sich dazu ein paar Klamotten aus dem Arbeitsschrank von Frieder geholt. So ausstaffiert, konnte er vielleicht als Arbeiter durchgehen. Einen Spiegel hatte er zwar nicht, aber so musste es gehen. Im schlimmsten Fall, das war eventuell zu befürchten, ließen sie ihn nicht in die Bank hinein.

Als er sich auf den Weg den Georgenberg hinunter machte, sah er auch das Rathaus, vielmehr die Rathäuser, seine Rathäuser. Irgendjemand musste seinen Job ja jetzt machen. Mit der Verhaftung waren alle seine Ämter sozusagen ausgelaufen, gekündigt, erledigt. Die Gerda war auch nicht mehr dort. Blöd gelaufen, dachte Hans Bremer. Das würde er dem Litauer auch noch mal heimzahlen, diesen Scheiß. Schickte der einfach einen los, und der schießt dann halt. Das ging so nicht, auch nicht in einer schlecht geschriebenen Realität.

Was wohl aus dem Schriftsteller geworden war? Nicht dass er irgendwas irgendwie begriffen hätte. In diesem ganzen ersten Pfenningen-Buch, das er in der Haft die Zeit gehabt hatte zu lesen, waren Dinge passiert, die zu der Zeit eigentlich noch niemand wissen konnte. Weil alles so aus sich heraus geschah, ohne Plan, ohne Überlegung. Die Elfriede war schon eine gewesen. Er brauchte das halt, hatte es immer gebraucht, und es hatte ihn gewundert, dass ihm seine Frau erst so spät draufgekommen war. Er hatte doch keine Ahnung gehabt, als er nach Hause kam. Sein Entsetzen, als da die Elfriede Schuckerle, seine Elfriede, ohne Kopf am Tisch saß. Aber auch der ganze Weg danach, die Tricks und die Lügen. Wer sollte das alles wissen und aufschreiben? Konnte das Phantasie sein? Er wollte das nicht glauben. Und wenn es dann einen geben sollte, bitte, er war nicht sehr firm in solchen Dingen. Dass einer sich das nicht nur ausdachte, sondern auch noch leben ließ? Dann musste er sich ernsthafte Gedanken machen, diesen Idioten für sein Schicksal in die Verantwortung zu nehmen. Denn für alles musste er auch nicht geradestehen. Da war er sich ziemlich sicher.

So dachte auch sein unfreiwilliger Vermieter Frieder Kötzle an diesem Morgen. Er war etwas erstaunt auf dem Sofa aufgewacht und hatte sich zunächst mal umgesehen. Er registrierte die beiden leeren Proseccoflaschen. Im ersten Moment dachte er, alles war anscheinend gut gelaufen. Dann konnte er sich so gar nicht daran erinnern, mit Barbara auch nur einmal angestoßen zu haben. Schlecht. Er schaute auf seine Uhr. Schon nach neun. So ruhig im Haus. Das konnte nichts Gutes bedeuten. Er stand auf und ging in den ersten Stock, um sich ein wenig frisch zu machen. Von Barbara war nichts zu sehen oder zu hören. Er hoffte nur, sie würde ihm das nicht nachtragen. Andererseits, warum war sie so spät von der Chorprobe zurückgekommen, dass er sich mit zwei Flaschen Prosecco im Bauch auf das Sofa gelegt hatte? Er würde diese Fragen in Zukunft immer stellen. Das war auch gut so. Immer war ihm die Barbara einen Schritt voraus gewesen in der Vergangenheit. Er wollte jetzt auch mal vorn sein und die Fragen gleich und nicht hinterher stellen: Ich habe dich gegen einundzwanzig Uhr erwartet, wo warst du? So würde er fragen und erst gar nicht zulassen, dass sie sich über die zwei Flaschen und ihn auf dem Sofa ausließ. So ging das zukünftig.

Thomas Knöpfle hätte sich bedankt für so eine klare Linie. Noch waren sie keinen Schritt weiter. Der Alfred saß fest auf seinem Stuhl und fuchtelte mit seiner Krücke herum. Schirmer hatte schon Sicherheitsabstand genommen, und Knöpfle versuchte spielerisch, dem Mann diese Waffe abzuluchsen. Was sollten sie machen?

»Alfred«, versuchte es nun Knöpfle noch ein letztes Mal, »machen wir es so. Du nimmst den Unfall und damit dein Auto auf dich, und wir vergessen die Entwendung eines Dienstfahrzeugs und dessen Beschädigung. Was meinst du?«

»Ich seh des net ei«, kam es von Alfred prompt, »Entwendung, gut, des war ich, aber Beschädigung, nicht dass ich was wüsste!«

»Ond was isch nochher des dohanna?«, fragte nun Willi Schirmer und hielt dem Alfred ein Blatt bedrucktes Papier hin.

»Koi Ahnung«, sagte Alfred.

»Des kann ich dir saga, des isch eine Aussage deiner Klara, dass sie den Dienstwaga ens Gütle gfahra hot ond dann auch den Jenseitskratzer verursacht hot!«

Knöpfle war überrascht, woher kam auf einmal diese Aussage? Wie kam Willi an dieses Blatt Papier? Er jedenfalls hatte von alldem nichts mitbekommen.

Die Wirkung auf Alfred blieb nicht aus. Er schwitzte, fragte nach einem Glas Wasser und musste seine Taktik neu überdenken. Die Klara hatte ausgesagt? Er kannte die Geschichte natürlich, die Klara hatte ihm das gebeichtet, aber nicht, dass sie da was ausgesagt hatte, geschweige denn, dass es so was auf Papier gab. Was sollte er jetzt machen? Der Willi hielt ihm das Blatt vor die Nase, und er musste jetzt wissen, was er tun sollte, dachte Alfred.

»Mir scheint, Alfred, das sollte doch so gehen, oder?«, fragte nun Thomas Knöpfle süffisant.

»Des mein ich auch!«, bestätigte Schirmer.

»No machet mer des halt so«, sagte Alfred Rottwald und war sich seiner Niederlage bewusst. Gott sei Dank, dachte Thomas Knöpfle, mit ein bisschen Glück würden sie gut aus der Sache rauskommen.

Alfred unterschrieb nichts, aber die Übereinkunft war klar. Sie würden, als Polizei, die Sache mit dem Dienstwagen nicht verfolgen, und er würde, als Alfred, die Sache mit seinem Golf nicht an die große Glocke hängen. Geschwätzt wurde eh schon genug. Hätten die Herren zu diesem Zeitpunkt schon gewusst, dass eine einfache

Feuerwehrrechnung für einen kleinen Löscheinsatz ihr Gebilde – denn wir wollen in diesem Zusammenhang das Wort »Konstruktion« aus Rücksicht auf Pfarrer Leonhard vermeiden – ins Wanken würde bringen können, dann wären sie vielleicht nicht so zufrieden allesamt aus dieser Besprechung gegangen.

Zufrieden, ebenfalls ein wenig voreilig, das war auch Hans Bremer. Er hatte sich mühelos nach Pfenningen hineingeschlichen und fiel anscheinend mit seiner Bekleidung nicht besonders auf. Selbstbewusst betrat er die Bank und schaute sich um. Er kannte den Laden von einigen beruflichen Besuchen in seiner Zeit als Bürgermeister, hatte hier schon ein paar Ausstellungen eröffnet und, soweit er sich erinnerte, auch mal bei irgendeinem Jubiläum eine Festrede gehalten. Er war sich immer komisch vorgekommen unter diesen Menschen, die vorgaben, etwas sein zu wollen. Das waren meist aufgeblasene Schwätzer, begleitet noch von langweiligen Damen, die vor allem von ihrer Abendgarderobe gehalten wurden. Charakterlich. Seltsam, solche Gedanken kamen ihm erst heute so richtig ins Bewusstsein. Damals hatte er mitgespielt und sein Lächeln gezeigt, ein Lächeln, das von den Wahlplakaten bis zu seiner Wahl ohne große Mühe in sein Gesicht kam. War er eigentlich immer schon keiner von ihnen gewesen? War er deshalb heute ein potenzieller Bankräuber, der eine Bank auskundschaftete? Sein Weg? Über Mord und Totschlag zu sich? Konnte das sein? Ganz in solchen Gedanken übersah er die alte Frau, und wie es so ist, wenn abwesende Menschen zueinanderkommen, dann war Ereignis angesagt.

Hinterher würde das Genoveva Christlein auch so gesehen haben. Im Augenblick lag sie auf dem Boden, ein fremder grauhaariger Mann über ihr, und sie wusste nicht, wie ihr geschah. Sie hatte doch nur die Anweisungen von Herrn Bleibtreu in die Tat umsetzen wollen. Jetzt lag sie da, und der fremde Mann machte keine Anstalten, sich von ihr wegzubewegen. Das war ihm auch schwerlich möglich, denn bei seinem Sturz hatte Hans Bremer ganz leicht einen Prospektständer kopfmäßig gestreift und sich für einige unbewusste Momente aus der Wirklichkeit verabschiedet. Natürlich war es der liebe Friedhelm, der zu seinem sonstigen Stress auch noch die Situation im Hauptraum zu lösen hatte. Der Mirner wieder, dachte der. Haben wir ein Problem, dann rufen wir doch den Mirner, der wird das dann schon im Sinne der Leutebank klären. Er half Genoveva Christlein auf und versuchte, den bewusstlosen Bremer wieder zum Leben zu erwecken. Der Mann staubte seltsam am Kopf, stellte Friedhelm fest, als er den Bremer Hans auf einen Stuhl wuchtete. Genoveva Christlein schaute erstaunt zu und wusste noch nicht so recht, was mit ihr passiert war.

Das war ihm auch nicht klar. Eigentlich dachte er, beim Blick auf die Weinberge den Faden verloren zu haben. Das war ihm zu ernst geworden. So wollte er nicht über Pfenningen schreiben. Keinesfalls. Vielleicht waren es aber auch die Ruhe, das schöne Häuschen mit dem Blick und seine gute Versorgung, die nun aus Metzingen herauf ganz anders gelöst worden war. Er schlemmte hier vor sich hin und genoss des Abends so manches Glas dieser Metzinger Hofsteige, die er ja schon im ersten Band eine kleine Rolle hatte spielen lassen.

Allerdings, so manchmal, nach dem zweiten oder dritten Glas, wollte er kein Spiel mehr spielen, keine Menschen in irgendwelche unmöglichen Situationen mehr bringen und auch keinen Verfolgungen mehr ausgesetzt sein, die ihn womöglich wieder ins Gefängnis bringen würden. Was war das denn schon? Hier saß er in seinem Häuschen, gut versorgt, so einigermaßen sicher, wenn nicht der Litauer sich zu einem Besuch entschloss. Aber wo war seine Distanz, sein Blick von oben, seine Rolle als Spielleiter? Die Dinge entwickelten sich einerseits, standen still andererseits, und für ihn selbst schien es keine Rolle in seinem Spiel zu geben. Zwar konnte er weiterschreiben, setzte Wort an Wort und fügte Satz an Satz. Aber das lief nicht mehr so locker. Seine Figuren waren längst Menschen, die in sich selbst zurückgekehrt waren. Sie agierten, handelten für sich, dachten nach und entschieden, waren selbstbewusste Menschen geworden. Seine Geschichte war keine Geschichte mehr. Vorbei das Lachen, hinweg der Frohsinn des Spiels, keine Aneinanderreihungen von Lächerlichkeiten mehr. Das war ihm so fern, wenn er von seiner Terrasse auf Metzingen hinunterblickte.

War der Mensch vielleicht doch nicht so klein? War sein Spiel kein Spiel, sondern ein Traum? Vielleicht. Das könnte sein. War er es, der nicht war? Sein Sein stand hier offensichtlich in Frage. Sein Kopf und seine Finger hatten diese Geschichte begonnen, dieses kleine

Pfenningen erfunden und auch das größere Beutlingen daneben. Den Georgenberg und die Achalm, all diese ausgedachten Berge, wie übrigens auch den Albtrauf. Nur die Sonne, die war echt, und die schien, die schien auch jetzt ins Ermstal hinein. Ein schöner Anblick. Ein Anblick, der ein paar Sätze wert gewesen wäre. Ein paar ehrliche Sätze, einige Worte in einer Form, die ihn zwang, die ihn verpflichtete, ernst und wahr zu sein. Jenseits der Späße. Das könnte, würde vielleicht einmal sein. Bisher war er so weit, hier zu sitzen und eine Situation zu klären. Wie sollte er vom Litauer loskommen? Er musste einen Banküberfall schreiben, und der Litauer wollte derjenige sein, der ohne eigenes Risiko die Kohle kassierte. Wie sollte das denn gehen? Den Bremer hatte er wohl so weit, aber jetzt dort in der Bank, beim nächsten Versuch von Bremer, den Litauer auftauchen zu lassen, das schien ihm dann doch unmöglich.

Mit dem Litauer hatte Pfarrer Leonhard Gott sei Dank nicht auch noch was zu tun. Den kannte er nun wirklich nicht. Den würde er wahrscheinlich bis zum Ende der Geschichte auch nicht mehr kennenlernen. Der Pfarrer lag noch in seinem Bettchen, war von Wolke sieben zurück und dämmerte seiner Genesung entgegen. Die Versorgung war gut, es gab Fernsehen, und wenn man wollte, begleitete einen die Schwester zum Klo.

Es war eine betreute Situation, die Pfarrer Leonhard, so wenig nah dem Tode, doch noch nicht erwartet hatte. Aber so war es. Als er die Augen geöffnet hatte, wollte er ihnen zuerst nicht trauen. Aber so gar nicht. Wer ihm da an der Seite, im selben Zimmer, im Bett lag, war Udo Bürzle. Der lag hier also immer noch. Sein Zimmernachbar schlief, obwohl es heller Mittag war. Das waren doch wohl schon Wochen, dachte Pfarrer Leonhard unsicher, dass sie beide aus verschiedenen Situationen heraus hier mal aufeinandergetroffen waren. Und wo war diese Wenke? Dieser junge Mann schien hier einiges etwas zu ernst zu nehmen. Klar, viele landeten in diesen Tagen im Beutlinger Krankenhaus, aber man ging doch wieder. Wie er. Man musste doch Mut fassen, genesen und den Weg wieder weitergehen. Einen guten Weg. Das vorausgesetzt.

Wenn das Frieder Kötzle hätte hören können. Welche Erkenntnisse für die Menschheit, die Welt und vor allem für ihn selbst. Er hatte doch Mut gefasst, er wollte doch einen Weg weitergehen, gemeinsam. Die Morgentoilette war beendet, und er näherte sich vorsichtig über die Treppe dem Erdgeschoss, wo er in der Küche die Barbara vermutete. Aber als er um die Ecke bog und die Küchentür öffnete, keine Barbara. Die war weg, schoss es ihm durch den Kopf, die war fort, hatte die Konsequenzen gezogen und vor allem dieser Klara zu viel zugehört. Die könnte er ... Er setzte sich, trank den Kaffee, den er nicht wie üblich vorfand, sozusagen pantomimisch und überlegte.

Eine Beruhigung hatte er, das Bett, ihr Bett war heute Morgen benutzt gewesen. Immerhin. Sie war nicht fortgeblieben. Aber was war passiert, dass seine Barbara einfach so des Morgens nicht anwesend war? Er wusste von nichts. Gut, sie hatten nicht mehr so viel miteinander geredet, und das eine oder andere Mal hatten sie auch getrennt gegessen. Aber das nur, weil er zu spät gewesen war. Das war doch alles nicht so schlimm gewesen, das waren doch keine Gründe, eine mehrjährige Ehe einfach so über Bord zu werfen! Dem Frieder ging es nicht gut. Ein Glück, dass in diesem Moment eine Krücke um die Ecke kam und seinen dicken Daumen auf die Kötzle'sche Klingel presste.

»Herein!«, rief der Frieder.

»Hinein!«, rief der Alfred.

Der einen Schritt tun musste, tat diesen und öffnete die Tür.

»Du«, sagte Frieder.

»Ond!«, sagte Alfred.

»Isch eh klar«, sagte wieder Frieder und ging in die Küche.

Klar war für Friedhelm Mirner nun wirklich überhaupt nichts. Gut, er hatte die Situation sortiert. Den Mann und die Frau getrennt. Aber nun? Was jetzt? Entschuldigung, Entschuldigung, oder was? Die Frau zeterte. Er mochte das nicht. Der Mann schien etwas verwirrt und wollte weg. Verständlich. Er, Mirner, musste zurück zur Weltsparaktion. Also brachte er der Frau einen Kaffee und ließ den Mann gehen. In solchen Situationen wusste er einfach nicht, was tun. Deshalb war er wahrscheinlich nur Kassenbeamter geworden, dachte er. Wenn größere Probleme auf ihn zukamen, dann neigte er dazu, zu versagen. Wie die da oben eben auch.

Bankbeamter, das hatten sie ihm in die Wiege gelegt. Das war irgendwann dann klar gewesen. »Der wird das«, so seine Mutter. Bank, das war sicher, das war etwas Festes, etwas Bleibendes. Da hatte man sein Auskommen und sein Einkommen, komme, was da wolle. Von wegen. Eigentlich ein schnöder Beruf, das Geld von anderen Menschen hin und her zu bewegen. Entwürdigend. Reich, wer war reich, die Bank? Auch nicht mehr. Die schwankte, stand in der Kritik und suchte nach Partnern. Warum? Das verstand selbst er nicht. Offensichtlich fehlte es an dem, was eine Bank ausmachte, dem Kapital. Aber noch mal, dachte er, warum? Schließlich sollten sie immer all die kleinen Fälle prüfen und ganz genau hinschauen, wenn keine Sicherheiten da waren. Und die? Die bankten ins Blaue hinein und standen schließlich da und hatten kein Kapital mehr! Super. Er war nicht dumm. Das sagte er sich, und das wusste er auch. Er hatte sich jenseits dieser Bankkarriere kundig gemacht. Am Abend hatte er sich gebildet, Bücher gekauft, Internet und so. Sicher, die da oben waren auch nur kleine Leuchten, die letztendlich nur Spielball des großen Spiels waren. Aber sie setzten den Kurs, sie sagten ihnen, was sie zu tun hatten. Von wegen, dachte er. Die kleinen Kredite durfte er inzwischen machen, und die machte er auch. Da ging alles durch. Mut zur Zukunft, dachte er sich, die sollten alle ihre Chance haben. Egal, ob privat oder geschäftlich. Da musste doch was gehen! Schließlich waren sie eine Bank und kein Sparschwein, in das nur Geld hineinzuwerfen war. Es würde ihm eine Freude sein, wenn sie ihn denn eines Tages entließen. Sein Schäfchen schlummerte längst im Trockenen. Und das ganz legal, ganz einfach und nicht einmal so kapitalistisch. Das war sein Trick.

Einen solchen hätte Pfarrer Leonhard gerade gebraucht. Einen guten solchen. Er hatte sich in der Beutlinger Klinik bei Dr. Sommerwagen abgemeldet und war mit mehr oder weniger guten Wünschen entlassen worden. »Bis bald«, hatte ihm Cabrio noch hinterhergerufen, war dann aber über sein übertrieben langes Stethoskop gestolpert. Das geht aufs Haus, dachte der Pfarrer und setzte sich in sein bestelltes Taxi. Als er sich gemütlich zurücklehnte, wollte er der Stimme nicht glauben, die da von vorn, also vom Lenkrad her, sich meldete.

»Bist du das mit Calzone-Gottesdienst?«

»Ich …«, stotterte Pfarrer Leonhard.

»Siehst so aus, Pfarrer und Pfenningen und Calzone, das passt doch!«, kam es überzeugt von vorn. Offensichtlich hatte da was an ihm vorbei eine eigene Entwicklung genommen. Er erinnerte sich zwar noch so ein bisschen schemenhaft, aber Wirklichkeit sollte das doch damals nicht werden. Nicht richtig. Aber was gab er auf die Aussagen eines Taxifahrers, er wollte jetzt heim und sich gemütlich ein Zigarillo anzünden.

»Sind schon viele Anmeldungen, wird voll«, hörte er dann wieder von vorn. Was? Anmeldungen, voll? Was denn bitte? Wenn er daran dachte, dass nur eine kleine Verwechslung daran schuld war, nur zwei Zettel, die er vertauscht hatte, dann wollte er nicht glauben, was sich da zu einem Entstehen und auch Geschehen anschickte. Er würde alle Hebel in Bewegung setzen müssen, um diese Sache noch umzubiegen. Das ging doch nicht. Ein Calzone-Gottesdienst in Pfenningen! Und dann auch noch in seiner Christuskirche mit ihm als Pfarrer. Was würde da der Oberkirchenrat sagen? Nicht viel oder wenigstens nur in kurzen Worten. Und dann? Er hatte doch nichts anderes gelernt, er machte doch in Glauben, seit er denken konnte. Aber wenn sie ihm den Abschied geben würden, was dann? Mit was sollte er sich denn über Wasser halten? Also, wenn es dumm lief, musste er sich der Sache stellen und diese auch durchziehen. Aber erst einmal langsam, Herr Pfarrer, dachte er bei sich, jetzt wollen wir erst einmal heimkommen, und dann sehen wir weiter.

Weitersehen wollte Genoveva Christlein im Augenblick noch überhaupt gar nicht. Sie sah sowieso noch nicht so viel. Sie schluckte mühsam diese scharfe Brühe, die sie in dieser Bank Kaffee nannten, und wollte von allem nichts mehr wissen. Sie war mit guten Vorsätzen hier angetreten. Aber wenn man sie so umstieß und dann auch noch liegen ließ, dann war das eine Frage der Bank, und sie fühlte sich in dieser Hinsicht nicht gut. Allerdings wusste sie noch von ihrem ehemaligen und nun verblichenen Gatten Hugo her, die Leutebank, da kannst du dich drauf verlassen. Nun gut, der Hugo, er hatte ja sonst nicht viel gewusst und auch wenig davon gehalten, dass der Mensch vom Affen abstammte, aber vielleicht hatte er wenigstens in dieser Einschätzung mal ein wenig Verstand bewiesen. Geld, das war da, das hatte man, weil man sparte. Das war Lebensgrundlage, ohne die es im menschlichen Alltag einfach nicht ging. Ohne Geld? Sie wusste es nicht, ohne Geld konnte sie sich die Welt nicht vorstellen. Sie selbst brauchte Geld, um es zu sparen, um es nicht auszugeben. Dann war Geld Geld. Sie liebte es, den Kaffee noch mal aufzuwärmen. Sie machte sich eine Kanne, trank nur einen Teil und wärmte sich dann noch ein paarmal eine Tasse in der Mikrowelle auf, verdünnt, denn das war auch gesünder. Das mochte sie. Dieses kleine Sparen. Der Kaffee schmeckte dann zwar nicht mehr, aber sie hatte gespart. Das war schön. Das war Leben. Die Beschränkung, das Kleine, auch im Geiste. Sie fühlte sich wohl darin. Das war eine Welt, die sie überschauen konnte und die blieb, die entwickelte sich nicht, zeigte keine Veränderungen und war morgens so, wie sie abends schon gewesen war. So ging Leben, so viel an Leben packte sie.

Das war doch nicht Leben. Wo lief das denn hin? Wollte er hier nun alle in sich gehen lassen? Wo war denn das lustige Spiel? Wieso verlor er sich in dieser Christlein, die nun wirklich nicht mehr als ein paar Zeilen wert gewesen wäre? Wo waren denn Alfred und Frieder, was machte der Bremer? Verdammt, dachte der Schriftsteller, so kommen wir, kam er nicht weiter. Das sollte doch seine zweite Geschichte, sein zweites Pfenningen werden. Aber was kam raus? Eine Orgie von Tiefseetauchern, in sich. So tief wollte er nicht hinunter ins menschliche Selbst, in sein eigenes schon gleich gar nicht. Das konnte und das wollte er auch nicht. Das sollte doch alles leichter sein, unbedenklich, sein Spiel, ein Pfenningen-Spiel, ein zweites, ähnlich dem, wie er es angefangen hatte. Er klappte das Notebook zu und ging hinaus. Blickte auf die Weinberge. Bald würden warme Sonnenstrahlen die Trauben farbig werden lassen. Es war ein schöner Blick auf Metzingen, den er hier genoss. Mit dem Ort selbst hatte er wenig zu tun. Der Litauer hatte schon dafür gesorgt, dass er, der Schriftsteller, keinen Schritt aus dem Haus tun musste und eigentlich auch kaum tun konnte. Aber er war allein. Zum ersten Mal so richtig allein. Das hatte er bisher nicht gekannt. Die da draußen lebten ihr Leben und taten die Sachen, die sie tun wollten. Er saß hier und sollte das schreiben, was sie dann taten. Aber wenn das nun nicht mehr funktionierte?

Was war denn bloß mit dem los? dachte Gott und bohrte nervös in der Nase. Der hatte doch nun wirklich keinen Grund, zu klagen. Saß da gemütlich in seinem Winzerhäuschen und konnte nun voller Freude vor sich hin schreiben. Aber nein, der wollte problematisieren, der wollte schwierig werden. Das kannte er an seinen Menschen. Die hatten oft nicht den geraden Weg zum Leben. Verstehen konnte er das eigentlich nicht, denn was war der Mensch anderes als sein Weg im Leben. Er konnte am Anfang feststellen, was ihm mitgegeben war und was er aus sich machen konnte, vielleicht. Das war es auch schon. Dann noch ein wenig nach den anderen geschaut, und schon ging der Mensch seinen Weg. So sah er das von oben. Gut, den einen oder anderen Ausreißer hatte er schon gehabt. Mal drehten sie völlig durch, mal blieben sie in ihrer eigenen Grube sitzen und kamen nicht vom Fleck. Das konnte schon mal passieren. Dieser Schriftsteller war nun mal ein Sonderfall, seiner, Gottes. Den hatte er von Anfang an verfolgt und ihm geholfen, wo es ging. Das verstand er oder wollte er verstehen. Er hatte ja auch dabei mitgemacht, diesen Schriftsteller dorthin zu bringen, wo er jetzt war. Bei vielen anderen verstand er, Gott, die Welt nicht mehr. Die hockten vor diesen Flimmerkisten und dachten wohl, das sei das Leben. Er könnte lachen, wenn es nicht so traurig wäre. Die saßen da, des Mittags, des Abends, und schauten in diese Glotze, als ob es ihr Leben wäre. Unglaublich. Gerade deshalb hatte er diesen Schriftsteller ja losgeschickt und schreiben lassen, ihm Ideen gegeben und Einfälle vermittelt. Das hatte alles ja auch prima funktioniert bisher. Wie schon beim Pfarrer Leonhard schien hier ein Schuss Kraft angesagt. Der musste wieder durchatmen, Luft holen und neu ran. Wie so viele da unten, eigentlich, dachte er, Gott. Er sprach das noch kurz mit Gerda und Franz durch, die wie immer in der Nähe waren, und machte sich daran, einen Plan zu entwerfen, wie er diesen Weiler wieder ins Leben, in sein wirkliches Leben zurückbringen konnte.

So viel Beachtung göttlicherseits hätte sich Hans Bremer gerade jetzt gewünscht, aber wirklich. Wie sollte er aus dieser Nummer nun wieder rauskommen? Blöder konnte man wahrscheinlich einen Banküberfall nicht vorbereiten. Mit Mühe und Not war er, obwohl noch recht benommen, geistesgegenwärtig diesem Bankangestellten entwischt. Aber der hatte doch sicherlich auch gecheckt, dass das, was da ablief, zumindest seltsam war. Natürlich war es dann wieder sein Glück, dass da diese alte Frau gewesen war. Mit der hatte andererseits auch wieder alles angefangen. Es war furchtbar. Hatte ihn der Banker erkannt, dann konnte er das mit der Leutebank vergessen. Riskieren konnte er das nicht, dafür stand zu viel für ihn auf dem Spiel. Andererseits, was hatte der schon gesehen? Wenn überhaupt, dann die alte Frau, der er sich gleich zugewendet hatte.

Zurück in Frieders Gütle, machte sich Hans Bremer erst einmal eine Flasche Bier auf. Die Sache musste genau überlegt werden. Er hatte nur einen Versuch, und den wollte er nicht einfach so verplempern. Das mit dem Ausspionieren hatte nicht so geklappt, wie er sich das vorgestellt hatte. Aber so viel war ihm jetzt klar. Mit seinen Ortskenntnissen und ein wenig Verkleidung würde das nicht gehen. Er musste über einen besonderen Weg nachdenken, wie er in dieser Leutebank an sein Geld kommen sollte. So ein Weltspartag war vielleicht keine schlechte Sache, da war was los, und die Angestellten waren meist beschäftigt. Vor allem hatte er erfahren, dass nun praktisch jede Woche Weltspartag war. Das war nicht mehr wie früher, in seiner Kindheit, dass man einmal im Jahr die Spardose »auf die Bank« trug und dann sein Kleingeld einzahlte. Meist gab es dann ein Mäppchen oder auch ein Lineal, mal Buntstifte und Luftballons. Auch richtige Luftballons, draußen, vor der Bank, mit Gas und Zettel. Da hatte er mehrere Jahre seinen Namen und seine Adresse draufgeschrieben, den Ballon dann fliegen lassen und nie mehr was davon gehört. Andere hatten die Karte aus fernen Ländern zurückgeschickt bekommen. Er nicht. Er konnte sich noch an so manchen dieser Orte erinnern, an denen die Luftballons der anderen gelandet waren. So viele Jahre waren vergangen, die letzten Wochen und Monate verschwanden schon in Vergessen, aber das, was für ihn schon bald vierzig Jahre zurücklag, das war nun plötzlich wieder präsent.

So ähnlich ging es Frieder Kötzle auch. Er hatte den Alfred nach einer schnellen Flasche Bier verabschiedet und sich in die Küche gesetzt, um bei einer Tasse Kaffee nachzudenken. Zwar waren es bei ihm und Barbara nicht ganz vierzig Jahre, aber fast. Seit achtunddreißig Jahren waren sie nun verheiratet. Freilich, da waren die ersten Wochen und Monate gewesen, sich kennenlernen, lieben lernen, wie man das so liest und sieht. Dann die Heirat und die Kinder, und so ganz allmählich hatte der Alltag sie im Griff gehabt. Irgendwie war schon was dran an diesem Spruch von der Zeit, die an einem nagte. Sie hatten sich ihre Nischen gesucht und miteinander gelebt. Doch Nähe und Zuneigung, das hatte sich verloren in den Jahren. Aber gerade deshalb hatte er doch die Kreuzfahrt gebucht und sich darauf gefreut, auf einen zweiten Frühling nach der Sache mit dem Automower und dem Beet. Aber die Barbara saß bestimmt wieder bei der Klara und ließ sich von der volllabern. Diese Klara. Einmal ein paar Wochen von der eine halbe Erdkugel entfernt, das wäre ein gutes Gefühl, dachte Frieder Kötzle. Die redete seiner Barbara Sachen ein, die zum einen nicht stimmten und die sie sich zum andern auch selbst hätte erzählen können, denn bei denen fehlte es doch vorn und hinten.

Das sicherlich auch, hätte Alfred bestätigt, aber im Moment fehlte es vor allem unten. Wenn er nicht bald einen fahrbaren Untersatz beschaffen konnte, würde ihm die Klara deutlich aufs Dach steigen. Und wie das dann aussah, das konnte er sich sehr gut vorstellen. Das fing mit der Verweigerung häuslicher Dienste an. Da saß er dann am Mittagstisch, und da war nichts, da kam nichts. Vielleicht noch ein »Heute nicht«. Das war es dann aber auch schon. Er schmierte sich dann sein Brot und sagte nichts. Es hatte keinen Sinn, dann was zu sagen, denn wenn die Klara sauer war, dann war sie so richtig sauer.

Deshalb hatte es ihn auch gewundert, dass sie damals den Polizeiwagen aus der Garage ins Gütle von Frieder gefahren hatte. Das hatte ihn überrascht, so kannte er seine Klara gar nicht. Anscheinend gab es auch bei ihr Grenzen. Das ließ hoffen. Doch darauf wollte er jetzt nicht bauen. Wenn die Herren Kommissare keine Lösung für seinen Fall fanden, dann würde er das halt tun. Nun gut, eine Lösung war das zwar schon, aber eigentlich auch nicht, denn er hatte halt dieses Bankschließfach. Davon wusste die Klara nichts, und das war gut so. Diese Erbschaft lag lange zurück, und damals hatte er gedacht, die Tante Emma, Aktien, das passte zu der. Keine Mark hatte er von der je gesehen, aber dann Testament und Vermächtnis und so was. Der Bankbeamte hatte damals nur den Kopf geschüttelt. Aber Alfred glaubte eben nicht alles, was ihm Menschen vormachten, und so hatte er die Aktien in ein Schließfach gepackt.

Als Silicium dann plötzlich wertvoll wurde, hatte sich die Situation schlagartig verändert. Die Minen in Südamerika förderten, verkauften, und die Aktien stiegen. Und wie. Das war dann sein Taschengeld, sein ganz eigenes, über die folgenden Jahrzehnte gewesen. Viel hatte er ja nicht gebraucht, aber er konnte sich sein Geld holen, wann er wollte und so viel er wollte. Die Klara hatte nichts gemerkt.

Heute brauchte er nun eine größere Summe, und er wollte der Klara auch die Wahrheit sagen. Das musste sein. Denn eigentlich waren sie reich. Sie würde schimpfen. Laut. Das wusste er. Aber es war seine Entscheidung gewesen, und es war gut so. Er wollte nicht so viel Geld so einfach haben. Wohin hätte das denn geführt? Er und Klara in einer Villa an der Achalm, bei den Beutlingern? Undenkbar. Er wollte der bleiben, der er war. Er hatte sein Auskommen, und das eine oder andere ging über sein Taschengeld. Der Klara hatte er immer irgendwelche Geschichten erzählt, wenn mal wieder ein Betrag aus seinem Schließfach in die Familienkasse geflossen war. Das sollte heute auch passieren, in einer Höhe allerdings, die bisher noch nicht da gewesen war. Er wollte sich ein Auto kaufen, einfach so. Bei VW-Kühlin reingehen und einfach eins kaufen. Am besten mit dem Bargeld in der Hand. So hatte er sich das immer als kleiner Junge vorgestellt. Einmal so etwas machen, dann war man erwachsen. Es hatte gedauert, aber nun war es so weit. Er würde zur Bank gehen, die notwendige Summe abheben und dann mit dem Fahrrad zu Kühlin fahren. Die Klara würde staunen.

Das tat die Klara auch so. Ihr geschah zu viel um sie herum. Das mit dem Alfred und seinen Eskapaden konnte sie noch wegstecken. Dass sie zurzeit laufen oder mit dem Rad fahren musste, auch, aber dass die Barbara sie so stehen ließ, das machte sie doch nachdenklich. Ihr Kopf war zwar nicht gerade für sein Denken berühmt, das wusste sie wohl, aber so ganz blöd war sie dann auch nicht. So, wie die Barbara gegangen war, das war deutlich gewesen. Irgendwie hatte sie immer gewusst, es würde einmal dieser Moment kommen. Dann würde sie dastehen und nachdenken müssen. Denn sie hatte gehört, gedacht und geredet. Sie wusste das. Und sie hatte viel geredet und vielleicht ein wenig zu viel zu wenig gedacht. Deshalb überraschte sie ihre Situation nicht. Es war besser, etwas kommen zu sehen, zu erwarten und dann dafür bereit zu sein. Obwohl, was hieß das für sie schon, bereit zu sein. Was sollte sie denn tun. Zu wissen, der Moment wird kommen, war eine Sache, aber dann auch noch überlegt zu haben, was dann zu tun sein würde, das war viel mehr. So weit war sie dann doch nicht. Eigentlich war sie verzweifelt, wenn sie ehrlich zu sich war. Wäre. So richtig bewusst wurde das der Klara nicht. Aber sie spürte es, dieses kleine Grimmen im Bauch, dieses Kribbeln in den Beinen, eben eine kleine Unsicherheit. Ganz ungewöhnlich für eine Klara.

Genau, dachten die Gerda Schickle, der Franz Werth und auch Gott. Das war mal wirklich an der Zeit gewesen, dass diese Frau auf sich gebracht wurde. Das konnte doch nicht angehen, dass sie sich immer über die anderen das Maul zerriss, wie man so sagte, aber andererseits zum Kehren vor der eigenen Tür nicht bereit war. Die Gerda kehrte gerade ein paar Sternschnuppen zusammen, Franz hielt ihr die Kehrschaufel hin. Gott schaute zu.

»Was ist das in Menschen«, fragte Gerda Schickle, »das sie so reden und leben lässt?«

»Ihre Kleinheit vielleicht, ich habe mich immer wieder gewundert, wie sich Menschen so in sich selbst verlieren können. Nur über andere zu reden, nur in anderen zu sein, unwahr zu sein, das ist nicht Leben, nicht das Leben, das ich für die Menschen vorgesehen habe.«

Gerda und Franz hielten im Kehren und Zusammenkehren inne und schauten Gott an. Staunend.

»Und was wird jetzt, wie geht das weiter?«, fragte Gerda forsch.

»Sie wird sich finden. Seht nur weiter zu. Das ist das Spiel. Wer oben zu sein scheint, ist auch ganz schnell wieder unten. Denkt an Bremer!«, sagte Gott und zeigte auf den göttlichen Bildschirm. Franz und Gerda schauten hin.

Das war was zum Hinschauen!, dachte Alfred, als er die Karosse sah. Das glänzte von hinten bis vorn, das war Technik geballt, das war einfach ein Auto. Der Verkäufer laberte ihm die Ohren voll, was dieses Fahrzeug alles selbst machte. Der Scheibenwischer merkte, wenn es regnete, der Außenspiegel hatte eine Heizung, beim Einparken piepste es, und sobald es dunkel wurde, schalteten sich die

Scheinwerfer ein. Nur fahren, das sollte man anscheinend noch selbst machen. Das war ihm zu viel. Er setzte sich in den Wagen und wusste nicht, wie er losfahren sollte. In den Außenspiegeln waren Kameras, die den Verkehr beobachteten, hinten war eine Kamera, die nach hinten sah. Er fragte sich, was er denn dann eigentlich noch zu tun haben würde. So ging das nicht. Mit einem solchen Auto würde sich auch die Klara nicht wohlfühlen. Schon die elektrischen Fensterheber im letzten Golf, dem Golf, den die Pfenninger Feuerwehr schließlich abgewrackt hatte, waren ihr zu viel gewesen.

Er würde sich woanders nach einem Auto umschauen. Nach etwas Einfacherem. So was musste es doch geben. Ein Fahrzeug, das nur das an Bord hatte, was man wirklich brauchte. Soweit er wusste, gab es da eine Marke, die zwar in Rumänien hergestellt, aber von Renault technisch betreut und auch verkauft wurde. Vielleicht wäre das ja was. Außerdem gab es die auch mit Gasantrieb. Das wäre preiswert und auch noch ein bisschen umweltfreundlich. Warum nicht, dachte sich Alfred, so ein Auto würde für ihre Bedürfnisse so richtig passen.

Was seine Bedürfnisse anging, war sich Hans Bremer sicher, deren Befriedigung im Laufe des Tages richtig anzupacken. Es musste schnell gehen, vor allem schnell. Die Übung war gar nicht so schlecht gewesen, um die Verhältnisse in der Bank und vor allem die Menschen dort kennenzulernen. Wenn er mit einer entsprechenden Verkleidung und versehen mit ein wenig Glück zum richtigen Zeitpunkt in die Bank ging, dann würde das klappen. Seine Recherchen hatten sich gelohnt. Es gab einen Zeitpunkt am späten Vormittag, da holten die Sicherheitsleute Geld aus der Bank ab. Dieser Vorgang war für ihn entscheidend. Genau auf dem Weg vom Bankschalter bis zum Ausgang wollte er zuschlagen. Da war zu wenig Sicherheit und sowieso zu wenig Personal in der Bank. Er musste auf den Überraschungseffekt hoffen und alles auf diesen einen Versuch setzen. Aufs ganz große Geld war er ja gar nicht aus. In den Koffern, die da von den Sicherheitsleuten hinausgetragen wurden, waren sicherlich jeweils nicht mehr als hunderttausend Euro. Ein solcher Koffer würde ihm doch genügen. Das reichte für einen Neustart in irgendeinem südamerikanischen Land, das nicht auslieferte. Damit wollte er sich dann auf seiner Flucht über die Schweiz befassen. Jetzt galt es erst einmal, die richtigen Utensilien zu beschaffen und den Überfall bis ins Detail zu planen. Nur wenn sein Plan bis auf die Sekunde stimmte, konnte die Sache klappen. Und sie musste klappen.

So hatte Frieder Kötzle ja auch gedacht gehabt. Aber seine Sache hatte trotz guter Vorbereitung und – wie er selbst fand – auch guter Ausführung eben nicht geklappt. Seine Barbara war nicht auffindbar. Verloren und mit etwas schwerem Kopf saß er auf dem Sofa und dachte nach. Vielleicht sollte er einen Spaziergang ins Gütle machen. Den Kopf mit frischer Luft frei bekommen, das wäre eine gute Idee. Er ging hinaus zur Garderobe, nahm seinen Allwetterkittel vom Haken und war eben dabei, seine Wanderschuhe zu binden, als die Tür aufging. Die Barbara. Mit einem Blumenstrauß in der Hand und einem Päckchen. Frieder hielt im Binden inne und versuchte, seinen offen stehenden Mund zu schließen. Barbara lachte.

»Wo willst du denn hin?«, fragte sie ihn, und das Lächeln, ein warmes, verständnisvolles und vor allem freudiges, wollte nicht aus ihrem Gesicht weichen.

»Äh, ich dachte, vielleicht gehe ich ein paar Schritte, ich wollte zum Gütle, mal nach dem Rechten sehen«, brachte Frieder stammelnd hervor.

»Ach, das Gütle, lass das doch heute. Ich habe Pfifferlinge gekauft und einen schönen Rehbraten, den mach ich uns jetzt. Was sagst du dazu?«

Frieder verstand nicht. Wusste sie schon, oder ahnte sie nur, oder was war es sonst, das ihre Stimmung so gut sein ließ?

»Einen Rehbraten mit Pfifferlingen, unter der Woche, was ist denn los?«, fragte er seine Frau.

»Wir haben was zu feiern«, sagte sie, weiterhin von einem herrlichen Lächeln begleitet.

»Zu feiern?«, fragte Frieder.

»Genau«, sagte Barbara.

»Du weißt es also schon?«, fragte Frieder.

»Was?«, fragte Barbara.

»Das mit dem Prosecco?«, fragte Frieder.

»Du hast doch was geahnt, gib es zu!«, sagte Barbara.

»Äh, nein, nicht so richtig«, sagte Frieder vorsichtig.

»Ich habe heute Morgen gebucht. Meine Lebensversicherung von Onkel Herbert wird fällig, das reicht locker. Wir cruisen, Südsee, vier Wochen, Kapitänstisch, herrlich. Ich dachte, das tut uns beiden mal gut, raus aus der kleinschwäbischen Idylle!«

Frieder kam aus dem Staunen nicht mehr raus. Gab es das? Konnte es das geben? Womöglich waren sie im selben Reisebüro gewesen.

»Ich hab auch gebucht, für uns«, sagte er leise.

»Du auch?«, fragte Barbara. »Wie toll!«

»Aber eher die kleinere Tour, Ostsee, sechs Tage«, sagte Frieder leise.

»Auch schön«, sagte Barbara, »das machen wir im nächsten Sommer, jetzt geht es erst einmal in den warmen Süden!«

Es war unwirklich, wenn das Glück einen so traf, das kribbelte im Bauch, das wirbelte im Kopf, und die Hände wurden schweißnass, dachte Frieder Kötzle. Er kannte so etwas kaum mehr, hatte vielleicht vor vielen Jahren so etwas erlebt und gespürt. Damals, als er die Barbara in der Tanzschule aufgefordert hatte. Das war ähnlich gewesen, denn als sie sich dann sanft und vertrauensvoll in seinen Arm gelehnt hatte, da hatte er gewusst, die ist es.

Von so etwas konnte Wenke Frühwald nur träumen. Wir haben sie ein wenig aus den Augen verloren, nach dieser Episode mit dem Kriminalassistenten Bürzle. Sie hatte Udo noch ein paarmal besucht, aber irgendwie, wie sollte sie das denken, sie war nicht so richtig auf ihn angesprungen. Schade, hatte sie zuerst gedacht, dann halt nicht. Als er dann aber eines Tages mit einem riesigen Blumenstrauß vor ihrer Tür stand, konnte sie nicht anders, als ihn hereinzulassen. Ein bisschen war es schließlich auch ihre Schuld gewesen, dass der arme Junge im Krankenhaus gelandet war. Was stellte sich der Mann aber auch so an!, dachte sie.

»Setz dich doch«, sagte sie.

»Danke«, sagte er.

»Wie geht es dir?«, fragte sie.

»Ganz gut«, antwortete er.

»Schön«, sagte sie.

»Es geht«, sagte er.

»Wie meinst du das?«, fragte sie.

»Nur so«, sagte er.
»Jetzt komm«, sagte sie.
»Ich mein halt, war doch blöd«, sagte er.
»Das kann doch immer mal passieren«, sagte sie.

»Jetzt reicht's aber«, sagte Gerda Schickle, »das kannst du doch so nicht laufen lassen. Wie sieht denn das aus? Die beiden mögen sich doch. Gut, sie haben sich ein wenig aus den Augen verloren, aber immerhin, ihre Besuche im Krankenhaus und sein schlechtes Gewissen, da kann doch was zusammengehen!«

Gott nahm das ernst, er nahm alles ernst, was hier oben und da unten bei den Menschen passierte. Schließlich war es sein Job. Aber was sollte er tun? Eingreifen in dem Sinne konnte er nicht. Er war in den Köpfen und Herzen der Menschen zu Hause. Was sie dachten, glaubten und fühlten, das war letztendlich er. Und wie ungläubig diese Menschen auch noch werden sollten, ein Fitzelchen Gott war immer in ihnen, das war gewiss. Dementsprechend konnte er zwar nicht eingreifen, aber dabei sein, gewichten und lenken, je nachdem, wie sehr die Menschen an ihn glaubten, sich fühlten oder auch dachten. Letzteres kam relativ selten vor. Selbst seine sogenannten Vertreter auf Erden ließen es da oft am notwendigen Hirnschmalz fehlen. Da musste er hin und wieder schon mal deutlich nachhelfen, damit seine Jungs wieder Land sahen. Das konnte er, wie bei Leonhard, einen Schuss Kraft dem Menschen geben, damit er wieder vorwärtskam. Eigentlich war es der Mensch selbst, denn er, Gott, führte ihn nur zu sich selbst, ließ ihn seine Kraft spüren, und schon ging es wieder aufwärts, und der Mensch war wieder auf seinem Weg und ging mit Mut voran. Aber das waren göttliche Gedanken. Da unten ging es weltlich zu, und so, wie sich der Frieder und seine Barbara wieder zusammenlebten, ging das mit Klara und Alfred seinem Ende zu.

Das dachte auch Alfred. Der Frieder hatte ihm schon von den neuesten Taten und Reden seiner Klara erzählt, und er hatte nur den Kopf schütteln können. Es reichte ihm so langsam. Die schwätzte sich noch um ihren eigenen Verstand. Dass sie sich auch über alles und jeden das Maul zerreißen und sich überall einmischen musste, als ob sie irgendwie so eine ausgebildete Beraterin sei. Er hatte ihr das mit dem Polizeiauto noch hoch angerechnet, aber eigentlich war jenseits der Überraschung ob dieser Tat auch ein wenig der Gedanke aufgetaucht, zu welchem Zweck sie diese Aktion gemacht hatte. Retten schon, aber warum und wieso? Die hatte doch wie immer Hintergedanken gehabt, welche, das wusste er zwar nicht, aber das würde sich sicherlich bald zeigen. Für ihn hatte sie das jedenfalls nicht gemacht, da war er sich sicher.

Im Gehen konnte man gut denken, dachte der Alfred, als er sich schließlich dem Renault-Autohaus näherte. Die Zeit ging vorbei, man setzte Fuß vor Fuß und konnte sich seinen Gedanken hingeben, guten oder schlechten, je nachdem. Heute ging es ihm gut damit, zu denken. Das war nicht sein Ressort, das wusste er wohl, aber hinsichtlich Klara waren das gute Gedanken gewesen, die ihm weiterhelfen würden. Dieses Auto war nicht wichtig, nicht wirklich, aber dass er dieses Auto kaufen würde, mal einfach so, nur er, das war ein Vorgang, der Bedeutung trug. Die Klara würde ausflippen! Denn die würde wissen, dass dieses Auto mehr war als ein Auto. Dieses Auto würde Freiheit sein, Freiheit für ihn, jenseits der Klara! Es ging ihm um ihn selbst, sein Leben, seine Jahre, die ihm noch blieben, und um das, was er mit dieser Zeit noch anfangen wollte. Er wusste den Auslöser eigentlich gar nicht, dachte er, vielleicht das mit dem Polizeiauto, wer weiß, das könnte es gewesen sein. Vielleicht auch die Situation im Krankenhaus, mit dem Pfarrer. Wo sie zuerst zum Popen gewatschelt war. Doch, könnte sein, da war es ihm vielleicht klar geworden. Das Thema Liebe und Zusammenleben mit dieser Frau war vorbei.

Ganz anders unser Udo. Der sah sich schon in einer völlig intakten Zweierbeziehung und bezog schon das Sofa neu, dachte an Raumgestaltung und passende Rezepte. Er war ein impulsiver Mensch, deshalb trank er ja auch eigentlich keinen Alkohol, bis auf dieses eine Mal. Sie hatten sich schon zwei Mal getroffen, erst war es ins Kino gegangen und dann ins Theater. Heute Abend sollte sie zum Essen kommen. Er hatte alles im Griff, alles vorbereitet. Er hatte ein klassisch schwäbisches Gericht angekündigt. Er hatte überlegt, die Jahreszeit, der späte Herbst, legte nahe, sich etwas Warmes auszusuchen. Etwas, das von innen wärmte. Eine Brühe wäre gut, hatte er gedacht. Und von der Brühe war es nicht weit zu den Zutaten gewesen. Ein paar Spätzle, ein paar Kartoffeln und dann, je nach Gusto, rote Würste, Saiten oder Siedfleisch. Kurz geschrieben, er hatte sich für den sogenannten Gaisburger Marsch entschieden.

Das kochte er ihr nun gerade. Allerdings war dies mit seinen wenig entwickelten Kochkünsten eine echte Aufgabe. Er hatte verschiedene Kochbücher gewälzt, aber kaum Hilfe gefunden. Denn Brühe, das war anscheinend eine Überzeugungsangelegenheit. Er konnte nun nicht mehr los und noch Knochen holen, um eine Fleischbrühe zu kochen, die vielleicht am nächsten Tag so weit wäre. Viele der offensichtlich notwendigen Gemüse für die Brühe hatte er auch nicht da. Kartoffeln hatte er, die musste er schälen, schneiden und kochen. Spätzle, tja, Spätzle, das hatte er sich nicht überlegt. Die hatte er, wenn er ehrlich war, und das war in diesem Moment angesagt, noch nie gemacht. Und nun? Mehl hatte er, Eier hatte er und Wasser auch. Also, Udo, pack es an, sagte er zu sich und wusste um das Risiko.

Willi Schirmer hätte gelacht und sich als Spätzleberater gern zur Verfügung gestellt. Das war doch eine einfache Sache, hätte er gesagt, hier war der feste Teig gefragt, dessen Kneten unter Umständen einen Muskelkater im Oberarm verursachen konnte. Ein Teig, der eigentlich nicht durch die »Spätzlesmaschee« wollte, dazu aber gezwungen werden musste, mit Muskelkraft eben. Deshalb Kater. Aber Willi Schirmer hatte anderes zu denken und anderen zu helfen. Die Sache mit Elke entwickelte sich nicht schlecht. Nur die Situation musste seiner Ansicht nach geändert werden. So mit ihm zusammen in einer Wohnung, das ging nicht, das würde auf Dauer nicht gut gehen. Aber was sollte er sagen, als Vater? Geh hinaus in die Welt, mach was aus dir, und so was? Das wollte er auf keinen Fall. Er hoffte ja, sie würde schon selbst merken, dass sie beide in seiner Wohnung nicht auf Dauer zusammenwohnen konnten. Er würde sie morgen Abend bei einem Glas Wein mal fragen, wie sie sich das jetzt so vorstellte. Schließlich musste auch sie sich Gedanken machen, wie sie weiterwollte. Das hoffte er. Aber als recht junger – sozusagen kürzlicher – Vater war er sich seines Erfolges im Hoffen nicht so sicher.

»Guter Mann«, sagte Franz Werth, »das ging mir mit meiner Tochter auch so, und da war ich kaum fünfundzwanzig!« Gerda nickte eher unerfahren in solchen Fragen und schaute auf Gott, der die Szene mit Schirmer auch beobachtet hatte.

»Kein Thema für dich, liebe Gerda«, sagte Gott, »aber sei dir sicher und bleibe so, du hast anderes bewegt auf dieser Welt.«

Die unsichere Gerda zeigte ein freudiges Lächeln. Das war halt Gott, der wusste, schaute und ahnte, der bewegte, ohne zu tun, der half, ohne dabei für die Menschen Gott zu sein. Der war einfach da. Ein Freund. Schön, dachte die Gerda, schön, an Gott als einen Freund glauben zu können.

Pfarrer Leonhard fühlte sich im Traum. Sein Schlaf war tief in dieser Nacht, die eigentlich erst Abend war, denn er war heute sehr zeitig zu Bett gegangen. Und als ob Bilder vom Himmel herab in seinen Kopf fallen könnten, kam was bei ihm an. Gott als Freund, fragte er sich traummäßig, das wäre was. Einer, der immer da war, einer, der nicht nur in Büchern stand, einer, den er auch in sich selbst sehen und finden könnte. Das konnte für den anstehenden Tag mit den Konfirmanden eine richtig gute Hilfe sein, das würde ihm Sicherheit geben und ihn aus seinen Zweifeln rauslupfen. So träumte er sich seinen kommenden Tag zusammen, erlebte Situationen, erkannte Probleme und war locker, immer ganz locker, weil Gott, als Freund, ja bei ihm, neben ihm war. Er hatte einen bewegten, aber unkomplizierten Schlaf in dieser Nacht, unser Pfarrer Leonhard. Sein Schnarchen drang dumpf durch das alte Pfarrhaus, und droben im Himmel wurde nur wohlwollend genickt.

Ein wohlwollendes Nicken, das wäre das gewesen, was Thomas Knöpfle sich als das höchstmögliche Ziel für die Ankunft zu Hause an diesem Abend gesteckt hätte. Aber nach dem langen Hin und Her mit Alfred und einigen Nachwehen der Bremer-Sache hatte er halt wieder nicht den Feierabend so legen können, wie es Britta lieb gewesen wäre. Sie hatte ja recht. So, wie er seine Arbeit machte, konnte keine Familie mit ihm umgehen, mit ihm leben, geschweige denn, mit ihm glücklich sein. So weit war er ja schon. Das hielt er sich als Erkenntnis zugute, aber nun ging es darum, daraus Schlüsse zu ziehen, Veränderungen und Maßnahmen einzuleiten und Ergebnisse zu erzielen. Siehe, er hatte seine Lehrgänge besucht, er hatte gelernt. Vieles, das er nicht brauchte, aber auch so manches, wie eben dieses Seminar über Veränderungspsychologie, das sich gelohnt hatte. Jetzt. Aber trotz aller praktischen Übungen war das halt doch Theorie. Ein Schirmer war ein anderes Kaliber als seine Britta. Das war gewiss. Aber dermaßen gewiss. Gut, auch der Willi hatte seine speziellen Seiten, aber bei Britta hörte seine Psychologie auf. Weil sie immer so verdammt recht hatte. Klar, sie machte den ganzen Haushalt, er war nicht da, und dann arbeitete sie auch noch halbtags bei Fleischmann. Was sollte er da sagen? Dass sie relativ, also verglichen, wenig verdiente? Es gab leichtere Wege, sich eine Ohrfeige einzufangen. Wahrlich.

Eine Ohrfeige erwartete Udo Bürzle nun nicht gerade, aber ein ziemlicher Reinfall würde das schon werden, wenn er dieses Chaos nicht in der nächsten halben Stunde beseitigen konnte. Spätzle machen, mal kurz, so ein Blödsinn! Hatte ihm vielleicht jemand erklärt, dass das Wasser kochen musste? Gut, es hatte im Rezept gestanden, aber ganz am Schluss, und so weit hatte er es nicht gelesen. Da war vor allem betont worden, wie wichtig die Konsistenz des Teiges sei und dass der Blasen schlagen sollte, wenn man ihn denn schlug. Allein das war ihm ein großes böhmisches Dorf gewesen. Er hatte geschlagen und geschlagen und verzweifelt auf den Teig und seine Blasen geschaut. Das mit dem Wasser, kochend, hatte er einfach überlesen. Ihm war schon beim Teig die Lust flöten gegangen. Jetzt wusste er es, nachdem er die Teigklumpen aus dem Topf gekratzt hatte.

Es war auch völliger Blödsinn gewesen, ausgerechnet zu dieser Einladung zum ersten Mal Spätzle zu machen. Warum traute er sich auch immer zu solchen Anlässen was Besonderes zu? Warum hatte er nicht einfach zwei Tiefkühlpizzen in den Backofen geschoben und damit gut? Das hätte doch jetzt wirklich auch genügt. Dann hätte sich gezeigt, ob es tatsächlich Liebe war! Von seiner Seite schon, immer noch. Aber er war unsicher, verunsichert durch seinen Krankenhausaufenthalt. Wie konnte er denn groß den Gigolo spielen, wenn er nach zwei Bieren auf das Sideboard geknallt war. Aber all diese Gedanken waren hinfällig, denn jetzt musste er erst einmal den Putzlappen schwingen und in dieser Küche klar Schiff machen. Als er seine Spätzle-Utensilien ins heiße Abwaschwasser legte, war er auch um eine Erfahrung reicher. Denn weil er zwischendurch noch die Kartoffeln abseihen musste, waren sämtliche Teigreste dann anschließend vom heißen Wasser fest geworden, und er musste sie noch mal mühselig abkratzen. Das war nicht einfach. Was machte er falsch in der Liebe?

Für Alfred war diese Frage keine mehr. Die Liebe, nun, er wusste nicht so recht, ob das einmal Liebe gewesen war, zwischen ihm und der Klara. Damals, als sie noch jung und hübsch gewesen war und er ein strammer Jüngling, damals vielleicht. Da gab es so einen kleinen Punkt, an den er sich noch erinnerte, da war so etwas wie Liebe gewesen, vielleicht. Aber heute? Das war fünfzig Jahre her, seitdem hatte die Klara sich nicht zu ihrem Vorteil entwickelt, so konnte er das dezent sagen. Sie hatte immer weniger sich selbst und immer mehr die anderen gesehen. Wenn er zurückdachte, dann sah er sie immer mit offenem Mund und immer mit einem Gerede über andere auf den Lippen. Nicht umsonst hatte er sich bald seine Freiräume gesucht. Seine Werkstatt, das Gütle mit Frieder und seine Gänge durch die Stadt. So war das schon lange, die Klara ging durch die Stadt, und auch der Alfred ging durch die Stadt. Sie gingen, weil sie möglichst wenig zusammen sein wollten. Und so konnte das nicht weitergehen.

Er saß in seinem nagelneuen Dacia, einem Auto ganz nach seinem Gusto. Kein Firlefanz, nichts Überflüssiges, einfach ein Auto. Am besten fuhr er gleich mal bei den Kommissaren vorbei, damit die Sache mit seinem Golf endlich mal vollends erledigt wäre. Irgendwie fühlte er sich freier, seit für ihn die Sache mit der Klara klar war. Das war ein Entschluss, auf den war er stolz, und er würde das so durchziehen, wie er das geplant hatte.

So dachte Pfarrer Leonhard auch. Er hatte neuen Mut geschöpft. Gott als Freund, dachte er, einer, der immer an seiner Seite war, einer, der ihm half, ihm Rückhalt gab und einfach immer bei ihm war. So konnte er die Fragen in seinem Leben neu angehen, mit Mut und Entschlossenheit. Er war nach einem sehr erholsamen Schlaf erwacht und hatte diese frische Kraft gespürt, war wie ein Junger aus den Federn gesprungen und hatte sich für seinen Tag vorbereitet.

Vielleicht drehe ich auch langsam durch, hatte er bei sich gedacht, dieses mit Gott als Freund konnte ja auch eine Wahnvorstellung sein. Immerhin hatte er in den letzten Wochen einiges mitgemacht, und so ganz traute er seinem Hirnstübchen noch nicht. Aber was sollte er tun? Mit Gott voran, dachte er sich und nahm den Freund an. Er würde heute Nachmittag seinen Konfirmandenunterricht abhalten – und wie. Die sollten nur kommen und ihm blöde Fragen stellen, mit Gott an der Seite fühlte er sich sicher und würde auf jede der Fragen eine Antwort finden.

Ein anderes Problem harrte auch seiner Lösung. Dieser Calzone-Gottesdienst ließ sich wohl nicht mehr vermeiden. Wie das ablaufen sollte, das wollte er zu Mittag im »Da Maria« mit Maria besprechen. Mit dem neuen Mut war er auch hier zu Kompromissen bereit. Er konnte sich darunter nicht recht was vorstellen. Gut, er hatte diesen Zettel geschrieben, aber ein Vergleich dieser Art konnte doch nicht Grundlage für die Liturgie eines ganzen Calzone-Gottesdienstes sein. Unmöglich. Aber er war wieder in sich und konnte seine Ruhe finden. Und das alles wegen seinem Freund, Gott.

»Junge, du übertreibst«, sagte Gott zu sich, als er sich seinen Pfarrer von oben anschaute. Was sollte denn nun diese Nummer wieder? Freund? Natürlich war er Freund, aber auch irgendwie der Chef, derjenige, der sagte, wo es langgeht. Das musste klar sein. Er lief doch schließlich nicht neben jedem kleinen Pfarrer her, um ihm laufend Mut zuzusprechen. Da hätte er dann fürwahr viel zu tun! So ging das nicht. Da hatte ein kleiner Stadtpfarrer eine Erscheinung, und schon zog der los und traute sich sogar einen Calzone-Gottesdienst zu. Eine interessante Entwicklung, dachte Gott, warum nicht ein wenig hinein in Arbeitswelten und eben auch in die Gastronomie. Das konnte doch nicht schaden. Man, in dem Fall sein Pfarrer Leonhard, sollte das halt dann auch wirklich gut machen. Aber mit Phantasie war es bei seinen Jungs in der Regel nicht so weit her. Da musste er oft mal einen Gedanken oder eine Idee schicken, damit die Dinge vorwärtsgebracht werden konnten. So richtig seine Ruhe hatte er gerade sowieso nicht. Gerda und Franz lagen ihm in den Ohren, wie das denn nun mit Alfred und der Klara weitergehen sollte. Aber, hatte er ihnen versucht zu erklären, er war nicht der Spielleiter, er dirigierte nicht. Er gab hier mal einen Schuss Kraft, da mal ein wenig Glauben, aber so richtig eingreifen in dieses Leben auf der Erde, das tat er eigentlich nicht, wie er schon des Öfteren betont hatte. Vielleicht, wie bei seinem Sohn damals, im Notfall. Das war aber auch ein wirklicher Notfall gewesen. Hätte er denn gedacht, dass die den gleich kreuzigen würden. Da hatte er ihn halt wieder hochgeholt. Anders war diese Situation nicht zu lösen gewesen. Menschen. Unglaublich.

Hoffentlich, dachte Hans Bremer am nächsten Morgen. Hoffentlich Menschen. Sie würden die Fehler, die er brauchte, machen, da war er sich sicher, so ziemlich. Sein Plan war gut, er war nicht ganz ausgearbeitet, denn ein kleines Risiko würde bleiben. Das war normal, so viel wusste er aus Krimis und dem Fernsehen. Er würde den Sicherheitsmann genau auf der Mitte des Weges zum Fahrzeug erwischen. Das müsste seiner Ansicht nach klappen. Die Verwirrung musste entsprechend groß sein, und er müsste sehr schnell raus aus der Bank und dann zu Fuß weg mit dem Geld. Anschließend würde er sich verstecken und abwarten. Das hatte er sich so überlegt. Warten, bis ein wenig Ruhe eingekehrt war und der Bankräuber in der ganzen Umgebung gesucht wurde. Dann, wenn es ruhiger wurde, konnte er sich aus seinem Versteck herauswagen. Dann würde er sich in Richtung Schweiz auf den Weg machen. So hatte er sich das ausgedacht. Gewalt sollte in seinem Plan keine Rolle spielen. Keine große zumindest. Denn den einen Wachmann würde er mit einem Pfefferspray außer Gefecht setzen müssen. Wenn alles nach Plan lief, dann war dies die einzige Maßnahme, die ihm ein wenig Kopfzerbrechen machte.

Er überprüfte seine Ausrüstung noch ein letztes Mal und machte sich dann auf den Weg in die Stadt. Der späte Nachmittag war genau die richtige Zeit. Da war die Weltsparsache schon wieder am Abklingen. Ein paar Eltern mit Weltsparern wären ganz gut, von wegen Menge und so. Das wäre optimal für ihn. Hoffentlich. Wenn alles so ablief, wie er sich das vorstellte.

Sie hatte sich das auch vorgestellt. Heute würde sie einen erneuten Versuch machen, in der Bank an den richtigen Mann zu kommen. Sie wollte endlich diese Sache mit dem Herrgott und sich zu einem guten

Ende bringen. Herr Bleibtreu hatte das genau erklärt, und sie würde das so umsetzen, wie er es ihr gesagt hatte. Dann kam alles, was von ihr an Geld und Besitz blieb, an die Kirche. Das war ihr wichtig. Denn die Kirche sollte Geld haben, um zu überleben, um weiterhin, über ihr Leben hinaus, eine Kirche für den Herrgott und die Menschen zu sein. Das war ihr wichtig, und das war sicherlich auch im Sinne ihres verblichenen Hugo. So hätte er das bestimmt auch gewollt. Die schlussendliche Hingabe zum Herrgott. Dann würde ihr Leben erfüllt sein, dann würde das, was sie als Leere empfand, dadurch gefüllt, dass sie nicht mehr war und ihr Besitz beim Herrgott. Ihre Kinder würden vielleicht rebellieren, aber sie hatten kaum eine Chance, sich von dem, was sie dem Herrgott geben wollte, noch ihren Pflichtteil zu holen. Sie hatte sich erkundigt. Deshalb ging sie heute nicht zu einem Notar, sondern auf die Bank. Sie wollte verkaufen und das Geld dann gleich überweisen. Hinterher war es dann schwierig, dieses Geld wieder zurückzuholen. So hatte sie den Notar und auch den Bruder Bleibtreu verstanden. In diesem Sinne würde sie das heute vollziehen. Ihr Geld sollte zu Gott. Das war ihr Ziel.

Ein Ziel hatte auch Thomas Knöpfle an diesem Morgen. Er wollte endlich seinem Kollegen Schirmer die Sache mit Stuttgart mitteilen, um keinesfalls in den Verdacht zu geraten, dies irgendwie verschwiegen zu haben. Aber der Kollege Schirmer war noch nicht von seiner üblichen Butterbrezel-Tour zurück. Obwohl sich der ältere Kollege nach der Umstellung von Leberkäswecken auf die Butterbrezel den Umweg zum Großmetzger eigentlich hätte sparen können, kam er nicht früher von seiner sogenannten »Rond« zurück. Sein Arzt hatte ihm aufgrund massiver Verdauungsprobleme nahegelegt, vom Leberkäswecken zur Butterbrezel zu wechseln. So hatte es ihm der Schirmer erklärt. Thomas Knöpfle war sich nicht ganz sicher, ob der Arzt nicht vielleicht eher von einer Brezel an sich, also ohne Butter, gesprochen hatte. Aber jetzt war es eben die Butterbrezel, die Willi auf seiner Runde genoss. Sei es ihm gegönnt, dachte der Kommissar. Er selbst begann seinen Arbeitstag damit, seine E-Mails zu checken. Eine war dabei, die überraschte ihn dann doch. Der Schriftsteller war zusammen mit einem Mitgefangenen und anscheinend auch mit dem ehemaligen Bürgermeister Bremer aus der Haft entflohen. Wie das genau zugegangen war, stand in der Mail nicht. Aber alle drei waren nun zur Fahndung ausgeschrieben und damit auch bei ihnen hier ein Thema. Wo würde dieser Schreiberling wohl hinflüchten? Wer hatte ihm bei seiner Flucht geholfen? Fragen über Fragen. Thomas Knöpfle dachte an den Litauer. Viel hatten sie nicht herausgekriegt über dessen Beteiligung am Verschwinden von Hans Bremer und dessen Flucht. Auch die Beteiligung am Mord an Gerda Schickle konnten sie ihm nicht nachweisen. Der Schütze war wahrscheinlich gleich nach der Tat ins Ausland befördert worden. Sie hatten Spuren gefunden, aber keinen Täter.

Würde der Schriftsteller das Weite suchen?, fragte sich Thomas Knöpfle. Würde er sich von Pfenningen entfernen, den Ort verlassen, an dem und über den er geschrieben hatte? Das war die entscheidende Frage. Wenn er in der Nähe geblieben war, dann hatten sie vielleicht eine Chance, ihn wieder zu fassen. Er würde vielleicht nicht weit gehen. Vielleicht würde er einen Ort in der Nähe suchen, wo er sich gut verstecken konnte.

Das war gut gedacht vom Kommissar, dachte der Schriftsteller. Diese Metzinger Hofsteige war schon ein verdammt süffiges Tröpfchen. Zum Schreiben ideal. Sollte der Kommissar seine Spur aufnehmen und finden?, fragte er sich. Er schrieb und schrieb, das Geschriebene war Bericht oder Geschehen, er wusste es nicht mehr. Der Kommissar suchte ihn, das war ihm klar. Hier oben, in den Weinbergen, war er einigermaßen sicher, und wenn die Weinlese begann, dann kam außer den Wengertern kein Mensch in diese Hänge hinein. Somit war auch er in seinem kleinen Häuschen ziemlich sicher. Es lebte sich gut hier, er hatte seine Ruhe und einen herrlichen Blick hinunter auf die Weinberghänge und dann weiter über Metzingen hinweg nach Beutlingen mit der Achalm und Pfenningen mit dem Georgenberg.

Eigentlich sollte es ihm gut gehen, dachte der Schriftsteller bei sich, denn so hatte er immer schreiben wollen, frei, über den Menschen und den Dingen. So wie jetzt eben. Aber die Dinge und seine Menschen liefen ihm aus dem Ruder. Das wurde ihm alles zu ernst, zu wirklich. Seine Menschen fingen an zu denken, zu überlegen und Dinge kritisch zu sehen. Das hatte er so nicht vorgesehen. So wollte er das eigentlich nicht. Längst war das Spiel kein Spiel mehr. Es kam ihm näher, das, was er so leichtfertig erschaffen hatte. Sein Lachen war verstummt, er ging in sich und bemerkte seine Fehler, seine große Distanz, seinen Willen zum Spiel, das dann kein Spiel mehr war. Vorbei. Aber was sollte er machen? Aus, Ende mit Schreiben? Er hatte eine Verantwortung. Gegenüber wem, das musste er sich noch überlegen, aber es kamen verschiedene Leute in Frage. Gott? Er selbst? Die Pfenninger? Was sollte er dereinst, wenn auch er den letzten Gang tun würde, einer Gerda Schickle erklären, die er, wenn auch versehentlich, hatte erschießen lassen? Tut mir leid, verschrieben. So ging das nicht. Und immer wenn er so nachdachte, dann kam ihm der Zweifel, ob das wirklich er war, der hier so agierte, der Leben von Menschen schrieb und sie auch ableben ließ. Konnte er das denn tatsächlich? Gott? Hier in ihm? Das wäre schon sein nächster Verdächtiger. Was, wenn Gott ihn hier zum Werkzeug gemacht hatte, dort oben an der himmlischen Schreibmaschine saß und ihm seinen Text eingab? Gott. Das könnte sein, wäre möglich, wäre vielleicht blasphemisch, aber nicht sein Problem. Sollte Gott doch schreiben. Aber einen Ausweg hätte er halt gern für sich gewusst.

So sah das Hans Bremer auf seinem Weg zur Leutebank nicht unbedingt. Sein Ausweg musste sein, den hatte er sich geplant, und er würde das auch so durchziehen. In seiner Einkaufstasche hatte er sein Kostüm. Er würde sich hinter der Bank in einer Seitengasse umziehen. Gleich zu Anfang wollte er diesen Friedhelm Mirner suchen und ihm mitteilen, dass er von der Geschäftsleitung engagiert worden war, als zusätzlicher Clown, sozusagen als Rahmenprogramm. So, wie dieser Mirner mit der Weltsparwoche beschäftigt war, würde der kaum darauf kommen, oben nachzufragen. So konnte er sich dann den Leuten der Geldtransportfirma widmen, ihren Weg studieren und eine Gelegenheit abwarten, an sein Geld zu kommen. Er sprach zu sich schon von *seinem* Geld, als ob er sein Schäfchen längst im Trockenen hätte. Sein Trick musste klappen. Mit dem Augustkostüm wollte er sich einem der Geldträger nähern, eine große Show abziehen und den Mann in einen Seitengang locken. Dort würde er ihn betäuben und sich die Tasche schnappen. Sein Kostüm bot ausreichend Platz, um dann damit unbemerkt die Bank wieder zu verlassen. Es war riskant, aber es konnte nur so klappen.

So ähnlich sah Pfarrer Leonhard seine Aussichten, diesen Calzone-Gottesdienst über die Bühne zu bringen. Wie erwartet, lag am Morgen ein Schreiben des Oberkirchenrats in der Post. Darin erkundigte man sich von höherer Stelle, was es denn mit diesem Calzone-Gottesdienst auf sich hatte. Man war interessiert, warnte aber vor allzu viel Weltlichkeit. Der Prälat, sein nächster Vorgesetzter, ein regionaler Vertreter des Bischofs, würde persönlich erscheinen, um am Gottesdienst teilzunehmen. Prost Mahlzeit, dachte Pfarrer Leonhard, das hatte ihm grade noch gefehlt. Er würde womöglich in die Kirchengeschichte eingehen, so oder so. Entweder es wurde ein Desaster, und er konnte sich eine andere Beschäftigung suchen, oder er wäre der Erfinder einer ganz neuen Art von modernem Gottesdienst, der sich den Menschen auf dem sichersten aller Wege näherte, nämlich über den Magen. Er konnte es sich ausmalen, was da in der Zukunft passieren konnte. Es würden Kässpätzle-Gottesdienste, Rostbraten-Trauungen und Amselfelder-Beerdigungen abgehalten werden. Wer konnte wissen, dachte der Pfarrer, was aus diesem kleinen Pizza-Gottesdienst noch werden würde. Aber das war die Zukunft, jetzt ging es um die Gegenwart, und die sah so aus, dass er in kaum zwei Tagen, am kommenden Samstagabend, den Gottesdienst feiern sollte. Ein Gang ins »Da Maria« ließ sich da vorbereitend nicht vermeiden. Also machte er sich auf den Weg. In der warmen Frühlingssonne würde ihm sicherlich etwas dazu einfallen, wie er den Ablauf liturgisch anlegen sollte. Es war eine Frage seiner Kunst, wenn man so wollte, es wich ab vom Üblichen und bot doch auch Möglichkeiten, mal etwas anders an Glauben, Menschen und Gott heranzugehen. Eigentlich eine interessante Sache, dachte der Pfarrer noch, als er aus der Christuskirche ins Freie trat. Dann geriet ihm sein Gleichgewicht in Unordnung. Es hätte nicht viel gefehlt, und ein zweiter Sturz hätte unsere Geschichte an diesem Punkt unnötig gebremst. Womöglich wäre der Pfarrer mal wieder in dem ihm so gut bekannten Rettungswagen in Richtung Beutlinger Klinik, sprich Cabrio, gefahren. Der hätte ungläubig den Kopf geschüttelt und sich mal wieder an die Arbeit gemacht.

Dr. Sommerwagen schob zurzeit eine ruhige Kugel. Nach den Aufregungen mit der Sache am Georgenberg konnte er das auch brauchen. Er musste sich unbedingt wieder seiner liebsten Tätigkeit hingeben und die für sein Leben passendste Frau suchen. Und wo ließ es sich besser suchen als unter den hübschen Schwestern seiner und anderer Abteilungen. Im Augenblick war er dabei, einen Weg zu finden, wie er sich dieser Wenke Frühwald nähern konnte. Als Arzt hatte man da so seine Möglichkeiten, aber die Wenke war ein harter Brocken. Da reichte es nicht, wenn er sich in der Teeküche neben sie stellte und ihr schöne Augen machte. Die reagierte einfach nicht und steigerte dadurch seine Unsicherheit. Ein wenig redete man wohl schon über sie, dachte der Doktor, denn er wusste um die vielerlei Zungen, die in einem solchen Krankenhaus wie dem ihren ein Informationssystem formten, das – wollte er es grob formulieren – das Lassen des kleinsten Furzes vermerkte. Folglich sollte es seiner Ansicht nach zügig gehen. Irgendwie musste er versuchen, sich privat an diese Wenke heranzumachen. Dazu hatte er ihre Adresse rausgesucht und wollte heute Abend einfach so mal mit Blumenstrauß bei ihr klingeln.

Thomas Knöpfle war keinen Schritt weiter. Bei ihm klingelte es nicht. Wo konnte sich dieser Schreiberling denn bloß verborgen haben? Wenn der sich auf diese Unterweltkreise eingelassen hatte, dann war er selbst schuld, wenn er jetzt in irgendeinem verwanzten und verratzten Keller saß und seine Art von Literatur produzieren musste. Was dieser Litauer dabei für eine Rolle spielen könnte und was der vorhatte, war ihm schleierhaft. Der hatte doch bei dieser Flucht aus dem Untersuchungsgefängnis die Fäden gezogen. Das ging doch nur mit Unterstützung von innen und von außen. Unter Umständen hatte der die Sache mit dem Büchlein »Stille Tage am Albtrauf« zu ernst genommen und dachte nun, er könne sich vom Schriftsteller die Wirklichkeit schreiben oder umschreiben lassen. So unterbelichtet, wie manche von diesen Typen waren, konnte er sich das durchaus vorstellen.

Es half alles nichts, wo sollte er, sollten sie diesen Burschen suchen? Der Litauer konnte seinen Schützling, der sicherlich gern was mit Ausblick als Bleibe genießen würde, bestimmt nicht in den guten Beutlinger Hanglagen unterbringen. Das wäre zum einen sehr kostspielig, zum andern würde das zwangsläufig auffallen. Wie übrigens in allen umliegenden Wohngebieten. Hier geschah nichts, ohne dass der Nachbar es bemerkte.

Der Kommissar überlegte. Er überlegte eine ganze Weile und schloss schließlich Pfenningen und Beutlingen als möglichen Standort des Schriftstellers aus. Verschiedene Gründe hatten ihn so weit gebracht. Sein gedanklicher Blick schweifte weiter, hinüber zu den Gütle am Georgenberg wie auch zu denen an der Achalm, dem Beutlinger Hausberg. Zu nahe, dachte der Kommissar, zu nahe und zu einfach. Da gab es kaum Strom und fließend Wasser. Also etwas Festeres, etwas Gemauertes mit wenigstens einem Holzofen. Gerade als er gedanklich so weit war, ging die Tür auf, und Willi Schirmer trat ein.

»Grüß Gott«, sagte der Willi, und der Knöpfle staunte. »Grüß Gott«, das hatte er seit fast einem Jahrzehnt nicht mehr von Willi Schirmer zu hören bekommen. Sein üblicher Text in einem solchen Moment war eigentlich: »Ond, liegt was a?« Mit dieser Frage zog sich sein Kollege dann meist sehr zügig in sein Büro zurück und ließ den Thomas dann kommen. Wenn was anlag, versteht sich. So anders begrüßt, fiel Thomas Knöpfle erst einmal nichts ein, was er jetzt hätte sagen können. Er war das nicht gewohnt, das wich von der Routine ab, war neu. Aber dann obsiegte seine gute Erziehung. Wie hatte die Mutter immer gesagt: »Wenn oiner ›Griaß Gott‹ sagt, noch sagschs au!« Genau.

»Grüß Gott, Willi«, brachte Knöpfle schließlich heraus, und Willi hatte genau gemerkt, wie schwer ihm die Umstellung gefallen war.

»Ond, liegt was a?«, fragte der Willi und lachte. »Hab übrigens unterwegs den Alfred troffa, des mit dem Golf isch dann erledigt!«

»Wie des?«, fragte Knöpfle.

»Er hot sich einen Dacia kauft, mit Autogas.«

»Ich hätte nicht gedacht, dass der Gas-Aktien hat«, sagte Thomas Knöpfle verwundert.

»Ach was, Aktia, der hot a Auto mit Gasantrieb kauft. Ond er will die Klara verlassa! Schtell der des bloß vor.«

Das brauchte sich Thomas Knöpfle gar nicht vorzustellen. Er hätte die Klara erst einmal gar nicht geheiratet, wenn er der Alfred gewesen wäre. Aber gut, womöglich war auch sie mal ein unschuldiges Mädchen mit schönem blondem Haar gewesen. Obwohl, so recht glauben mochte er das im Falle Klaras nicht.

»Gut, aber dann isch das vom Tisch«, sagte Thomas Knöpfle und schaltete den Kaffeeautomaten ein.

»Gut«, sagte Willi.

»Gut«, das hätte Pfarrer Leonhard auch gern gesagt. Das mit der Stufe an der Christuskirchen-Treppe hatte er doch glatt vergessen. Er rieb sich seinen Knöchel, und für einen klitzekleinen Moment fuhr ihm ein Gedanke durch den Kopf. Wenn dieser Knöchel anschwoll, wenn diese Bänder so gedehnt waren, dass er damit eigentlich, medizinisch betrachtet, keinen Schritt tun konnte, dann war ihm der Weg ins »Da Maria« und damit zum samstäglichen Calzone-Gottesdienst verwehrt. Aber diese Möglichkeit des Ausweichens blitzte sozusagen nur an ihm vorbei. Das konnte und wollte er nicht zulassen. Die Plakate hingen aus in der Stadt, und er konnte unmöglich einen der Kolleginnen oder Kollegen bitten, ihn in dieser Angelegenheit zu vertreten. Höchstens der Prälat, der könnte vielleicht, dachte unser Pfarrer, aber auch wieder nur ganz kurz, der Prälat, der wäre ja sowieso da, dann könnte der doch auch ... Aber er wusste, das waren Gedanken, die er sich besser nicht machte. Kneifen gab es für ihn in dieser Sache nicht mehr. Also ließ er geschwollenen Knöchel Knöchel sein und machte sich auf den Weg ins »Da Maria«. Ein wenig war er schon weiter mit seiner Predigt. Er würde mit dem Teig und den Zutaten beginnen, während der Pizzabäcker ebendiese Zutaten zum Teig zusammenführte. Das war anschaulich, und schließlich ließ sich mit Wasser, Mehl, Hefe und ein bisschen Salz und Zucker doch einiges an Bildern entwerfen. Ihm fielen auf Anhieb zu diesen Zutaten Bibelstellen ein, und es formte sich ein Inhalt für seine Predigt, dem er selbst staunend gegenüberstand. »Wohlan«, sagte er zu sich und öffnete die Tür zur Pizzeria.

»Wohlan«, hätte Udo Bürzle nie gesagt in dieser Situation. Das mit der Tür zur Pizzeria schon eher. Denn um diesem vermaledeiten Gesamtchaos zu entfliehen, hätte er liebend gern die Tür zur Pizzeria für Wenke aufgemacht. Er musste Wenke anrufen, die Situation erklären, ehrlich sein und sie entweder in eine ebensolche Pizzeria oder sonst ein Lokal ihrer Wahl einladen, oder er wollte ihr vorschlagen, mit zwei Pizzen bei ihr vorbeizukommen. Hier in seiner Wohnung – und vor allem in seiner Küche – würde sich jedenfalls heute Abend nichts abspielen. Er würde in den nächsten Tagen einen Reinigungsservice damit beauftragen, die von ihm produzierte Sauerei aufzuräumen und die Küche zu putzen. Er konnte das Elend nicht mehr sehen. Also ging er zum Telefon, nahm das Mobilteil in die Hand und wählte Wenkes Nummer. Er kannte sie schon auswendig. Eigentlich war er nicht gut im Nummernmerken. Vielleicht hatte das ja was zu bedeuten?, fragte er sich.

Was das alles zu bedeuten hatte, das fragte sich Klara Rottwald. Wo war dieser Alfred, und warum war der Müll noch nicht hinuntergetragen? Da lief was nicht rund, da lief was nicht so, wie sie das kannte, wollte und sich vorstellte. Schon diese Blicke von der Barbara hatten sie aufmerksam gemacht. Was sollte nun das denn? Diese Tussi, die außer ihren Kindern und ein wenig Mann nichts im Kopf hatte. Sie konnte ehrlich über Menschen denken, dachte sie. Sie wusste um den Menschen und seine Bescheidenheiten. Das wusste sie ganz genau. Warum lief sie sich denn die Füße wund, um anderen Menschen zu helfen, mit Rat und Tat zur Seite zu stehen? Doch nicht für sich. Für die Menschen. Mit ihr hatte doch nie jemand geredet, sie mal gefragt, wie es ihr denn gehe und ob sie zurechtkomme. Da war doch nie jemand gewesen. Als Kind hatte sie viel mit sich selbst gesprochen und für sich Geschichten erfunden, mit einem Prinzen und einer Prinzessin. Sie war die Prinzessin, und der Prinz war dann auf einem weißen Pferd gekommen und hatte sie befreit. Woraus, das wusste sie nicht mehr so recht. Aufgeschrieben hatte sie diese Geschichten nie. Aber wahrscheinlich könnte sie sie heute noch, nach über fünfzig Jahren, erzählen. Das war nicht so schön gewesen als Kind. Die Eltern zerstritten, der Vater war dann gegangen und der Bruder dann bald auch. Da blieben nur sie und ihre Mutter. Das Trinken hätte sie ihr vielleicht noch nachgesehen, aber dieses Verhalten als Frau, das konnte sie ihr nicht durchgehen lassen. Vor allem, als sie selbst dann Frau war. Die schmiss sich doch jedem an den Hals, der auch nur ein wenig Interesse zeigte. Jeden zweiten Abend kam ein anderer Mann mit ihr heim. Sie hatte sich gewehrt, versucht, sich zu wehren. Aber die Mutter kam von alldem nicht mehr weg, trank sich immer mehr hinein in diese Scheinwelt, die nachts begann und am nächsten Morgen meist schnell vorbei war. Sie selbst hielt das nicht mehr aus. Dieses trostlose Gesicht am Morgen, wenn wieder einer gegangen war. Die Heularien, dass sie sich bessern wolle. Weil sie das nicht mehr glauben konnte und wollte, war sie gegangen, mit siebzehn. Hatte sich durchgeschlagen und auch bald den Alfred getroffen. Da begann ihr Leben.

Vielleicht wäre das ein guter Anfang, dachte Pfarrer Leonhard bei der Arbeit an seiner Calzone-Predigt. Die Calzone als der Beginn des Lebens. Die Elemente werden von Gott zusammengefügt und vereinigen sich zu einem Ganzen, das die Welt bevölkern wird. Er schenkte sich noch ein Glas von dieser herrlichen Metzinger Hofsteige ein und schwelgte weinselig über seine Predigt. War das machbar, fragte er sich, die Calzone als Anfang der Welt, des Menschen? Was war mit dem Oberkirchenrat? Wenn da wirklich einer kam und ihm bei dieser Predigt zuhörte, dann mochte er die darauffolgende theologische Diskussion nicht führen. Nach dem nächsten Schluck kam ihm dann die Sache eigentlich gar nicht so schlimm vor. Irgendeinen Bogen musste er schließlich zum Schlagen finden. Er konnte doch nicht hergehen und irgendeinen passenden Bibeltext nehmen und ihn auf die Calzone-Sache zuschneiden. Beim nächsten Schluck gingen ihm Sätze und Bilder durch den Kopf, die nicht pfarrersgemäß waren. Brach die Calzone und sagte, dies ist mein Leib … So weit konnte er nicht gehen. Also andersherum. Die Calzone als Welt, etwas Geschlossenes, das vieles enthielt. Das war doch schon mal gut. Das war doch ein Anfang. Wie allerdings Gott und irgendeine Theologie da noch reinpassen sollten, das war ihm schleierhaft. Er musste aufpassen, denn der Prälat würde sich so eine Gelegenheit sicherlich nicht entgehen lassen. Neue Formen des Gottesdienstes und Entwicklungen in der Liturgie wurden von der Kirchenobrigkeit genau unter die Lupe genommen. Wenn das publik wurde, wenn einer auf die Idee kommen sollte, die Sache ins Netz zu stellen, dann konnte er mit regem Besuch rechnen. Die Frage der Örtlichkeit musste dann auch noch geklärt werden. So, wie dieser Gottesdienst im ganzen Ort auf Plakaten angekündigt worden war, kam das »Da Maria« als Veranstaltungsort nicht mehr in Frage. In Gottes Namen musste er dann halt in der Christuskirche diesen Gottesdienst abhalten. Apropos Christuskirche, er musste unbedingt vorher diese Stufe richten lassen.

Ob in seinem Namen, das wusste Gott noch nicht so recht. Er stand Neuem aufgeschlossen gegenüber, aber ob dieser Pfarrer Leonhard das packte, ihn anhand einer Pizza, wenn auch einer sicherlich sehr schmackhaften Calzone, den Menschen näherzubringen, das war ihm noch ein wenig unklar. Gerda und Franz waren natürlich Feuer und Flamme für diese Idee und fanden diesen Ansatz vom Pfarrer, von wegen Zutaten und so, eigentlich gar nicht schlecht. Aber die Menschen, dachte Gott, die fanden so manches ganz toll zu seiner Zeit, und hinterher stellte sich dann heraus, dass es so ganz und gar nicht gut gewesen war. Was erfanden die alles, nur um damit schließlich den Planeten, seinen Planeten wohlgemerkt, in Gefahr zu bringen. Aber sie waren lernfähig, diese Menschen, dachte Gott. Es brauchte zwar immer Katastrophen und auch viele Tote, bis sie etwas begriffen, aber jetzt hatten sie doch tatsächlich begonnen zu kapieren, dass die Atomkraft, also das Spalten vom Kleinsten, was er geschaffen hatte, ein Irrweg war. Der Einstein hatte das noch gecheckt, das war ein kluges Kerlchen gewesen, hatte Spaß gemacht damals mit dem.

»Und, hilfst du ihm?«, fragte Gerda, die sich hinter ihm angeschlichen hatte. Jedenfalls empfand Gott das so. Alle glaubten immer, er sehe und merke alles. So großartig war das Gottsein nun auch nicht. Man könnte sagen, kein schlechter Job, aber nicht Herr Allwissend und ganz bestimmt nicht sein eigener Geheimdienst.

»Du hast mich erschreckt«, sagte der liebe Gott deswegen in deutlichem Ton zu Gerda. Schon tauchte im Hintergrund Franz Werth auf. Der war immer gleich zur Stelle, wenn seine Gerda in ein Gespräch oder womöglich in einen Konflikt geriet. Seltsam. Dieser Franz hatte immer noch nicht nach seiner Frau gefragt. Irgendwas war da, dachte Gott, musste da vorgefallen sein. Er würde Petrus mal drauf ansetzen, und dann würde man sehen.

Thomas Knöpfle war diesbezüglich ohne Hilfe. Er konnte niemanden darauf ansetzen. Er musste selbst Fuß vor Fuß setzen und den Schritt, den notwendigen Schritt, tun. Schirmer war im Nebenbüro, also in seinem. Thomas ging hinüber zur Kaffeemaschine und setzte sie in Gang. Mit einer heißen Tasse Kaffee würde sich das Gespräch vielleicht leichter eröffnen lassen. Wie würde sich das für ihn entwickeln? Stuttgart, zentrale Ermittlungsgruppe, das hörte sich erst einmal nicht schlecht an. Aber was sollte er als kleiner Kommissar aus der Provinz dort? Freilich, man, also er, fühlte sich schon geehrt. Nur schlich sich schnell ein Gefühl oder eine Ahnung ein, dass das irgendwie, so ganz nach dem Peter-Prinzip, eine Stufe zu viel sein konnte. Dann würde er das nicht genießen, in einer solchen Ermittlergruppe zu sein. Und mit der Familie war das ja auch nicht einfach. Britta hatte dem zwar grundsätzlich zugestimmt, hatte aber andererseits vielleicht keine Vorstellung davon, wie wenig planmäßig ein solcher Einsatz verlaufen konnte. Womöglich keine regelmäßigen Wochenenden zu Hause, keine freien Tage und keine Heimfahrt am Abend sowieso. Er würde also einfach mehr weg sein. Ob sie das so richtig realisiert hatte, wusste er nicht. In ihrer Beziehung war er der Realist und sie die treu sorgende Mutter, aber auch die Romantikerin und Träumerin. Sie war stolz auf ihn, keine Frage, dachte aber auch ein wenig an die dann höheren Bezüge und was sich damit vielleicht für die Familie realisieren ließ. Klar, er würde neu eingestuft werden, würde Landesbeamter mit den entsprechenden Zulagen. Er war sich nicht sicher, ob dieser Schritt die Konsequenzen wert war. Vielleicht machte er auch einen Fehler, wenn er so eigennützig nach Höherem strebte.

Wo der Fehler war, das konnte Friedhelm Mirner im Augenblick nicht sagen. Er war damit beschäftigt, Mengen von Kleingeld per Hand zu zählen. Diese Maschinen waren ja wirklich eine klasse Sache, aber wenn sie nicht funktionierten, brach ihm hier der Laden zusammen. Die Schlange der Kinder ging schon hinaus bis auf die Straße, und er wusste nicht, wie er das Problem in den Griff bekommen sollte. Er hatte alles an Personal angefordert, was irgendwie greifbar war, und nun saßen schon gut und gern zwanzig Mitarbeiter an Tischen und zählten Geld. Das war wie früher, aber ganz früher, dachte Friedhelm, als er die Euros und das andere Kleingeld auf Häufchen setzte. Ein bisschen wie Weltspartag in den sechziger Jahren. Solche Einschätzungen kamen auch von den anwesenden Müttern und vereinzelten Vätern. Aber was sollte er machen, mehr Leute konnte er nicht auftreiben, und gezählt werden musste.

Hinterher hätte er nicht mehr sagen können, was zuerst gewesen war, das Problem des Zählens oder das Erscheinen von Genoveva Christlein. In seiner Erinnerung vermischte sich das dann zu einem

Gesamtchaos, das ihn nervlich zerrüttet und niedergeschlagen zurückließ.

Was schrieb er da eigentlich? Wo war er, wie war er, und wo wollte er denn hin? Der Schriftsteller war sich über seine Situation nicht klar. Er konnte sich nicht ausmachen, suchte nach Fundament, nach Grund, stand nicht dort, wo er sein wollte. Er spielte wieder, es hatte ihm anfangs gefallen. Der Calzone-Gottesdienst, der Banküberfall, Knöpfle und Schirmer, das lief nicht schlecht. Er wurde ernster, näher zu sich, dachte er, und doch brachte diese Ernsthaftigkeit eine Tiefe, die er selbst nicht wollte. Das würde am Ende ihn selbst ins Rampenlicht, sprich in den Text, bringen. Das würde für ihn bedeuten, dass ihn dieser Kommissar Knöpfle finden und wieder einknasten würde. Dann Jahre hinter Gittern. Es war eine Frage des Seins, die sich ihm hier stellte. Ihm ging es gut, er wurde ausgezeichnet versorgt und kochte nun selbst. Vorbei die Zeiten mit den quatschigen Hamburgern. Er hatte sich eine gesunde Küche angelesen und setzte die nun um. Es war alles ganz wunderbar.

Aber – und hier gehörte ein solches großes »Aber« hin – er war allein. Saß in seinem Häuschen im Weinberg, trank seine Metzinger Hofsteige und war nicht zufrieden. Das Schreiben lief auf ihn zu, nahm ihn ins Visier und kam immer näher. Er würde keine Antworten wissen, wenn das Schreiben dann vor der Tür stand. Wie sollte er erklären, dass er diese Menschen zwar sozusagen erschaffen hatte, aber doch nicht dafür verantwortlich war, was sie taten? Sein Spiel war kein Spiel mehr. Und wenn, dann nur in dem Sinne, dass er jetzt der Gejagte war. Sie wollten ihn finden, den, der das schrieb, oder auch den, der das anders schrieb. Die merkten das, denn am Anfang, beim ersten Buch, hatten sie noch gelacht. Jetzt lachten sie nicht mehr so sehr. Kaum. Die wunderten sich, wie schnell alles gleich in ein Buch gekommen war, dabei war das ganz einfach. Ein wenig Phantasie für den ersten Band, und der zweite lief wie von selbst. Entwickelte sich, lebte, wurde, aber was? Wie sollte er als Schriftsteller da jemals rauskommen? Er wollte das doch nicht so. Den Thomas Knöpfle hatte er lieb gewonnen, manche andere auch, zuvorderst den Pfarrer Leonhard. Die hatte er alle erfunden, auch das Drumrum. Aber ebendieses Drumrum fing nun an, sich in seinem Kopf zu bewegen.

Das lebte, das wollte und, ganz schlimm, das musste. Er war da mehr oder weniger außen vor. Ihm lief das aus dem Ruder. So richtig hatte er nur noch zwei, drei Linien im Griff: Knöpfle und Schirmer, der mit Tochter, dann den Banküberfall und vielleicht noch Frieder und Barbara oder Alfred ohne Klara. Bei Udo Bürzle und Wenke Frühwald hörten seine Fähigkeiten dann schon auf. Was sollte er aus den beiden machen? Romanze? Für dieses Buch, das zweite, gab es ebenso wenige Regeln wie für das erste. Seine Absicht war gewesen, eine nette Fortführung zu schreiben. Wo das dann hinlief, da musste er in sich gehen und sich selbst fragen. Das kam auf ihn zu. So weit war er vorher schon gewesen. Das Spiel war einerseits nicht mehr sein Spiel, aber er spielte nun mit. Der Schriftsteller. Wenn sie ihn fanden, was sagte er dann? »Ich gestehe, ich habe geschrieben.«

Der musste doch zu finden sein, dachte Thomas Knöpfle in seinem Büro. Der Kaffee war durchgelaufen, er füllte zwei Tassen und machte sich auf den Weg zu Willi. Der saß verloren hinter seinem Schreibtisch, vor sich einige Formulare, in der Hand einen Stift.

Er schaute auf. »Eine verdammte Schreiberei ist das fei«, sagte er nur und widmete sich wieder den Formularen.

»Was machst du denn?«, fragte Thomas Knöpfle.

»Ich füll a Formular aus, und am End' hab i a Tochter«, sagte Schirmer lächelnd.

»Und wie geht das?«, fragte Kommissar Knöpfle.

»Es goht so. Die Mutter hat mich wenigstens als Vater angegeben, wenn i au drvo nex gwisst han. Elke übrigens au net. Om einen Vaterschaftstest werde mer allerdengs net romkomma, denk i«, antwortete Schirmer.

Thomas Knöpfle stellte die Kaffeetassen auf Schirmers Schreibtisch, an den Rand, weit jenseits der Formulare.

»Komm, lass uns einen Kaffee trinken und reden«, sagte Knöpfle.

Willi Schirmer nahm den Kaffee und trank einen großen Schluck. Thomas Knöpfle schaute ihn fragend an.

»Es isch seltsam«, sagte Schirmer, »do hosch du plötzlich a Tochter. Steht vor der Tür, und schon geht das alles los, eben hier.« Er zeigte auf die Formulare.

»Ist doch eigentlich toll«, versuchte Thomas Knöpfle, den Kollegen aufzurichten, »jetzt ist was Neues in deinem Leben, es gibt einen Menschen für dich!«

Willi Schirmer schaute ihn fragend an.

»Thomas«, sagte er leise – bemerkenswerterweise auf Hochdeutsch, was eigentlich so gar nicht seine Sprache war –, »das war nicht vorgesehen. Ich kann mit solchen Veränderungen ganz schlecht umgehen. Das hier«, er zeigte auf die Büros, »das hier war mein Leben und sollte mein Leben bleiben. Jetzt ist sie da, und alles ist anders.« Thomas verstand den alten Kollegen. So hatte er ihn kennengelernt, mit all seinen Routinen und Eigenheiten. Sein Leberkäswecken-Gang zum örtlichen Großmetzger war eine Institution gewesen. Nun musste er sich mit seiner täglichen Butterbrezel zufriedengeben. Sein Arzt hatte ihm dazu geraten. Sonst würde das nichts mehr mit einer vernünftigen Verdauung, hatte der wohl gesagt. Aber das war er, der Willi, der sein Pfenningen im Griff hatte. Nun hatte er anscheinend nichts mehr so richtig im Griff. Sein Leben war auf den Kopf gestellt worden, und er kämpfte damit, dies alles auf die Reihe zu kriegen, auf seine Reihe, wohlgemerkt.

»Und, wie geht es mit ihr?«, fragte Thomas Knöpfle.

»Des isch ja des Blede«, antwortete Schirmer fast trotzig, »es isch schee!« Dabei schüttelte er den Kopf und nahm noch einen Schluck aus der Kaffeetasse.

»Ond wo ist dann des Problem?«, fragte Thomas ihn.

»Problem? Eigentlich han i koi Problem. Des isch es ja! Aber, sag ehrlich, kannsch du auf Ahieb glicklich sei?«

Was sollte Thomas Knöpfle diesem tief gehend fragenden Blick antworten? Auf Anhieb, das sicherlich nicht. Aber so hin und wieder, das ging schon. Mit Britta, am Abend, manchmal, mit einem Glas guten Weines. Zwar versuchte er sich auf seinen Kollegen zu konzentrieren, aber, wie es bei Ermittlern halt oft der Fall war, sie waren eben immer im Dienst. So auch hier und in diesem Falle. Wein, dachte Kommissar Knöpfle da auf zweiter Schiene, Wein, Weinberge, abgelegen, einsam, Hütten, Häusle und so was. Da musste er nachhaken, das wollte er verfolgen.

Nein, dachte sich Alfred, nachlaufen würde er ihr nicht. Der Autokauf war einwandfrei über die Bühne gegangen. Er hatte für günstiges Geld einen kleinen Dacia gekauft, der mit Autogas fuhr. Sie waren, nein eigentlich er war nun wieder mobil. Die Polizei konnte ihm mitsamt seinem alten Golf zukünftig den Buckel runterrutschen. Das Beste war: Nachdem er mit Krücken im Autohaus angekommen war, hatte ihm der Verkäufer doch glatt einen Leihwagen mitgegeben. Er kam mobil zurück nach Hause, es war Abend, eigentlich Vesperzeit, dachte Alfred. Ob die Klara wohl noch für ihn anrichtete? Das sind so die Fragen bei einer Trennung. Das dachte sich leicht, ade und tschüss. Aber wer richtete ihm wohl heute Abend sein Vesper? Das war unsicher. Aber Alfred dachte sich, machst du doch noch einen Schlenker hinüber zu Frieder, wer weiß, vielleicht wird da gerade gedeckt, und tat dies auch, denn er hatte schließlich das Lenkrad in der Hand.

In der Hand hatten zwei relativ junge Männer sehr Verschiedenes zu dieser Vesperzeit. Der Cabrio einen Blumenstrauß und der Udo zwei Pizzakartons. Dass sie sich nun ausgerechnet an diesem Tag, an diesem Abend und auch noch zur selben Zeit vor dem Haus, in dem Wenke wohnte, trafen, das war schon ein verdammter Zufall. Aber so ist das Leben, es spielt so manches Mal mit den Menschen und schert sich wenig um persönliche Befindlichkeiten. Die waren zwar im Ansatz bei beiden Männern ähnlich auf Paarung ausgerichtet, allerdings zeigte die Sicht der wahren Absichten bei Udo deutlich ernstere Momente als beim flotten Doktor. Was allerdings im konkreten Aufeinandertreffen vor der Haustür keine wirkliche Rolle spielte. Schon die Erfassung dieser Situation war für den einen, Cabrio, leichter, für den anderen, Udo, in seiner Naivität erst einmal kein wirkliches Problem.

»Hallo«, sagte Udo.

»Guten Abend«, sagte Cabrio, um gleich von vornherein einen Unterschied zu markieren. Als Stationsarzt sagte er nicht so einfach Hallo zu einem wildfremden Menschen, gerade dann nicht, wenn es sich offensichtlich um einen Konkurrenten handelte.

Als ihre Zeigefinger sich auf dem Klingelknopf trafen, schauten sie sich einerseits verdutzt, andererseits vorwurfsvoll an. Cabrio legte alles in diesen Blick und wollte diesen Typen schon damit gleich von der Platte schießen. Aber hier kam Udo wieder seine blauäugige Art zu Hilfe. Denn er zog den Finger zurück, trat zur Seite und ließ

Cabrio den Vortritt. Seine Gedanken: Es war seiner Ansicht nach ja schließlich egal, wer nun klingelte. Dies änderte sich allerdings, als Wenkes Stimme aus der Sprechanlage zu hören war. Udo war noch in Gedanken, als Cabrio schon flugs sich vollends vordrängte und sich bei Wenke anmeldete.

»Hallo und guten Abend, Frau Frühwald, ich war in der Gegend und dachte, ich schnappe mir noch schnell ein Sträußchen und mache bei Ihnen einen Besuch!«, brüllte der Doktor fast ins Sprechgitter. Beinahe hätte Udo gelächelt. Aber er spürte auch, dass ihm die Situation entglitt. Wenn dieser Popanz mit seinem Porsche-Cabrio hier Eindruck machen wollte, dann musste Udo jetzt was tun, das war ihm klar. Er musste Wenke signalisieren, dass auch er da war. Aber wie? Eigentlich kein Problem, denn körperlich, wenn auch noch nicht ganz geistig, war er ja da. Er konnte also problemlos hinter dem Typen ins Haus gehen. Das tat er auch, als der Summer die Tür freigab. Cabrio versuchte zwar, seine Schritte zu verzögern und Udo damit diese Chance zu verbauen, aber so schnell setzte man einen Kriminalassistenten nicht schachmatt. Udo drängte nach und stieg hinter dem Doktor die Treppen hinauf. Das wollen wir doch mal sehen, dachte er, die Wenke, das war die Seine, da konnte kommen, wer wollte. Denn bei ihm war es Liebe, und die Liebe verlieh bekanntlich Flügel! Die nutzte er in diesem Moment und flog, er konnte es selbst kaum glauben, an Cabrio vorbei das Treppenhaus hinauf. Er stand als Erster vor Wenkes Wohnungstür. Cabrio kam schnaufend hinterher. Nur Golf, das war halt so gut wie kein Sport.

Damit werden auch diese Flügel plausibler, dachte der Schriftsteller. Er hatte gezögert, so weit zu gehen. Andererseits wollte er diese Liebe, wollte er diesen Beginn einer Beziehung schreiben. Dazu musste Cabrio weg.

Das lief doch wieder, dachte der Schriftsteller. Das waren der Blick über die Weinberge, übers Tal, die Ruhe und der sanfte Wind. Dies alles konnte er nun in Zeilen pressen, mit Kraft und Selbstbewusstsein. Er wollte sich nicht mehr um Spiel oder Nichtspiel kümmern. Er musste wieder zu sich kommen, sich hier finden und das schreiben, was ihm aus den Fingern floss. Deshalb Flügel, so viel Freiheit würde er sich zukünftig gönnen. Warum auch nicht.

Aber, wie es oft so ist, eine gute Stimmung erfährt leicht auch mal einen Bruch oder eine Unterbrechung. Hier, in diesem Fall, war es der Litauer, der unangekündigt vor der Tür stand.

»Äh, Tag«, sagte der Schriftsteller überrascht.

»Tag«, sagte der Litauer und setzte sich in den Schriftstellersessel. Damit waren die Verhältnisse schon mal geklärt, wusste der Schriftsteller.

»Ond, geiht's?«, fragte der Litauer.

»Gut«, antwortete der Schriftsteller.

»Schreibst?«, fragte der Litauer.

»Ja«, sagte der Schriftsteller.

»Was brauchst?«, kam die nächste Frage vom Litauer.

»Eigentlich habe ich alles, was ich brauche, wirklich. Alles sehr gut, kein Vergleich zum Keller«, wagte sich der Schriftsteller vor.

»Schreibst gut? Wie besprochen?«, wollte der Litauer wissen.

»Wie ausgemacht. Ich bin bald beim Banküberfall«, antwortete der Schriftsteller.

»Gut. Machst wie gesagt«, meinte der Litauer.

»Ich weiß noch nicht so recht, wie es laufen wird. Denn da sind der Bremer und diese Christlein, und dann ist mir noch nicht so recht klar, wo du oder wo ihr dann reinkommen sollt oder wollt?« Der Schriftsteller schaute den Litauer fragend an.

»Schreibst Überfall, und wir sehen«, sagte der Litauer.

»Aber ich muss doch wissen, wie ihr das machen wollt, ich muss euch doch auch noch reinschreiben, sonst funktioniert das doch nicht«, sagte der Schriftsteller mit ein bisschen Leiden in der Stimme.

»Wie besprochen. Bremer rein, Tohuwabohu, und dann kommen wir schon. Wirst sehen. Das geht. Das geht gut«, sagte der Litauer mit dem Brustton der Überzeugung.

»Aha«, meinte der Schriftsteller nur. Ihm war überhaupt nicht klar, wie das gehen sollte. Zwar hatten sie die Termine abgesprochen, aber auf welche Art und Weise die Litauertruppe da eingreifen wollte, das war überhaupt noch nicht klar. Aber bitte, wenn es dieser Gangster so sah, dann gut. Dann würde er seine Phantasie mal spielen lassen, und vielleicht kam dabei sogar ein Ausweg für ihn heraus. Mal sehen.

»Geh«, sagte der Litauer noch, dann war er auch schon aus der Tür. Der Schriftsteller blieb verwundert zurück. Was war das jetzt gewesen? Er konnte es einfach nicht mit solchen schrägen Typen wie dem Litauer. Freilich, er hatte ihm geholfen, ihn aus dem Gefängnis geholt und so. Aber dieses Denken, wenn es denn ein Denken war, dass er hier irgendwas schreiben könnte, das dann für diese Typen eine Situation schaffen würde, um an Geld zu kommen, das war ihm dann doch fremd. Er wollte kein Geld, er wollte endlich fertig werden und den Metzinger Weinbergen für immer adieu sagen. Er wollte seinen Kommissar Knöpfle pflegen, ihn sich entwickeln lassen und vielleicht in neue, wirkliche Abenteuer gehen lassen. Vielleicht in dieser Ermittlungsgruppe, vielleicht. Er musste diesen Banküberfall bald schreiben. Die Vorbereitungen bremerseits waren im Gange, die Christlein stand parat, und auch den Mirner hatte er richtig passend entworfen. Da lief was zusammen, was zusammenlaufen musste. Und eigentlich hatte er Spaß mit den dreien, denn mit denen ließ es sich trefflich schreiben. Da konnte er vom Leder ziehen und sich loslassen.

Das Loslassen war an anderer Stelle nun nicht so einfach. An der Wohnungstür war es noch einigermaßen gegangen. Cabrio hatte seine Niederlage eingesehen und sich hinten angestellt. Als aber Wenke die Tür aufmachte, flitzte er kopf- und gesichtsmäßig dermaßen nach vorn, dass Udo davon nur überrumpelt sein konnte. Dieser drängte sich vor, spielte seine körperliche Überlegenheit gnadenlos aus und schubste den relativ kleinen Doktor beiseite. In diesem kleinen Moment hatte der Doktor einen schlechten Stand, wurde sozusagen auf dem falschen Fuß erwischt und knallte gegen den Türrahmen und von dort Wenke in die Arme.

»Schädel-Hirn-Trauma«, stammelte der Doktor im Fallen noch vor sich hin, dann ging es mit ihm bergab.

Offensichtlich hatte sein Kopf den Türrahmen doch deutlich touchiert, und folglich begab sich Dr. Sommerwagen, genannt Cabrio, in die Gefilde, die er von seinen Patienten her gut kannte, vor allem von einem, der ihm des Öfteren mit diesen Beschwerden sozusagen »vorgelegen« hatte. Wenke und Udo schauten betroffen auf den niedersinkenden Arzt, der sich, bei aller beruflichen Verpflichtung, in diesem Moment nun wirklich nicht selbst helfen konnte. Es gab eben Situationen, da war auch ein Vollmediziner auf andere angewiesen. Aber anders als beim Herrn Maier, der fälschlicherweise damals in keine stabile Seitenlage gebracht werden konnte, wusste hier natürlich

Wenke Bescheid. Sie bettete den Arzt fachgerecht auf den Boden und rief den Notarzt.

Udo schaute verdutzt zu, grinste innerlich aber auch ein wenig, weil es seinen Konkurrenten so derb erwischt hatte. Wenke dachte eher an den Notarzt, ein Kollege von Cabrio vielleicht, dann dachte sie ans Krankenhaus und die Kolleginnen und Kollegen. Das würde wieder ein Fressen für die Gerüchteküche sein!

Cabrio war das egal. Er konnte nun endlich einmal, wie sein Dauerpatient Pfarrer Leonhard, diese Wolke sieben besuchen. Dies ganz in Ruhe, denn er hatte nicht vor, so schnell aus dieser Bewusstlosigkeit aufzuwachen. Nun war er mal Patient und dann aber richtig.

Nachdem der Rettungswagen abgefahren war, setzten sich Wenke und Udo an den Esstisch und packten die eher lauwarmen Pizzen aus.

»Ich schieb die noch mal in den Backofen«, sagte Wenke.

»Lass doch, geht doch, kein Aufwand«, antwortete Udo und öffnete die Flasche Rotwein, die es beim Pizzaservice als Geschenk obendrauf gegeben hatte.

»Wenn du meinst«, sagte Wenke.

»Das wird auch Zeit!«, rief Gerda Schickle in die Runde. Franz Werth nickte eifrig, und auch Gott zeigte Zustimmung.

»Das war doch klar, oder?«, fragte er in Richtung der beiden.

»Diese Ärzte!«, sagte Gerda nur.

»Aber echt«, setzte Franz dazu.

»Und?«, fragte Gott.

»Unmöglich«, entrüstete sich die Gerda.

»Menschen«, sagte Gott nur.

»Schon«, warf Franz Werth ein.

»Aber?«, sagte fragend Gerda in Richtung Gott.

»Eben«, sagte der nur lapidar.

Eben grad, sagte sich auch Klara. Da lief was völlig aus dem Ruder, da wurde was zum Problem, und das konnte sie nun gar nicht leiden. Bei anderen schon, aber nicht bei sich. Wieso hatte sie so ein Bauchgefühl?, fragte sie sich. Wieso konnte sie nicht ganz ruhig und locker heimkommen und dem Alfred sein Vesper richten? Es war nichts anders als sonst. Zumindest konnte sie sich nichts denken, das anders war. Auch wenn sie nachdachte, fand sie nichts. Sie hatten kein Auto, gut, das war nun mal so. Das Problem Barbara blieb separat, hatte zum einen nichts mit Alfred zu tun und konnte zum anderen nur über Frieder vielleicht – vielleicht bald auch nicht mehr – auch zu ihrem Problem werden. Sei's drum, dachte sich die Klara, der Alfred war nicht da, und sie musste sich jetzt was überlegen. Am besten ging sie nach vorn, Vorwärtsverteidigung war angesagt. Sie würde noch schnell zum Großmetzger rübergehen und Alfreds Lieblingsvesper kaufen, einen deftigen Ochsenmaulsalat, den sie dann mit ein paar Zwiebelringen, ein wenig Essig und Öl und ein bisschen Kräutern und Gewürzen für Alfred herrichten würde. Das war eine gute Idee, dachte Klara und machte sich auf den Weg. Sie musste in Richtung Alfred mehr tun, das spürte sie, der lief aus dem Ruder, war zu viel weg, sie musste da aufpassen. Eine Frau spürte so was, ein Mann eher weniger, nach ihren Erfahrungen. Der Frieder würde schön blöd schauen, wenn die Barbara ging. Das war Gesprächsstoff für Wochen, dachte sie so bei sich und freute sich insgeheim.

Beim Großmetzger war wieder mal Schlange, klar, die Grillsaison hatte begonnen, die Temperaturen waren so, dass man einigermaßen draußen sein konnte. Grillen, jetzt schon, dachte Klara, auf keinen Fall! Sie waren keine Griller, sie waren in der warmen Jahreszeit eher für einen guten Wurstsalat, auch sehr lecker vom Großmetzger oder aber selbst gemacht, auch sehr lecker. Sie holte sich schnell zwei Packungen Ochsenmaulsalat, schaute noch kurz an der Restetheke, ob was für sie dabei war, denn hier konnte frau sparen, ging dann aber, nachdem sie nichts Interessantes gefunden hatte, Richtung Kasse.

»Frau Rottwald, grüß Gott«, sprach sie jemand von der Seite an. Sie drehte sich um und war ein wenig überrascht, was bei ihr selten vorkam.

»Ach, hallo, Frau Knöpfle, wie geht es immer so?«, sagte sie, denn mehr fiel ihr, ganz in Gedanken, nicht ein.

»Ach, Sie wissen ja, das Buch, immer noch dieses Buch, die ›Stillen Tage in Pfenningen‹. Weil wir doch alle irgendwie drin sind, und ich verkauf das dann. Das ist nicht so einfach, da bin ich als Buchhändlerin hin- und hergerissen.«

Die Klara überlegte. Von diesem Buch hatte sie schon reden hören. Aber sie las eigentlich nicht. Sie redete lieber.

»Wenn ich mich richtig erinnere, dann sind doch Sie auch die Klara im Buch. Die mit dem Alfred, dem Fahrradunfall und der Barbara?« Britta Knöpfle sah Klara Rottwald fragend an.

»Ich? Im Buch? Mit Alfred? Und mit einer Barbara?«, fragte Klara gespielt erstaunt zurück.

»Doch, doch. Sie haben doch auch das Polizeiauto aus Ihrer Garage gefahren, ins Gütle, wissen Sie noch?«, fragte Britta Knöpfle und musste innerlich schmunzeln.

»Von einem Polizeiauto weiß ich nichts. Und dass der Alfred im Krankenhaus war … ein Unfall halt, was weiß ich«, sagte Klara mit unsicherer Stimme. Was lief denn da? Hätte sie da mal was lesen sollen? Offensichtlich hatte sie vor lauter Alfred und Barbara und Beerdigungen versäumt, auch mal die Zeitung oder dieses Buch zu lesen.

»Laut Zeitung wird es ja bei Ihnen jetzt spannend«, sagte Britta keck.

»Wieso spannend?«, fragte Klara vorsichtig zurück.

»Wegen dem Alfred und so. Glauben Sie, der bleibt bei Ihnen?«

Bei mir bleiben, der Alfred? Was war das denn für eine Frage?, dachte die Klara und fixierte die Kommissarsgattin mit festem Blick. Die Frage war doch nicht, bleibt der Alfred bei der Klara. Die Frage war, will die Klara beim Alfred bleiben. Und überhaupt. Wer schrieb denn hier über sie irgendwelche Geschichten, die dann auch noch der Wirklichkeit viel zu nahe kamen? Sie blieb Britta die Antworten auf ihre Fragen schuldig und verabschiedete sich. Britta ging hinaus und Klara noch hinüber zum Bäcker. Das war hier eine gute Sache, man konnte Wurst und Fleisch einkaufen und anschließend noch beim Bäcker das Fehlende holen.

Da fehlte vielleicht noch was. Er musste die Calzone stärker aus dem Vordergrund drängen. Eher in den Hintergrund, sozusagen als theologisches Transportmittel, dann konnten ihm auch die Oberkirchenleute nix, dachte Pfarrer Leonhard bei sich in der Vorbereitung des Calzone-Gottesdienstes. Die Calzone als eine kleine Einheit, die Vielheit und Geschlossenes darstellte und dabei auch noch schmeckte. Oft half ihm ein Schluck guten Rotweins besser hinein ins Thema. Nur so konnte er sich seinen gedanklich flapsigen Ton erklären. Er hatte sich eine sogenannte Geschenkflasche aufgemacht. Das waren Weinflaschen, die zu allen möglichen Gelegenheiten und Festtagen bei ihm eintrafen. Heute Abend hatte er eine Flasche des Metzinger Kollegen aufgemacht, um die er schon eine ganze Zeit lang eher rumgeschlichen war. Metzingen, das war in seinen Augen doch kein richtiges Weinbaugebiet. Aber anscheinend, so sein Metzinger Kollege, gab es da schon lange Weinbau. Er war dann von der Qualität richtiggehend überrascht, wenn nicht sogar begeistert. Das war ein feines Tröpfchen, diese Metzinger Hofsteige. Kein Wunder, kamen ihm solche Gedanken. Aber das war gut, es fiel ihm leichter, an diesen Gottesdienst zu denken, und vor allem, sich etwas einfallen zu lassen, wie das überhaupt ein Gottesdienst werden konnte. So vorsichtig musste er das noch denken, denn klar waren seine Gedanken in dieser Hinsicht noch wenig. Er fischte im Trüben, aber mit einem weiteren Glas der Hofsteige war er guter Dinge. Oft brauchte es in solchen Fällen nur diesen kleinen Schluck, und schon sah die Welt anders aus.

Einen solchen Schluck hätte Cabrio jetzt auch vertragen können. Er hätte ihn wiederbelebt, ihm wieder so richtig Leben eingehaucht. Aber solche Genüsse waren jenseits von ihm. Er konnte nun verstehen. Er hatte erfahren, was es hieß, auf Wolke sieben zu sein. So ist das oft, man denkt, man könne sich reinfühlen in Menschen, und ist doch meilenweit davon entfernt. Kein Wunder, dass der Leonhard ihm immer wieder in die Bewusstlosigkeit entfleucht war. Das war eben diese Wolke sieben. Da war nichts mehr, kein Ego, keine Sucht, keine Suche, kein gar nichts, nur Freiheit und ein Geräusch von plätschernden Wellen. Außerdem lag eine Musik in der Luft, die träumen ließ, kurz, es war herrlich, und Dr. Sommerwagen wollte eigentlich nicht mehr zurück in diese schnöde Welt, die nur Herausforderungen kannte und es jungen Ärzten so schwer machte, eine Partnerin zu finden. Hier wollte er bleiben, verweilen und ausruhen von all dem anderen Stress in seinem Leben. Hier hatte er endlich die Erfüllung seiner Träume gefunden, keine neidigen Kollegen, keine tratschenden Schwestern und keine jammernden Patienten. Hier war Plätschern und Singsang nur.

Gerda und Franz schüttelten nur den Kopf. Was glaubte dieser Quacksalber eigentlich? Meinte der, eine einfache Ohnmacht mit ein wenig Phantasie genügte, um sich wie im Himmel zu fühlen?

»Der spinnt doch«, sagte Franz, und Gerda nickte zustimmend.

»Nun lasst ihm halt seinen Glauben«, rief Gott von hinten. Er korrigierte gerade eifrig die Änderungen, die Jesus am Neuen Testament vorgenommen hatte. Insgesamt war er nicht unzufrieden mit Sohnemann, aber hin und wieder war der seiner Ansicht nach schon über das Ziel hinausgeschossen. Kein Wunder, wenn man selbst der Hauptdarsteller gewesen war. Diese jungen Leute hatten wirklich keinen Stil, waren zu einfach gestrickt und ließen sich, so zumindest Jesus, zu dramatischen Wendungen hinreißen, die in einer Bibel nun wirklich nicht angebracht waren. Die Vertreibung der Pharisäer aus dem Tempel geriet zu einer Verfolgungsjagd durch die Gassen Jerusalems, Maria wurde zur Übermutter hochstilisiert, und schließlich machte der Junge aus Judas einen finsteren Gesellen, der den Untergang der Welt bewirken wollte. So geht das nicht, dachte Gott, und strich mit rotem Stift diese Passagen an, um sie anschließend zu Jesus bringen zu lassen, auf dass er sie umarbeite. Gerda und Franz hatten auch schon Korrektur gelesen, aber anscheinend hatten ihnen diese dramatischen Verstärkungen gefallen, zumindest hatten sie nichts einzuwenden gehabt. Kein Wunder, dachte Gott, wer traute sich schon, Jesus zu korrigieren, wenn einer, dann eigentlich nur er. Hier saß er und las Texte, während sein Tagesgeschäft liegen blieb. Er musste diesem Schriftsteller etwas mehr auf die Finger schauen. Er wollte wissen, wo der jetzt hinschrieb. Anscheinend taten ihm die Weinberge und der Wein gut. Der Schriftsteller war ruhiger, so hatte Gott den Eindruck, er konnte sich dort oben besser konzentrieren und ging mehr in sich und seine Personen hinein. Eine gute Entwicklung, wie Gott fand.

So fand das auch Wenke, als sie sanft ihrem Udo über die Haare strich. Das war doch ganz fein gelaufen. Wie im Kino, dachte sie so bei sich. Ein schussliger Anfang, eine rettende Hand – allerdings nicht für den Cabrio – und schließlich ein romantisches Pizzaessen vor dem brennenden Kamin. Sie hatte so ein Teil, künstlich zwar, aber mit ein wenig Phantasie konnte man sich das Feuer in echt denken. Es war herrlich gewesen, und auch das anschließend war über ihre Erwartungen doch deutlich hinausgegangen. Da hatte ja ein Orgasmus den anderen gejagt! Sie war voller Freude und betrachtete ihren Assistenten, der zu Recht ermattet noch schlief. Was wohl aus dem Dr. Sommerwagen geworden war? Da hatte sie innerhalb von wenigen Wochen die Rettung zum zweiten Mal im Haus! So etwas. Das war aber auch eine recht plumpe Art, wie dieser seltsame Doktor auf Frauenschau ging. Er war doch sowieso schon das Gesprächsthema unter allen Schwestern, die sie kannte. Machte sich doch lächerlich, der Mann.

Das war Pfarrer Leonhard fern, sehr fern. Dieser Gottesdienst konnte werden, zu was er wollte, aber lächerlich würde der Pfarrer sich nicht machen, das stand mal einwandfrei fest. Er würde allen Anfeindungen zum Trotz die Sache durchziehen, und das nach seiner Manier, versteht sich. Sollte der Oberkirchenrat was wollen, dann bitte. Er stellte sich dann dieser Diskussion. Diese Herren waren so weit weg von der Herde, also würde er ihnen mal einen Einblick in die Arbeit an der theologischen Front vermitteln. Fast freute er sich darauf, sollte es denn zustande kommen. Seine Predigt entwickelte sich, das lief gar nicht so schlecht mit der Calzone. Obwohl er seine Notizen nicht mehr hatte und bei seinem Besuch im »Da Maria« auch nur einen kurzen Blick darauf hatte werfen können, erinnerte er sich noch gut. Das Umschließende und die Zutaten, das Geheimnis des Inhalts und das Zusammenspiel der Aromen. Das waren seine Bilder und Düfte, die er in seiner Predigt entwickeln wollte. Schade, dass dies nicht vor dem Pizzaofen direkt passieren konnte. Sie hatten sich geeinigt, einen Besuch der Pizzeria nach dem Gottesdienst anzubieten. Dann konnte, wer wollte, im »Da Maria« eine Calzone genießen. Und das ganz im geistlichen Sinne, womöglich mit einem schönen Glas Wein. Obwohl, dachte Pfarrer Leonhard, er vielleicht eher nicht. Den Wein wollte er in den kommenden Tagen eher in den Hintergrund stellen. Blöd genug, dass er sich jeden Tag der Lächerlichkeit preisgegeben fühlte, wenn er mit seinen Wanderschuhen im Städtchen unterwegs war. Was blieb ihm denn anderes übrig. Er konnte sich doch mit seinem Gehalt keinen Chauffeur leisten! Also waren es Schusters Rappen, die ihn zu seinen Hausbesuchen und verschiedenen Veranstaltungen und Terminen brachten. Aber, er musste es sich selbst zugeben, es tat ihm gut. Er fühlte mehr Frische im Kopf und, abgesehen von den amüsierten Blicken, er war auch mehr bei den Menschen, redete mal hier oder da ein paar Sätze, schaute mal in eine

Ladenauslage oder kaufte was ein in Läden, die er mit dem Auto nicht angefahren hätte. So hatte eben doch alles sein Gutes. So wurden die zwei Viertel italienischer Rotwein damals im »Da Maria« für ihn zu einer Erweiterung seiner Erkenntnis, seiner Erfassung der Welt und seiner Erfahrung mit Menschen. Man kam raus und musste aus dem Schlechten das Beste machen. Freilich, alle hatten anscheinend die Plakate gesehen, und hin und wieder sah er schon ein Lächeln à la, wie wird er das wohl hinkriegen, diesen Calzone-Gottesdienst? Aber er würde das hinkriegen, da war er sich sicher. Das war er der Geschichte und vor allem dieser Geschichte schuldig. Er wollte nicht als bettkranker Pfarrer in die Literaturgeschichte eingehen, der fast eine Psychose oder so etwas Ähnliches entwickelt hatte, weil er mit einer Konstruktion konfrontiert worden war, mehrfach.

Dafür trug er eigentlich wenig Verantwortung. Er hatte sich die Konstruktion nicht gewünscht und kämpfte selbst mit den Folgen dieser gesundheitlichen Veränderung. Hans Millreiner nahm von niemandem mehr etwas an. Er trank nur noch aus Gläsern, die zuverlässig gespült waren, und beobachtete genau, ob eine Flasche neu geöffnet wurde oder nicht. Er war halt vorsichtig geworden. Diese Nacht in der Klinik mit diesem Menschen, der ihm den Wasserbecher hingehalten hatte, der hatte sich sehr tief in sein Gedächtnis eingegraben. Die Folgen dieses Abführmittels waren furchtbar gewesen. So etwas wollte er nie wieder erleben. Selbstmordgedanken waren eine Sache, aber Selbstvernichtung, weil man es nicht mehr ertrug, das war schon Verzweiflung in ihrer extremsten Form. Das war das Schwarze, das Aus, wenn du dann wirklich so überhaupt nicht mehr kannst. Er hatte sich damals gefühlt, als ob er explodieren würde. Das war wie ein Furz gewesen, der in seinem Inneren immer größer und größer geworden war. Er hatte es gespürt, dass es irgendwann, sehr bald, zu seinem Explodieren führen musste. Wie bei »Sinn des Lebens« von Monty Python, hatte er damals gedacht, da hing dann nach der Explosion nur noch ein zitterndes Herz in einer leeren Körperhülle.

Er wischte noch mal nach und konnte dann seiner Frau melden, dass die Schaufenster nun wirklich sehr sauber glänzten. Es war seltsam. Obwohl sie eigentlich mit ihrem Halbtagsjob in der Bank und dem Haushalt beschäftigt war, was für ihn ja so in Ordnung ging, war in Sachen Sauberkeit ihr Urteil wichtig. Sein Laden, seine Ware, seine Angestellten, aber Fenster, sauber oder nicht, sie.

Aber das mit dem Pfarrer war wieder was gewesen. Er hatte den Eindruck, das passierte ihm öfter in letzter Zeit. Dass Situationen wiederkehrten. So wie mit dem Pfarrer. Ein bisschen dachte er an Angst. Denn Angst war es gewesen, was ihm durch den Körper gefahren war, als der Pfarrer ihm gegenübergestanden hatte. Wieso, hatte er gedacht, kommt das jetzt wieder? So stand er dann dem Pfarrer gegenüber mit seinen Fensterputzutensilien, seinem Gürtel eben. Was konnte er machen, wenn der Pfarrer sich dabei was dachte? Er wollte raus aus dem Thema Konstruktion, weg von Krankenhäusern und ebensolchen Schwestern. Das passte nicht in sein Leben, er wollte hier in Pfenningen einfach nur Einzelhändler sein, sein Geschäft betreiben und damit gut.

So sah Gott das auch. Und er gönnte diesem Millreiner ein paar ruhige Wochen, eigentlich. Dieses Zusammentreffen mit dem Pfarrer hätte es nun wirklich nicht gebraucht. Aber so spielten das Leben und die Menschen und eben auch der Schriftsteller.

»Was ist eigentlich mit dem Schreiberling?«, fragte die Gerda Schickle so ganz nebenbei.

»Der schreibt und ist glücklich in seinem Weinberg«, antwortete Gott.

»Glücklich, der?« Franz Werth schaute skeptisch.

»Doch, ich denke schon, wenigstens so einigermaßen«, sagte Gott. Schon seltsam, dachte er dabei, kaum war der einigermaßen untergebracht, schon schrieb der ganz anders. Er war gespannt, wo das hinführen würde. Das Spiel des Schriftstellers war im Grunde genommen kein Spiel mehr. Nur mit Mühe konnte er seine Menschen noch in unmögliche Situationen bringen. Gut, den Cabrio, den hatte er so richtig reinlaufen lassen. Aber dieser Gigolo im Taschenformat hatte das auch längst verdient gehabt. Wenn das nicht der Schriftsteller erledigt hätte, dann hätte Gott selbst sich darum kümmern müssen. So ging das ja nicht. Da studierte dieser Mann jahrelang für teures Geld und war am Ende nur darauf aus, sich eine Gespielin für seine fleischlichen Belange zu suchen. Sex war schon auch wichtig, dachte Gott, und er verteidigte diese Ansicht auch vehement in den Diskussionen mit Gerda und Franz. Die Gerda flippte immer schier aus. Da merkte man ihre katholische Erziehung doch deutlich. Der Franz sah es lockerer, eher so, dass eben jeder so, wie er wollte, selig oder eben fleischlich werden sollte. Ein richtiger Liberaler, dachte Gott.

Ach was, richtige Liberale, dachte Frieder Kötzle, diese Zeiten waren doch längst vorbei. Ihn grauste es richtig, wenn er diesen Westerwelle als Außenminister auf Tour sah. Da hatte man sich jahrzehntelang in der Politik bemüht, wieder international einen Fuß in die Tür zu kriegen, dann kamen so Figuren wie Stoiber und Oettinger sowie jetzt dieser Westerwelle und fegten alles Ansehen mit ein paar Reden einfach so hinweg. Er selbst war kein Sprachgenie, aber was gerade Oettinger und Westerwelle an Englisch so produzierten, das war nur noch peinlich. Vor allem, weil das Internet dies alles gleich so öffentlich machte. Früher konnten diese Herren im Ausland machen, was sie wollten, da berichtete die Presse drüber und hielt sich ziemlich zurück.

Was ihm alles auf dem Wasser in den Kopf kam, dachte der Frieder. Sie waren unterwegs. Er konnte es noch gar nicht glauben. Kurz entschlossen hatten sie die Ostseetour vorgezogen, noch glücklich zwei freie Plätze ergattert und waren flugs mit dem Flugzeug von Stuttgart nach Kiel geflogen. Morgens entschieden, mittags auf dem Schiff. Das ließ er sich gefallen. Barbara war auf Inspektionstour. Sie wollte die Möglichkeiten für die nächsten drei Tage checken und vor allem auch herausfinden, auf was bei der großen Tour zu achten sein würde.

Heute Abend stand das Kapitänsdinner auf dem Programm. Mal sehen, was das wird, dachte Frieder. Dieses In-Schale-Werfen war eigentlich nicht sein Ding, aber bitte, wenn es seiner Ehe zuträglich war.

Eine Ehe stand anderweitig auch auf dem Spiel. Der Alfred war heimgekommen und hatte Klara den neuen Wagen vorgeführt. Sie fragte sich, was das jetzt sollte. Auto, gut, aber wie weiter? Diese Frage hatte ihr Alfred abgenommen beziehungsweise gleich eine Antwort parat gehabt. So ging es für ihn nicht weiter. Diese ganze Vorstellung spielte sich im Eingangsbereich ab, sozusagen an der Garderobe. Klara am Putzen, Alfred am Heimkommen, klasse Moment halt.

»Und wie stellst du dir das vor?«, fragte Klara.

»Nicht so nah, ein wenig Abstand. Vielleicht mache ich auch eine Kreuzfahrt«, sagte Alfred und war sich der Explosivität seiner Worte bewusst.

»Kreuzfahrt?«, fragte Klara. »Wie Kötzles?«

»Eher ohne dich«, sagte Alfred.

»Was heißt ›ohne mich‹?«, fragte Klara.

»Das eben«, sagte Alfred.

In diesem Moment merkte Klara, dass ein Wind umgeschlagen hatte. Es war etwas anders, und bildlich gesprochen blies ihr dieser Wind sehr kalt ins Gesicht. Alfred schien entschlossen, dies auf die Spitze zu treiben, und sie wusste nicht, wie weit er gehen würde.

Dass es so weit gehen würde, hätte Pfarrer Leonhard auch nicht gedacht. Von wegen nur Oberkirchenrat, er hatte heute ein Schreiben von der Landessynode im Briefkasten gehabt, die wollten auch ein oder zwei Vertreter schicken. Mit derselben Post kam eine Anfrage vom katholischen Ortskollegen, der auch seine Teilnahme ankündigte. Auch der Bürgermeister, der neue, hatte zugesagt, und die politischen Parteien am Ort fanden die Idee prima und wollten kommen. Welchen Stein hatte er da ins Rollen gebracht?, fragte sich Pfarrer Leonhard, darüber nachdenkend.

Aber was nutzten ihm diese Gedanken? Seine Planung stand, mit dem »Da Maria« war abgesprochen, dass anschließend an den Gottesdienst eine Runde Calzone für die Kirchenbesucher in der Pizzeria folgen sollte. Wie die das dann anstellen wollten und gastronomisch umsetzten, das war sein Problem nicht. Er wollte noch diesen Gottesdienst durchziehen und sich dann um Erholung bemühen. Ihm war danach. Seine letzten Tage und Wochen waren nicht nur von Hektik geprägt gewesen, sondern hatten ihm Seele und Körper lädiert. Er wollte nach der Sache mit der Konstruktion wieder der Alte sein können. Die paar Wochen Rehabilitation im beschaulichen Bad Überkingen am Albtrauf hatten geholfen, aber so eine Sache, die saß tief, die brauchte dann ihre Zeit. Das hatte auch der Arzt gesagt. Er wollte in seinem Leben endlich Ruhe.

Ruhe war auch noch in der Bank. Im Obergeschoss bereitete sich Herr Größer für ein Gespräch mit einem Kunden vor. Als Justiziar war er mit diesen Fällen befasst, die es halt nicht geschafft hatten. Es war immer das Gleiche, da wurden Finanzierungen zusammengebastelt, die Leute konnten nicht mehr zahlen, und die Leutebank schickte dann ihn, um das abzuwickeln. Im Allgemeinen fiel es ihm nicht schwer, er hatte für sich akzeptiert, derjenige zu sein, der die Arschkarte gezogen hatte. Heute würde ihm das ein wenig schwerer fallen. Da war was schiefgelaufen. Da war bei ihm was schiefgelaufen. Er hatte seine Fehler gemacht in seinem Leben, so wie jeder Mensch eben Fehler machte. Diesmal war es ein grober Fehler gewesen. Er hatte sich immer an die Regeln gehalten, denn er wusste, er war ein kleines Licht, und nur wenn er sich richtig duckte und das tat, was von ihm erwartet wurde, konnte er es zu mehr bringen oder zumindest das bleiben, was er war. Aber jetzt gerade, im Moment, spürte er, dass Gehorsam und Pflichterfüllung vielleicht doch nicht die Ziele im Leben sein mussten. Er hatte das getan, und jetzt musste er in dieses Meeting. Da war der Kunde, und da war ein Berater dabei. Rechtlich war die Sache einwandfrei. Nur Telefonate, nichts Schriftliches, damit war er auf der sicheren Seite. Der konnte behaupten, und er würde verneinen. So würde das ablaufen. Da konnte der Berater noch ein wenig über die Bank schimpfen, die Art und Weise, wie die Finanzierung zustande gekommen war und was auch immer. Für ihn war der Fall juristisch klar. Der hatte zwar gezahlt, aber zu spät, und es war nicht an ihm, jedem hinterherzutelefonieren. Das war nicht sein Jobprofil, das hatte ihm auch niemand gesagt. Er packte seine Unterlagen zusammen und machte sich auf den Weg in den Besprechungsraum. Das leichte Kribbeln in den Beinen merkte er kaum. Ein Schicksal kam oft leicht, ganz leicht und klopfte nicht einmal an.

Schicksal, dachte Alfred und öffnete sich eine Flasche Bier am Kasten. Schicksal, das war was für jene, die das Leben für etwas Fremdbestimmtes hielten. Es gab vielleicht so was wie Glück, hie und da auch einen Zufall, aber Schicksal? Dagegen hätte sich Alfred in diesem Moment wirklich verwahrt. Das war nicht Schicksal, was da zwischen ihm und Klara stattfand, das war Wirklichkeit und so etwas wie Abrechnung.

Sie ging ihm auf den Wecker, so wie sie war, so wie sie in anderer Leute Leben herumpfuschte und eigentlich selbst fast niemand war. Er wusste, er wurde da gedanklich etwas extrem, deshalb strich er sich auch die meisten Gedanken gleich wieder zusammen. Er hatte mit dieser Frau fast vierzig Jahre zusammengelebt. Da waren auch schöne Jahre dabei gewesen. Einige. Sollte er dies alles nun beenden? Schluss machen? So, wie man in seiner Jugend sagte, wenn das Probieren mal wieder ein Ende gefunden hatte. Die Suche, diese Suche nach einem Menschen war doch etwas ganz Zentrales in einem Menschenleben. Das hatte auch Frieder zu ihm gesagt, neulich, bei einer Flasche Bier. Hatte manchmal so seine philosophischen Anwandlungen, der Frieder. Aber, dachte sich Alfred, auf diese Weise konnte er sich auch so manchmal ein paar nützliche Gedanken machen. Zwar übernommen von Frieder, aber wer wusste das schon?

Wer das wusste, das war Britta Knöpfle inzwischen klar. Nach diesem ersten Buch über Pfenningen und die beiden Kommissare, von denen einer ihr Mann war, wusste sie, dass alle es wussten. Jede und jeder suchte sich in dem Buch, sah sich in der einen oder dem anderen. Die Hauptpersonen waren inzwischen Berühmtheiten in Pfenningen, denn das Buch verkaufte sich wie warme Wecken. Es war für die Käufer und Leser spannend, über den Marktplatz zu gehen, hinüber zur Christuskirche, und dann die Stufen zu besichtigen, die so viel Leid über die Pfenninger gebracht hatten. Die dritte Stufe war immer noch nicht repariert, übrigens. Britta war zwiegespalten, einerseits war es für sie als Buchhändlerin natürlich immer schön, wenn sich ein Buch gut verkaufte. Andererseits kam sie halt auch drin vor, und die Gespräche, die sie dann beim Verkauf zu führen hatte, auf die konnte sie gut und gern verzichten. Ganz abgesehen davon, dass ihr die Sache insgesamt noch nicht klar war. War das nun passiert, und der Schriftsteller hatte nur geschrieben, oder hatte der Schriftsteller geschrieben, Gott ein wenig geholfen, und das alles war dann passiert? Und am Ende der Geschichte wird der Autor auch noch verhaftet. So was hatte sie also noch nie gelesen. Sie wunderte sich auch nicht, als einige wenige Käufer das Buch wieder zurückbrachten. Es sei ihnen zu anstrengend, das seien sie nicht mehr gewohnt, solche Bücher zu lesen. Sie zeigte Verständnis und lächelte doch innerlich, denn das war etwas Neues. Es gab anspruchsvolle Literatur, reichlich, die sie ihren Kunden selten verkaufte, aber dass einer auf dieser Ebene ranging und den Leuten Spaß in den Alltag schrieb? Das hatte sie so noch nicht gelesen. Es ging auch über Pfenningen längst hinaus. Sie hatte auf einer Fortbildung Kollegen aus Stuttgart und Heidelberg getroffen, die waren voll der Begeisterung. Klar, die kamen ja auch nicht drin vor. Was würde das wohl werden?, fragte sie sich. Ihr Thomas war auf dem Weg in die Ermittlungsgruppe für Sonderaufgaben. Sie hoffte, der hatte inzwischen seinen Kollegen Schirmer informiert.

Nein, das hatte er noch nicht. Thomas Knöpfle war sich einen ganz kleinen Moment nicht sicher, ob er jetzt doch vielleicht schon die Stimme seiner Frau hörte, auch wenn sie gar nicht da war. Nein, er hatte es noch nicht geschafft, seinen Kollegen zu informieren, wie auch, denn der Kollege war gar nicht da. Thomas Knöpfle saß über den Akten zum Todesfall Luise Bremer. Was sollte er dazu schreiben? War es eine Tötungsabsicht, wenn der eigene Grabstein angeliefert und im Vorgarten auf eigenen Wunsch aufgestellt wurde? Dann der Brand und der Zustand der Frau so allgemein. Wer konnte dem ehemaligen Bürgermeister da eine Tötungsabsicht unterstellen? Dessen Tötungsabsicht hatte sich doch eher an der Treppe zum Rathaus römisch eins in die Tat umgesetzt. Die arme Gerda Schickle, dachte Knöpfle, da dient sie vorbildlich ihrem Herrn und Meister, ihrem Bürgermeister, und der ist schließlich dann verantwortlich für ihren so vorschnellen Tod. Eigentlich konnte er dazu nichts aussagen, also auch nichts schreiben. Er war nicht dabei gewesen, hatte nichts gesehen und kannte die Beteiligten auch nur so von Weitem. Er legte die Akte zur Seite. Erledigt. Unter der Akte kam das Schreiben aus Stuttgart zum Vorschein. Thomas Knöpfle las es sich nochmals durch und wedelte sich mit dem Blatt Luft zu.

Ein blödes Bild, dachte der Schriftsteller und wollte schon auf die Entf-Taste drücken. Was würde sich der Kommissar mit gerade diesem Schreiben Luft zufächeln wollen? Es war noch von keiner Hitze die Schreibe gewesen, und überhaupt, in welcher Jahreszeit er sich mit seiner kleinen Erzählung befand, war ihm selbst auch noch unklar.

Was ging denn eigentlich hier los?, fragte er sich. Die taten, redeten und dachten plötzlich so für sich, so ganz normal, und prompt fielen ihm immer weniger krumme Ideen ein, in was für Situationen seine Menschen noch kommen sollten. Das sollte alles doch einen Sinn machen. Er hatte sich doch nicht nächtelang hingesetzt, in die Tasten gehauen und Rotwein getrunken, um das alles so zerfließen zu sehen. Er musste weiterdenken, für die Pfenninger überlegen, was weiter geschehen sollte. Nur sein Denken konnte den Pfenningern jetzt helfen.

Denk du nur, dachte Gott. Du hast diese Schreiberei angefangen, ich habe dich unterstützt, und jetzt schau, wie du da wieder vernünftig rauskommst. Er war sehr zufrieden mit der Entwicklung. Sollten die Menschen doch selbst, wenn auch nur in dieser Geschichte, ihr Leben finden. Sicherlich, es war nicht mehr so lustig. Aber andererseits näherte sich da was an, da kam etwas zusammen, das ganz wichtig für das menschliche Leben auf der Erde war. Wenn die das da unten richtig anstellten, dann konnten sie es noch richtig lang machen. Sollten sich bedanken bei den vielen, die sich für die Welt und die Menschen wirklich eingesetzt hatten. Bei Marx und Engels zum Beispiel, weil sie der Menschheit den Gedanken der Gleichheit und der Rechte des Arbeiters gebracht hatten. Die hatten das versucht, aber Lenin hatte es schlecht umgesetzt. Die Welt braucht ihre eigene Zeit, weil sie halt nur diese Menschen hat, dachte Gott. Sie sollten sich auch bedanken bei Mahatma Gandhi, dass er den schweren Weg der Gewaltlosigkeit gegangen war und damit den Menschen gezeigt hatte, dass es nur so vorwärtsgehen konnte.

Schade, dachte Gott, sehr schade. Noch immer war Gewalt der einfachste Weg, für viele der einzige Ausweg. Die schlugen sich lieber die Köpfe ein, als dass sie sich zusammensetzten und darüber redeten, was sie trennte. Im Nahen Osten ging ihm das langsam über die Hutschnur. Wenn die so weitermachten unter all den äußeren Einflüssen, denen sie ausgesetzt waren, dann würde bald mal ein Meer kommen und halt kein Moses. Dann war diese Ecke klar.

Sie würden sich vor allem bei den vielen bedanken müssen, die nicht so berühmt geworden waren. Bei den Atomkraftgegnern und Umweltschützern, die immer recht gehabt hatten und durch die Katastrophen auch recht bekommen hatten, ohne es zu wollen. Bei allen Kämpferinnen und Kämpfern für die Freiheit der Menschen und für gute Lebensbedingungen. Auf die war Gott als Schöpfer so richtig stolz. Das machte ihn sehr froh, dass zumindest ein Teil seiner Schöpfung sich richtig Gedanken über diese ihnen geschenkte Welt machte. Da war Hoffnung, wenn er sich so manche anderen Pfeifen ansah. Das Lachen war ihm über die Jahrhunderte in dieser Hinsicht wirklich vergangen. Was hatte er alles für Ideen kommen und gehen sehen. Mancher sogenannte große Staatsmann saß nun beim Kollegen dort unten und schwitzte vor sich hin. Die hatten dort Zeit für Reue, dachte Gott, und das zu Recht.

Immer dieser Gott, dachte der Schriftsteller, als er diese Zeilen schrieb. Aber er konnte nichts machen. Der Gott-Text kam einfach so daher, darauf hatte er keinen Einfluss. Eine seltsame Situation, dachte der Schriftsteller, da schreibt man, öffnet sich und versucht, eine Welt und Menschen zu beschreiben, und dann schreibt da einer mit. Aber nicht nur das, der ließ ihn, den Schriftsteller, über sich selbst schreiben. Literarisch eine unmögliche Situation. Aber was sollte er machen. Nur so ging es. Nur so hatte er mit Pfenningen anfangen können, und nur so würde er Pfenningen weiter und zu Ende bringen können. Ein Ende war zwar bisher noch kaum absehbar, aber er spürte sich sich näherkommen, bemerkte die Schritte, die die Geschichte auf ihn zuging, wie sie sich ihn zum Ziel suchte und nur mit einigen eingebauten Nebensträngen noch auf Distanz zu halten war. Wie zum Beispiel dieser Banküberfall. Der stand nun an, und wenn ihm nicht bald eine passende Lösung im Sinne vom Litauer einfiel, dann war er fällig. Der würde ihn kaltmachen, da war sich der Schriftsteller sicher. Hier, sofort, auf dem Weinberg in seinem hübschen Häuschen. Vielleicht würden sie eine kleine Messingtafel am Weg unten anbringen: Hier schrieb der Schriftsteller Bernd Weiler für fünf Tage, dann Datum und so. Ob er bis dahin so berühmt sein würde?, fragte er sich. Berühmt, das würde auch Geld bedeuten, dachte der Schriftsteller und verband damit den Gedanken an Freiheit, raus aus dem Weinberg, hinaus in die Welt, zumindest in einen anderen Winkel Deutschlands. Was er dann machen wollte, das war ihm noch nicht ganz klar.

Exakt Alfreds Gedanken. Die Klara weg, das konnte er sich schon vorstellen. Aber was kam dann? Blöd war halt auch, dass er gerade keinen zum Reden hatte. Der Frieder kreuzte auf der Ostsee herum, und sonst hatte er keinen vergleichbaren Freund, mit dem er über so was reden konnte. Daher wusste er nicht so recht, wie er jetzt in der Sache Klara weiter vorgehen sollte. Kaum dies gedacht, stand plötzlich die Klara mit einer sehr kühlen Bierflasche, an der die Kondenstropfen herunterliefen, vor ihm. Sie stellte ein Glas auf den Couchtisch und schenkte ihm voll ein.

»Prost, Alfred«, sagte sie ganz freundlich. Als Alfred wieder eines Gedankens fähig war, sah er auf. Vielleicht hätte er in diesem Moment wieder ein wenig gut Wetter gemacht, dachte Alfred. Vielleicht hätte er sich an die alten Zeiten erinnert und wieder etwas anderes in Klara gesehen. Aber die Klara war schon wieder weg. Er betrachtete das Bier, sah den zusammensinkenden Schaum und wurde unsicher.

Ein bisschen ähnlich ging es in diesem Moment auch Hans Bremer. Sollte er das wirklich durchziehen? War das der richtige Weg aus dieser Situation heraus? Er hatte alles gut geplant, der Ablauf war klar, und wenn er ein wenig Glück haben würde, dann war er heute Nachmittag ein so gemachter Mann, dass ein neues Leben möglich werden würde. Er schlich sich über einsame Gartenwege hangabwärts Richtung Stadt. Eigentlich war das schon ziemlich verwegen. Wenn ihn hier jemand sah und womöglich erkannte, dann war das ganze Projekt erledigt. Als er den Weg entlangging, ein Gütle hier, ein Gütle da, dann der herrliche Blick hinunter nach Pfenningen und später dann hinüber nach Beutlingen, nahm er schon ein wenig Abschied. Diese Blicke würde er vermissen, den Georgenberg und die Achalm, diese beiden dominierenden Berge, die einmal seine Heimat gewesen waren. So ein wenig Melancholie durfte auch mal sein, dachte er bei sich. Wo würde er wohl in ein paar Tagen sein? Der Weg über die Schweiz war gestrichen, das hatte beim letzten Mal schon nicht geklappt. Er würde den schnellsten Weg zum Flughafen nehmen, diesen Schnellbus, Expresso, und dann den ersten Flug irgendwohin. Das Ticket würde er irgendwie online buchen, da würde ihm schon was einfallen. Zur Not schlich er sich auch noch ins Rathaus. Bei den laxen Ausweiskontrollen am Flughafen würde er sicherlich mit seinem Führerschein durchkommen. Die waren doch mehr auf der Suche nach irgendwelchen Sprengsätzen, als dass es sie interessierte, wer denn da nun an Bord ging. Aber das war Zukunftsmusik und etwas, das erst kommen würde, dachte Hans Bremer, er musste nun seine Sache angehen, und dann würde das erst Wirklichkeit.

Mit der Wirklichkeit hatte Genoveva Christlein so ihre Probleme. Das Alter drückte sie doch sehr. Nun wollte sie sich fertig machen für den erneuten Gang zur Bank, um alles für den Weg zum Herrgott vorzubereiten, und sie fand den Grundbucheintrag nicht. Eigentlich hatte ihr Hugo alles immer sehr sauber und geordnet zusammengehalten. Die beiden wichtigen Ordner hatte sie vor sich, und das meiste hatte sie auch schon gefunden. Aber diese Grundbuchurkunde fehlte halt noch. Wenn sie aber das Häuschen verkaufen wollte, dann brauchten die Herren auf der Bank sicherlich diese Urkunde. Sie überlegte. Der einzige Ort, der Hugo wichtig gewesen war und den sie noch nicht durchsucht hatte, war seine Bibel. Sie kramte in der Anrichte und fand das abgenutzte Buch in einer Ecke. Und siehe, der Hugo, dachte sie, als sie das Buch schüttelte. Heraus fiel ein vergilbtes Dokument, die Grundbucheintragung. Sie legte sie zu den anderen Dokumenten. Nun hatte sie alles zusammen. Allzu lang würde sie wohl nicht mehr in diesem Haus wohnen. Es war nur ein Gefühl, aber ein gutes Gefühl, sie würde gehen und endlich ihren Herrgott treffen.

Na, dann viel Spaß dabei, dachte sich Gott, schwieg aber gegenüber Gerda, Franz und Luise, die auch zugeschaut hatten. Amüsiert hatten sie mal wieder die Untertitel mit den Gedanken der Menschen dort unten.

»Eine ganz feine Sache«, sagte Gerda Schickle, »das ist wie Leben doppelt!« Franz stimmte ihr zu, auch er schien Freude daran zu haben, auf diese Weise die Welt mit den darin agierenden Menschen zu betrachten. Nur Luise war immer noch recht still, wenn sie so beisammensaßen. Offensichtlich hatte sie noch Schwierigkeiten, ihren noch lebenden Ehemann, Hans Bremer, so zu sehen. Gott ging zu ihr und versuchte, mit ihr zu sprechen.

»Was soll er denn machen?«, fragte sie Gott. Luise brach in Tränen aus und versuchte dann, zu sprechen.

»Weil er halt emmer elles will!«, brach es aus ihr heraus.

»Der Mensch will immer mehr«, sagte Gott ruhig.

»Aber d'r Hans emmer no a bissle meh!«, schluchzte Luise. Gerda und Franz standen dabei und wussten nicht so recht, was zu sagen war.

Gott legte Luise die Hand tröstend auf die Schulter und sagte: »Es ist immer ein Weg.«

So sah das auch Pfarrer Leonhard. Sein Freund Gott war bei ihm. In diesem guten Glauben tat er sein Werk, Gottes Werk, und vertraute darauf, dass das auch richtig war. Was aus dieser ganzen Calzone-Geschichte werden würde, war ihm inzwischen einerlei. Er wollte nur einigermaßen gut aus allem rauskommen. Ganz egal, welches Publikum in der Kirche sitzen würde, ganz egal, ob Synode, Dekan oder Prälat. Er wollte seine Predigt so machen, wie er sie notiert hatte. Das ging doch. Warum denn auch nicht? Was war es denn immer für eine Aufgabe, jeden Sonntag den Predigttext auszulegen? Kam denn bei den Kirchenbesuchern wirklich etwas an? Er fragte sich oft, ob sie kamen, um zu singen und beieinander zu sein, oder ob wirklich jemand auf seine Worte achtete. Das würde natürlich niemand zugeben, gleich gar nicht ihm gegenüber. Da sah er dann schon eher eine Chance, mal anders zu predigen, keine Bibelstelle, keinen Psalm, gar nichts so ganz Christliches, sondern eine Calzone, ein italienisches Ofengebäck. So stand es im Brockhaus. Ganz kurz, kein Wunder eigentlich, denn er hatte eine recht alte Ausgabe. Mit diesem Ofengebäck war ihm ein ganz anderer Anfang gegeben. Er wollte es zwar nicht richtig wahrhaben, aber er lebte auf, er konnte frei seinen Glauben, seine Gedanken dazu und seine Ansichten entfalten. Er schrieb drauflos und staunte, wenn er innehielt und die Zeilen las.

Das tat Thomas Knöpfle auch. Dieser Bericht über den gestohlenen Polizeiwagen und den Golf vom Alfred, das war doch eine Lachplatte! Da konnte er beileibe nicht innehalten, dann musste er ganz schnell weiterlesen, um nicht ins Zweifeln zu kommen. Sie konnten froh sein, dass das so über die Bühne gegangen und jetzt abgeschlossen war. Er legte die Akte auf die Seite und schaute wieder auf den Brief. Wo war bloß dieser Schirmer?, fragte er sich. Seine Frau Britta hatte ihn heute auch schon angerufen und gefragt, ob er denn von einem zweiten Buch wisse. Er hatte natürlich verneint und sich doch gleichzeitig Gedanken gemacht. Der schrieb weiter, dachte er nur. Aber wie machte der das? Es lief wieder so wie damals. Einzelne Berichte im Pfenninger Blatt. Aber wie machte er das jetzt, und vor allem, wo war er?

Das würde der gern wissen. Der Schriftsteller dachte an Helden und wie sie sich so verhielten in ihren Geschichten. Sein Thomas Knöpfle stellte sich an, dachte der Schriftsteller, der war doch auf dem Weg zu einer großen Karriere, der konnte es gut und gern noch bis in »Aktenzeichen XY … ungelöst« schaffen. Und heute: Hauptkommissar Thomas Knöpfle zu dem Fall der vierundsechzigjährigen Elise. Das konnte doch noch was werden mit diesem Kommissar. Aber warum war der ihm auf der Spur? Im ersten Band hatte er das ja noch verstanden. Da spielte er, und sie spielten Rollen. Aber nun war doch alles anders. Er schrieb doch nur noch. Er wollte sie doch weiterschreiben, diese Menschen in Pfenningen. Er würde sie womöglich noch viel, viel weiter schreiben. Hinein in eine Zukunft, in ein neues Sein. Wie war das, wenn man verrückt wurde, fragte sich der Schriftsteller, wenn man den Boden unter den Füßen verlor und nichts mehr halten konnte im Kopf? War das so, wie es ihm jetzt ging? Wenn keine Hofsteige mehr helfen konnte? Er musste sich zusammenreißen, die Wichtigkeiten sehen und an seine Menschen, seine Figuren glauben. Nur dann würde es gehen, nur dann würde er aus diesem Spiel eine vernünftige Wirklichkeit machen können.

Was war es denn, dieses Schreiben? Sein Sein? Das doch nicht. Das hatte er in den vergangenen Monaten aufs Tiefste erlebt. Das Schreiben, sein Schreiben, das war nicht Pfenningen und ein Spiel mit Figuren, die Menschen sein sollten. Es waren Menschen geworden, weil einer da mitgespielt hatte.

Nun ja, »mitgespielt« wollte Gott das nicht gerade nennen. Er hatte geholfen, wo Hilfe nötig war, und sonst hatte er dem Spiel, dieser Schreiberei, zugeschaut und sich größtenteils sehr amüsiert. Da kämpfte doch einer mit sich, um sich und um die Welt, das war doch was, da sollte doch Gott mit von der Partie sein, dachte Gott. Diese Menschen, Denken wollte halt gelernt sein. Die lebten so leicht und luftig in ihre Tage hinein, das war ihm ein Anliegen. Aber immer wenn er das Thema hier oben zur Sprache brachte, dann hörte er von Gerda, Franz und Konsorten allerlei Ausreden von wegen, das Leben sei so hart und der Alltag halt auch, und wie sollte man da noch denken können? Aber das ließ er als einfache Ausrede nicht gelten. Er hatte die Menschen mit Verstand ausgestattet, und dafür erwartete er auch ein bisschen Action gedankenmäßig. Das wollte wiederum Gerda Schickle nicht verstehen, er solle doch bitte nicht so neudeutsch rausschwätzen.

»Alle diese Menschen müssen einen Alltag bewältigen, Geld für ihren Lebensunterhalt verdienen und Kinder großziehen, um nur mal die wichtigsten Dinge zu nennen«, argumentierte Gerda.

»Und viele sind damit schon überfordert in der heutigen Zeit«, sagte Franz Werth im Brustton der Überzeugung.

»Schau mich an oder da runter, was da so passiert, in deiner Welt!«, rief nun Luise Bremer von hinten, die sich dazugesetzt hatte. Sie war im Allgemeinen zurückhaltend, wenn es um solcherlei Beurteilungen ging, aber heute hatte sie sich mal ein Herz gefasst und diesem Gott die Meinung gesagt. Das hatte ihr schon seit ihrem Ableben auf der Seele gelegen. Ein bisschen schockiert war sie immer noch. Betrogen zu werden ist eine Sache, dann ermordet werden zu sollen eine andere, aber den Moment, als dieser Grabstein an ihr vorbeigetragen wurde, diesen Moment würde sie nicht mehr aus ihrem Bewusstsein streichen können.

Gott war überrascht. Das waren recht deutliche Worte, dachte er. Aber kein Wunder, diese Frau hatte viel mitmachen müssen.

»Schau es dir doch an, schau ihn dir an, jetzt wird er noch zum Bankräuber!«, sagte Luise in Richtung Gott laut, sehr laut. Die anderen drehten sich zu ihr um und staunten nicht schlecht ob dieser deutlichen Töne. Aber, dachten sie, irgendwie hatte die Frau ja auch recht, warum machte ein solcher Mann das schließlich, nach all dem, was er schon hinter sich hatte? Das sah Gott, denn, was seine Gäste nicht wussten, so wie sie beim Hinunterschauen auf die Erde die Gedanken der Menschen als Untertitel lesen konnten, so konnte er dabei ihre Gedanken sehen.

Wenn das Hans Bremer gewusst hätte, dass da oben, über den Wolken, Seelen an seinem Schicksal Anteil nahmen. Vielleicht hätte er es sich noch einmal anders überlegt und die Sache bleiben lassen. Wer weiß? Aber Hans wusste das nicht, und wenn er sich vielleicht vorher andere Wege, Auswege, überlegt hatte, so war ihm doch dieser, den er nun ging, als der sicherste und vor allem beste erschienen. Geld holen und raus. So musste das nun gehen. Und irgendwie fiel es ihm nicht schwer, dieser Leutebank ein paar Zehntausende abzuknöpfen. Jahrzehntelang war er Kunde dieser Bank gewesen, und er erinnerte sich noch gut an seine ersten Jahre in Pfenningen, als er noch auf die Verwaltungshochschule ging und wenig Geld hatte. Da war nichts gegangen, da galt keine Not und kein Bedarf. Er hörte noch die Worte: Sicherheiten, Sicherheiten. Dann, als er später als Bürgermeisterkandidat und dann als Bürgermeister zurückgekommen war, ja dann war die Lage eine andere: Herr Bremer hier und Herr Bremer da. Schließlich konkurrierten die beiden großen örtlichen Pfenninger Banken um die Kunden.

Dann waren sie ihm um den Bart gegangen. Oh, da kommt der Herr Bürgermeister, bitte hier, einen Kaffee, vielleicht ein Gläschen was anderes. Das andere hatte er nie kennengelernt.

Heute würde er sie mal auf eine neue Art besuchen. Ein anderer Hans Bremer würde gleich in die Bank hineingehen und ihnen zeigen, wo der Barthel den Most holt. Mit diesen Gedanken trat er auf den Kontaktstreifen der Schiebetüren und ging langsam auf die sich öffnenden Glasscheiben zu.

Dort war Genoveva Christlein schon vorbei. Sie stand noch etwas verloren im Vorraum und wartete darauf, angesprochen oder abgeholt zu werden, schließlich hatte sie einen Termin. Einen denkwürdigen Termin, dachte sie bei sich, ihr Hugo wäre stolz auf sie. Dem Herrgott das Häuschen, das wäre ganz in seinem Sinne gewesen. Denn der Herrgott würde schon wissen, was er mit dem Geld anfangen sollte.

Ob das richtig war, was sie hier jetzt machen würde, das fügte der Herrgott. Ihr kam kein Zweifel in den Kopf.

Einen solchen hatte aber Herr Größer, und ihm war ein wenig unwohl dabei, was er von sich sonst nicht kannte. Irgendwie war da was Neues. Warum ihm in diesem Augenblick »Asterix und die Normannen« einfiel? Klar, die wollten endlich wissen, was Angst ist. In diesem Moment wusste Herr Größer, was Angst war. Denn wenn die gut vorbereitet waren, dann blieb ihm nicht viel mehr als die klare Linie, und das hieß, wenn er Pech hatte, ein Prozess. Wie das dann ausging, und wenn er da Rede und Antwort stehen musste? Die hatten ein paar Punkte, und er hatte nur das Recht und eine Bank hinter sich. Aber wie lange würde die Bank hinter ihm stehen? Da war er sich nicht sicher. Wenn das eine Richtung kriegte, die der Bank, seinen Vorgesetzten nicht gefiel, dann war er weg. Wie nichts. Was war er denn schon? Ein Sachbearbeiter in Sachen Recht, »Justizassessor« hieß das innerhalb der Leutebank. Das Arschloch, dachte er bei sich, so könnte man auch sagen. Der, den sie vorschickten, wenn es ungemütlich wurde. Sektempfang konnte er auch. Aber die andere Seite der Macht, die Kehrseite, die blieb für ihn. Er konnte sich dann mit denen rumschlagen, denen mit fragwürdigen Kriterien Kredite eingeredet worden waren und die dann immer wieder in Notfälle kamen. Ist doch auch normal, dachte er, wer konnte heute schon etwas auf die nächsten zehn Jahre sicher sagen. Keiner. Aber er musste die Suppe stets auslöffeln. Seine Kundschaft wartete unten im Vorraum. Nun gut, es half nichts, er musste runter. Seine Beine waren schwer, und so ging er dann auch die Treppen hinunter. Vielleicht würde es ja doch nicht so schlimm werden.

Ziemlich schlimm, dachte Alfred Rottwald. Wenn sich hier nicht bald was deutlich änderte, dann würde es sogar sehr schlimm werden. Die Nacht war schnell an ihm vorbeigegangen. Am Morgen hatte die Klara wie immer das Frühstück gerichtet und war ganz devot gewesen. Alfred hier und Alfred da. War das zu spät?, fragte er sich. Er wusste nicht so recht, wohin er wollte. Weg von ihr? Tatsächlich? In diesem Alter und in dieser Lebensphase? Diese Fragen piesackten ihn. Er kam zu keinem Schluss. Warum war auch dieser Frieder nicht da? Der hätte ihm vielleicht die eine oder andere Antwort geben und vielleicht auch Fragen stellen können, die ihm weitergeholfen hätten. Was fuhr der jetzt auch über die Ostsee, kreuzfahrtmäßig? Der ließ es sich gut gehen, und er konnte hier seine Ehekrise selbst auslöffeln ohne einen Freund an der Seite, der ihm vielleicht mal gesagt hätte, dass er es nun aber deutlich übertreibe. Der Frieder auf Kreuzfahrt, das wollte sich Alfred gar nicht vorstellen. Da lief man doch immer im Anzug rum und saß beim Kapitän am Tisch und musste Manieren zeigen.

Genau das nervte den Frieder zurzeit auch. Kapitänstisch, mein Gott, dachte Frieder. Eine steife Sache, bei der sich all die vordrängten, für die eine solche Veranstaltung zu einer kompletten Kreuzfahrt dazugehörte. Er hatte keine solchen Ambitionen. Mit Barbara lief das ziemlich gut. Sie hatte ihren Spaß, und er wusste nach dem ersten Tag auch einigermaßen, wo und wann sich was auf diesem Schiff abspielte. Aber Spaß machte es ihm halt keinen. Das war doch öde. Hier ein Plausch an der Bar, dann Gymnastik, dann Boule an Deck und ein Rentnerrennen um ein paar Mohrenköpfe. Irgendwie hatte er sich das anders vorgestellt. Da war niemand, den er mal zu einem Bier einladen würde. Er schaute sich um, er führte Gespräche, kurze. Nur um dann festzustellen, dass die alle so leicht und locker drauf waren. Wenn er dann mal ein Thema ansprach, das musste ja nicht unbedingt die Situation der FDP sein, dann kniffen die meisten und waren ganz schnell weg. Der Barbara fiel das leichter, das merkte er. Die genoss den Schein, den Anschein, der hier eine Rolle spielte. Die fühlte sich wohl in einer Glitzerwelt, die so unwirklich war, dass es ihm hätte schlecht werden können. So weit ging er nicht mit, das hatte er Barbara auch gesagt. Was zu viel war, war zu viel. Diese ganze Kreuzfahrerei konnte ihn inzwischen kreuzweise. Was war es denn, Wasser und Spiele, nicht mehr und nicht weniger. Und dabei vom Wasser reichlich. Denn seit nunmehr fast einem ganzen Tag sah er nur Wasser, und es war ihm nicht wohl dabei. Was wohl in Pfenningen lief, fragte er sich. Womöglich lief da was total an ihm vorbei, während er hier über die Ostsee schipperte.

An ihm vorbei ging nichts mehr. Da war sich Hans Bremer sicher. Er hatte es angefangen, nun hieß es auch, die Sache durchzuziehen, komme, was da wolle. Als er die Schalterhalle betrat, hatte er ein gutes Gefühl. Hier war er richtig. Hier war das Geld, und hier waren Menschen, deren Arbeit darin bestand, Geld zu verwalten und zu mehren. Nun gut, in letzter Zeit waren Zweifel aufgekommen, ob solche Leute tatsächlich in der Lage waren, mit Geld umzugehen. Eine Bankenkrise jagte die nächste. Er würde diese Menschen um ein paar Zehntausende erleichtern, dann mussten die sich darum nicht mehr kümmern. Für die Vermehrung würde in diesem Fall er selbst sorgen, dachte Hans Bremer. Er wunderte sich, wie leicht der Schritt hinein in die Kriminalität zu tun war. Aber was sollten diese Gedanken jetzt?, dachte er. Wenn er seinen Zeitplan einhalten wollte, dann musste er sich jetzt in Position bringen. Dazu brauchte er ein paar Kinder, damit die Nummer mit dem blöden August auch wirklich echt rüberkam. Er ging hinüber zur Theke, warf ein paar Konfetti in Richtung Empfangsdamen und sah sich um. Da stand eine Familie mit drei Kindern, die anscheinend auf jemanden wartete. Ein untersetzter Herr mit hoher Stirn kam gerade die Treppen herunter und ging auf sie zu. Der Vater der Familie ging ihm zusammen mit einem zweiten Mann entgegen. Die Mutter und die Kinder blieben in der Lobby stehen. Das war seine Gelegenheit, dachte Hans Bremer. Der Clown war nirgendwo zu sehen. Also ging er auf die Kinder zu und begann mit seinen Faxen.

Dieser Weltspartag, dachte Genoveva Christlein, die den seltsam verkleideten Mann mit den Kindern Späße machen sah. Frau Christlein blätterte in ein paar Broschüren, die sie von der Theke geholt hatte. Das meiste interessierte sie eigentlich nicht, aber man musste ja irgendwas tun. Dieser Sachbearbeiter ließ aber auch auf sich warten. Der sollte sich beeilen, damit der Herrgott zu ihrem Häuschen kam.

Ich will endlich wissen, wer dieser Herrgott sein soll, dachte Gott, als er zusammen mit Gerda und Franz die Szene betrachtete. Die beiden schauten ganz gespannt hinunter. Luise war gegangen, sie wollte sich den Niedergang ihres Witwers nicht weiter anschauen.

»Ich kann euch eines sicher sagen, wenn ich dieser Herrgott sein sollte, dann will ich diesen Schuppen nicht«, sagte Gott entrüstet. Aber Gerda und Franz hörten ihn gar nicht, denn da unten in der Bank ging die Bremer-Sache jetzt los. Als Gott merkte, dass er nicht bemerkt wurde, wandte auch er sich dem Geschehen in der Bank zu. Wieso fanden die beiden anderen das jetzt so spannend? War doch bloß ein Banküberfall.

So hatte er auch gedacht gehabt, dachte Hans Bremer, mitten im Schlamassel. Das mit den Kindern hatte irgendwie geklappt. Aber die waren, wie die Mutter, nicht besonders gut drauf. Irgendwie waren die hier alle so ernst. Als die Wachmänner hereingekommen waren, hatte er sich ganz auf die Kinder konzentriert. Er durfte nicht auffallen. Inzwischen war auch der Clown aufgetaucht. Offensichtlich störte er sich nicht an seinem Kollegen. Den Überblick hatte Hans Bremer längst nicht mehr. Er spielte mit den Kindern und hatte ein Auge auf die Tür im Hintergrund. Dort würden die Wachmänner herauskommen, und dann wollte er zuschlagen. Nur, es waren ihm deutlich zu viele Leute in dieser Lobby. Der Familienvater, der Mann, der ihn begleitete, und der Sachbearbeiter standen noch an der Treppe. Die Restfamilie stand ihm staunend gegenüber, und drum herum tummelten sich Bankkunden, der Clown und das Personal. Jetzt flippte auch noch eine alte Frau neben ihm aus. Sie wolle endlich dem Herrgott ihr Häuschen überschreiben, schrie sie hysterisch. In diesem Moment kamen die Wachmänner mit den beiden Koffern aus der Tür. Genoveva Christlein, uniformgläubig, wie sie war, stürzte auf einen der beiden Männer zu und fiel ihm in die Arme.

»Helfen Sie mir, dem Herrgott zu helfen!«, rief sie noch und ließ den Mann nicht mehr los. Hans Bremer erkannte seine Gelegenheit. Er ging auf den zweiten Mann zu und zog ihn hinter eine Stellwand. Der dachte, dieser dumme August wolle ihn einfach nur von der alten Frau wegbringen, und folgte brav. Kaum hinter der Stellwand verborgen, nahm Hans Bremer das mitgebrachte Spray und setzte den Wachmann schachmatt. Eigentlich ganz einfach, dachte Hans und schnappte den Koffer. Auffallen würde er jetzt nicht, denn diese alte Frau hing immer noch am anderen Wachmann. Der hatte seine

Pistole gezogen und drohte sozusagen, von der Schusswaffe Gebrauch zu machen. Irgendwie schien das niemand ernst zu nehmen, dachte Hans Bremer noch, als er sich der Ausgangstür zuwandte. Die beiden Schüsse hörte er nur noch gedämpft, nachdem sich die Glastür hinter ihm geschlossen hatte. Schnell schlich er sich in eine kleine Gasse gleich neben der Bank und zog das Kostüm aus. Mit dem Brecheisen, das er sich an den Körper geschnallt hatte, brach er den Koffer auf und packte das Geld in eine Plastiktasche um. Kurze Zeit später spazierte er ruhig und gelassen die Straße hinunter in Richtung Bahnhof. Diesmal musste seine Flucht klappen, dachte er.

»Kommt er davon?«, fragte Gerda Gott. Gott schmunzelte. »Mal sehen, wie er sich anstellt, diesmal«, antwortete er.

»Und die Schüsse?«, fragte Franz.

»Schaut es euch an oder wartet, wer gleich an die Himmelstür klopfen wird«, sagte Gott nur und fühlte sich dabei ein wenig wie John Wayne in diesen überaus komischen Western, die ja nun so gar nichts mit irgendeiner Wirklichkeit des damaligen Wilden Westens zu tun hatten. Aber das war ein anderes Problem, dachte Gott und erinnerte sich, dass er mit diesen Amerikanern auch noch was offen hatte.

Franz und Gerda hatten inzwischen den Blick wieder hinein in die Bank gerichtet. Chaos war ein dezenter Begriff für das, was sich da als Anblick bot. Was war denn da passiert?

Das fragte sich auch Friedhelm Mirner. Eigentlich war doch nur Weltsparwoche. Als er aus dem Zählraum in die Eingangshalle gekommen war, bot sich ihm ein Anblick wie bei einem Einsatz der GSG 9. Er hatte die beiden Schüsse gehört und konnte sich hinterher kaum einen Reim darauf machen, wie es zu den beiden Toten hatte kommen können. Inzwischen waren überall Polizei und Rettungshelfer, die den zweiten Wachmann und einige Kunden medizinisch versorgten. Anscheinend war ein Wachmann betäubt und dessen Koffer geklaut worden. Mitten in der Eingangshalle lag die Leiche einer alten Frau, und etwas weiter hinten, am Treppenaufgang, lag sein Kollege Größer, der Justizassessor, ebenfalls tot. Ein gefährlicher

Beruf, überlegte Friedhelm und dachte im Stillen an eine Umschulung. Vielleicht was mit Pflanzen.

»Das war keine Absicht«, sagte Werner Größer, »es war ein verirrter Schuss. Ich stand einfach in der Schusslinie. Rein rechtlich ist niemandem ein Vorwurf zu machen.«

Franz und Gerda sahen den Neuankömmling staunend an.

»Immerhin hat es dich das Leben gekostet«, sagte Gerda nur. Franz nickte.

»Wo ist der Herrgott?« Das waren die ersten Worte von Genoveva Christlein, als sie sich kaum gesetzt hatte.

»Wenn du jetzt schon etwas früher zu uns gekommen bist, dann kläre mich bitte auf, wer denn dieser Herrgott sein soll, von dem du anscheinend so viel hältst und dem du auch dein Häuschen vermachen wolltest?«, fragte Gott.

»Wer bist denn du?«, fragte die Christlein forsch.

»Gott«, sagte Gott.

»Ach«, sagte Frau Christlein.

»Aber kein Herr-Gott«, sagte Gott und schickte nach Petrus. Hier musste jemand mal so richtig in die Welt des Glaubens eingewiesen werden. Am besten, sie packten die Gute zu diesem Hugo, der schon einige Jährchen in der Glaubensecke vor sich hin lernte. Die beiden passten vom Ansatz her gut zueinander, dachte Gott. Welchen Gefallen er damit dieser Genoveva Christlein tat oder wie fragwürdig dieser Gefallen war, das war selbst Gott in diesem Moment nicht klar.

Klar war auch dem Schriftsteller nicht, wie er jetzt wieder zu seinen Kommissaren kommen sollte. Die gute Unterbringung, die herrlich warme Frühlingssonne und nicht zuletzt die Aussicht auf ein abendliches Glas Metzinger Hofsteige ließen ihn anders schreiben. Die Hektik war weg. Es passierte zwar noch einiges, aber seine Hauptpersonen liefen ihm aus dem Ruder oder verließen ihn und lebten ihr Leben vor sich hin. Wo waren eigentlich Schirmer und Knöpfle? Wo hatte er sie denn verlassen? Machte Thomas Knöpfle immer noch dran rum, Schirmer endlich reinen Wein einzuschenken? Und was war mit Schirmers Tochter? Der Kriminalhauptkommissar Knöpfle war dem Schriftsteller auf der Spur, das war klar. Aber es würde noch einige Zeit dauern, bis seine Suche die Metzinger Weinberge erreicht haben würde. Wie standen die Dinge zu Hause?, hätte er den Kommissar gern gefragt. Denn die Gedanken Brittas waren zuletzt nicht die positivsten gewesen. Und Pfarrer Leonhard? Kam er denn voran mit seinem Calzone-Gottesdienst, oder warf ihm die Amtskirche Prügel um Prügel in den Weg? Fragen über Fragen, dachte der Schriftsteller. Er würde heute Abend wohl auf seine Metzinger Hofsteige verzichten müssen. Diese Aufarbeitung verlangte nach einem sehr klaren Kopf. Er trug eine Verantwortung seinen Menschen gegenüber, und die wollte er auch erfüllen.

So sah das in anderer Sache Pfarrer Leonhard auch. Zwar hatte er zwischendurch diese Idee eines Calzone-Gottesdienstes ein wenig verfl… Aber nun war er wieder bereit, sich dieser Aufgabe zu stellen. Inzwischen war die Sache beim Oberkirchenrat gelandet und hatte auch ein gewisses Medieninteresse hervorgerufen. Sogar das ZDF hatte bei ihm angerufen. Immer auf der Suche nach einem besonderen Bericht oder einer Story. Er musste das nun koordinieren. Die örtliche Hotellerie, so bescheiden sie war, hatte sich schon bei ihm erkundigt, wie viele Gäste denn noch zu erwarten seien, denn die Kapazitäten seien jetzt schon erschöpft.

Aber das waren Äußerlichkeiten, kleine Probleme, die sich leicht mit ein wenig Organisation erledigen ließen. Seit er Gott als Freund an seiner Seite wusste, fiel ihm das dermaßen leicht, dass er fast neben sich stand und über sich selbst lächelte. Mit so ein wenig Distanz lebte sich das Leben leichter, so viel stand für ihn fest.

Er konnte sich in seinem Arbeitszimmer nun ganz der Ausarbeitung der Predigt widmen. Den skizzierten Text aus der Pizzeria würde er als Grundlage nehmen. Die ersten Ideen waren oft die besten. Daher würde er den Glauben zwar nicht direkt mit einer Calzone vergleichen, davon hatte ihm der Diakon abgeraten, nein, er würde die Hitze des Pizzaofens mit dem Glauben gleichsetzen und die Menschen als die Calzone betrachten, die durch diese Hitze durch ihre mannigfaltigen Zutaten zu dem wurden, was sie sein wollten. Das hatte aber wiederum der Oberkirchenrat nicht gutgeheißen. Der Mensch sollte nach ihren Vorstellungen in diesen Dingen, so hatten sie sich ausgedrückt, nicht allzu sehr angestachelt werden. Schließlich war Gott ein Haus, so der Oberkirchenrat, und er, also der Oberkirchenrat, der Hausmeister. Und über dieses Haus sollte der Mensch eigentlich nicht weiter nachdenken wollen, sollen oder dürfen. Dieses Haus war fest und damit der Rahmen, der sozusagen von Gott selbst vorgegeben war.

»So ein Blödsinn«, rief Gott aus. Gerda und Franz erschraken richtig. Solche emotionalen Ausbrüche waren sie von Gott nun wirklich nicht gewohnt.

»Immerhin, der Oberkirchenrat«, gab Gerda zu bedenken.

»Rein rechtlich sozusagen der Vorgesetzte«, merkte Werner Größer an. Seine Kommentare waren besonders hilfreich hier oben, dachte Gott. So einer hatte ihm grade noch gefehlt. So ein halber Rechtsgelehrter, der keine Ahnung von der Welt und den Menschen, geschweige denn vom Leben hatte, aber das oder sein Recht kannte. Und vor allem immer einen Satz zu sagen hatte, das kam noch hinzu. Er hatte beim Begrüßungsgespräch versucht, ihm zu verstehen zu geben, dass er hier oben ganz frei sein werde und kein Vorgesetzter ihm irgendetwas aufgeben werde, das er vielleicht seinem Gewissen nach nicht tun wollte. Aber mit dieser Freiheit, das wusste Gott, war das so eine Sache. Diese Freiheit lernten die Menschen kaum auf dieser Erde da unten kennen und lieben. Das verpuffte in all den Alltagsdingen, die sich die Menschen selbst auferlegten oder für sich produzierten. Dann mussten sie sich nicht den zentralen Fragen stellen, Sinn und so. Aber das hatten wir ja schon mal, dachte Gott.

»Die werden ihm den Gottesdienst noch kaputt machen«, sagte Franz Werth nun.

»Keine Angst«, sagte Gott, »unser Pfarrer Leonhard lässt sich nicht so leicht unterkriegen!«

Der überzeugte Gesichtsausdruck Gottes ließ die anderen schweigen. Wenn der so schaute, dann meinte er es ernst, das wusste Gerda Schickle, und obwohl ihr eine kritische Bemerkung zur Kirche im Allgemeinen und zur evangelischen Kirche im Besonderen auf der Zunge lag, schwieg auch sie fein still.

So still, wie es in Willi Schirmers Leben wieder werden sollte. Er hatte sich nach dem Mittag telefonisch bei einem Kollegen entschuldigt, sich nach Hause begeben und sich gleich in seinen Sammelkeller geflüchtet. Es war schwer für ihn, mit Veränderungen umzugehen. Wenn eine Lebensplanung schon keine Lebensplanung war, dann war es ein richtiger Schlag ins Kontor, wenn da plötzlich eine Tochter auftauchte. Er konnte sich ja nicht beklagen. Sie gefiel ihm, und es war ja auch spannend, sich nach so vielen Jahren erst kennenzulernen. Aber ihm, dem beamteten Kriminalkommissar Schirmer, der nun schon fast vierzig Jahre seinen Dienst tat, fuhr so etwas in die Glieder. Also musste er nachdenken – und zum Nachdenken, da ging er in den Keller zu seinen Maschinen. Heute hatte er wieder ein Schmuckstück ergattert. Zwar kaufte er sich öfter mal eine Maschine, manchmal auch neue, aber heute hatte er besonderes Glück gehabt. So lief das manchmal, man kam durch Zufall in einen Keller, und da war dann so ein Schmuckstück, und die Besitzerin oder der Besitzer wussten gar nicht, wie wertvoll das in seinen, Schirmers, Augen war. Und jetzt hielt er es in seinen Händen. Einen Spätzlehobel aus dem Oberland, der gut und gern seine achtzig Jahre auf dem Buckel hatte. Entscheidend bei den Hobeln waren die Öffnungen und vor allem auch die Kanten und der Schaber. Nach diesen Kriterien konnte er als ein Spätzle-Wissenschaftler, wie er sich selbst gern nannte, die Bedeutung des Stückes einschätzen. Da gab es so viele Varianten, und er spürte, wenn er die Maschinen in die Hand nahm, die Mühe, die sich Menschen gemacht hatten, damit etwas Neues, etwas anderes herzustellen. Er spürte Gedanken und Überlegungen, die auch die seinen waren. Wie ging das am besten? Warum und wann riss der Teig? Lag es am Teig oder an der Maschine? Das waren die zentralen Fragen. Schirmer selbst hatte so manchen Sonntag damit verbracht, mit einem Teig mehrere Maschinen zu testen. Für ihn war das eine Wissenschaft und vor allem sein Punkt der Ruhe. Ein wenig klassische Musik im Hintergrund, und er konnte schwelgen. Diese Sonntags-Spätzle-Produktion hatte er anfangs teilweise gegessen und den Rest weggeworfen. Aber inzwischen war er in seinem Haus der Spätzle-Lieferant. Das war eine ganz tolle Sache. Denn er produzierte unter Umständen an einem Wochenende mehrere Kilo Spätzle und wusste nicht, wohin damit. Nun gab es einige Familien im Haus mit gleich mehreren Kindern. Willi Schirmer hatte eines Tages die Kinder gefragt, ob sie denn Spätzle mochten. Prompt kam die Antwort zurück, nichts lieber als das. Dann hatte er bei den Familien geklingelt, und so entwickelte sich eine Möglichkeit, seine Spätzle, mal so oder so gemacht, an den Mund zu bringen.

Dieser Hobel war nun wirklich etwas Besonderes. Sehr scharfe Kanten und schräge Lippen daran, die die Spätzle noch ein wenig festhielten, bevor sie ins kochende Wasser fielen. Er musste das unbedingt am kommenden Wochenende ausprobieren, so etwas hatte er noch nicht in seiner Sammlung, so etwas hatte er noch nicht gesehen.

Was er heute erlebt hatte, überstieg für Friedhelm Mirner auf jeden Fall alles, was er in dieser Bank schon gesehen hatte. Völlig perplex ob der Ereignisse stand er immer noch in der Empfangshalle. Die Leichen der alten Frau und des Kollegen wurden hinausgebracht, vielmehr gefahren. Er schaute gern einmal einen Krimi, immer Sonntagabend den »Tatort«, wenn auch mit immer weniger Spaß. Aber in diesen Krimis hatten sie auch diese Blechsärge, Leiche rein und dann rauf auf einen Wagen. So war es hier jetzt auch. Und viel Polizei, die war auch da. Was ihn wunderte, war, dass lediglich ein paar uniformierte Beamte versuchten, den Tatort so zu sichern, wie das in den Dienstvorschriften stand. Ein Kriminalbeamter war noch nicht zu sehen.

Kein Wunder, denn Thomas Knöpfle hatte eben erst von dem Banküberfall erfahren. Er hatte keine Ahnung, warum der Notruf nach Beutlingen gegangen war. Jedenfalls war er erst gerufen worden, als die Kollegen längst vor Ort waren. Ein Banküberfall, hier in Pfenningen! Thomas Knöpfle war aus seinem Bürostuhl hochgeschossen und hatte flugs die Tür hinter sich ins Schloss geschmissen. Dann war er mit dem Dienstwagen mit heißen Reifen zur Bank gerast. So weit war alles, wie man es so im Fernsehen sah. Er war an der Bank angekommen und wollte dort seinen Wagen parken. Der Kollege am Absperrband machte keine Anstalten, ihn durchzulassen. Er zeigte seinen Ausweis im Autofenster, keine Reaktion. Hinten hupte es schon. Immerhin war das die Hauptdurchfahrtsstraße. Also drehte Kommissar Knöpfle ab und fuhr noch einmal um den Block. In

Pfenningen dauerte das, denn Blöcke im eigentlichen Sinne gab es nicht. Als er zum zweiten Mal am Absperrband stand, war dort ein anderer Kollege, der die Ausfahrt für die Feuerwehr frei machen sollte. Warum die eigentlich da war, das konnte sich der Kommissar auf die Schnelle auch nicht erklären, jedenfalls hatte die Vorfahrt, und Kommissar Knöpfle fuhr noch mal um den Block.

Beim dritten Anlauf beachtete er den Beamten gar nicht und fuhr einfach durch. Nur, um sich beim Aussteigen zwei Pistolenläufen gegenüberzusehen. Nun war er ein Kriminaler, jemand, der mit Schusswaffen und Ganoven zu tun hatte, die diese auch einsetzten. So die Theorie und vielleicht auch der Alltag der Kollegen in Großstädten. Aber hier in Pfenningen hatte er in seinem Kurzzeitgedächtnis noch eine Schrotflinte gespeichert, die vor einigen Wochen Tatwaffe in einem Tötungsdelikt gewesen war. Sonst hatte er seine Pistole in der Schublade, für den Ernstfall, wie man so sagte. Heute hatte er sie ausnahmsweise dabei.

Die Situation klärte sich relativ schnell auf. Er musste die Hände über den Kopf heben, weil ein Kollege bei der Durchsuchung eine Pistole gefunden hatte. Dann wurden ihm seine Rechte vorgelesen, sehr vorschriftsmäßig, wie er feststellen konnte. Anschließend wollten ihn die Kollegen nach Beutlingen schicken, damit sein Dienstausweis überprüft werden konnte. Hier versuchte er einzugreifen, verwies auf ebendiesen Dienstausweis und darauf, welchen Sinn es machen sollte, dass er hier mit einem Dienstwagen – dass er die Wahrheit sagte, würden die Papiere ja beweisen – anfuhr, einen falschen Dienstausweis vorlegte und dann in die Bank ging.

»Wo liegt denn da bitte der Sinn?«, fragte er die beiden Beutlinger Kollegen. Obwohl, Kollegen, Thomas Knöpfle war sich da nicht mehr so sicher.

»Wieso fahret Sie no her?«, fragte ihn der eine Beamte.

»Weil ich hier zuständig bin, vielleicht«, sagte Knöpfle erregt.

»Wisset mir des, oder was?«, kam es gleich zurück.

»Was ihr wisset, des lasset mer jetzt mol außa vor«, antwortete Knöpfle.

»Hier wird gar nex außa vor glassa, Hosa ronder jetzt, was wellet Sie do?«, fragte jetzt der zweite Beamte.

»Ermitteln«, sagte Thomas Knöpfle nur, »ermitteln, weil ich hier die Kriminalpolizei bin, hier in Pfenningen!«

»Aha«, sagte nun der erste Beamte und schaute seinen Kollegen an.

»Des kennt der Knepfle sei«, sagte der.

»Send Sie dr Knepfle?«, fragte der zweite Beamte.

»Schon«, sagte Knöpfle.

»Ha no ganget Sie doch nei!«, meinte der erste Beamte und grinste sich eins. Thomas Knöpfle hatte das gesehen. Das war doch eine angesetzte Sache. Das waren doch wieder diese Beutlinger, die hier den Maxe markieren wollten. Aber lass mal eine Situation kommen, dachte Thomas Knöpfle, dann werden wir euch auch mal hochleben lassen.

Das lebte hoch. Wenke war so was von in einem siebten Himmel. Dr. Sommerwagen hätte sie richtig beneidet. Er war eh aus dem Spiel ausgeschieden. Hatte sich, der Niederlage bewusst, in sein Bettchen gekuschelt und sich damit abgefunden, dass das Leben wieder einmal an ihm vorbeigegangen war. Aber das war Wenke egal, der Cabrio sollte sich in seinen Notverbänden verstricken, im Moment war nur Udo angesagt, und zwar ganz. Der hatte sich inzwischen recht gut von seiner Verletzung erholt. Sehr gut erholt, würde Wenke jetzt behaupten. Dort drüben lag er, ausgepumpt, erledigt und glücklich. Das glaubte sie zumindest. Oder hoffte sie es? Das wusste sie noch nicht so genau. Es war schon was gewesen, heute Nacht, das war toll gewesen, und sie fühlte, so könnte etwas anfangen. Aber mit dem Anfangen hatte sie es immer wieder mal verbockt und war sich entsprechend unsicher, ob ihr Gefühl sie da nicht trog.

Udo sah das noch nicht anders. Er schwebte noch in morgendlichen Träumen und spürte unbewusst ein wohliges Gefühl, Mann gewesen zu sein. Ein gutes Gefühl, dachte er in seinem Unterbewusstsein und nahm eine gute Portion dieses guten Gefühls mit hinein in seine so lädierte Männlichkeit. Das würde ihn wieder aufbauen. Dann war er wieder wer. Nicht mehr nur Assistent, sondern auch fähiger Liebhaber und Mann, Ehemann vielleicht. Das ließ er selbst unterbewusst noch offen. Er würde jetzt bald die Augen aufschlagen und erst einmal nichts erwarten. Vielleicht bat sie ihn ja auch, zu gehen.

Gehen würde sie ihn nicht lassen. Das war mal klar. Sie würden zusammen frühstücken und dann würde man sehen. So leicht würde ihr der Udo nicht mehr auskommen. Den halte ich fest, sagte sie sich und kniff sich dabei selbst in den Po, nur um zu wissen, dass dies alles Wirklichkeit war.

So einen Kneifer hätte Friedhelm Mirner an diesem Morgen auch gebraucht. Er hielt das alles nämlich nicht für Wirklichkeit. So konnte eine Wirklichkeit nicht aussehen. Nicht hier, nicht um ihn herum. Was war denn los?, fragte er sich. Die ganze Bank war in Aufruhr. Aber nicht etwa, weil sich tags zuvor ein Überfall ereignet hatte und zwei Menschen zu Tode gekommen waren. Nein, nun stand der Vorstand am Pranger. Die hatten wohl mit windigen Papieren gespielt und einen deutlichen Verlust eingefahren. Der Artikel in der Örtlichen, bisher nur in der Örtlichen, hatte einiges ausgelöst. Da brach Vertrauen weg, die allgemeine Stimmung spielte da natürlich auch mit hinein. In solchen Zeiten konnte sich eine so vergleichsweise kleine Bank solche Eskapaden nicht leisten. Denn so wie die großen, internationalen Bankhäuser unter Druck kamen, so waren sie nun auch unter genauer Beobachtung. Das machte hier keinen Spaß mehr, dachte Friedhelm. Er hatte sich damals keine Gedanken darüber gemacht, zu einer Bank zu gehen, aber inzwischen war ihm so einiges klarer geworden. Geldinstitut, wenn er das schon hörte. Was machten sie denn schon? Im Laufe seiner Lehre war er ja überall herumgekommen. Mit Zahlen spielen, jenseits aller Wirklichkeiten, das war es, was sie hier taten. Menschen, Schicksale und Betroffenheiten spielten doch hier keine Rolle. Er wollte was tun, eine Arbeit haben, die etwas nützte. Und genau das schrieb er dem Vorstand, in aller Ausführlichkeit, denn wenn er ging, dann richtig. Er war jung, er wollte mehr von diesem Leben, Hoffnung und Erwartung, Zukunft und Freude.

»Gut«, sagte Gott. Da war wieder einer auf einen anderen Weg gekommen. Hin zum Leben, zu dem, was ihn als Menschen ausmachte. Das war schön. Er fühlte sich dann gut. Weil es immer wieder schön war, dass der Mensch oft doch so was wie Erkenntnis hatte. Das mit Friedhelm waren dann solche Momente, in denen er sich wohlfühlte, weil es sich wieder mal bewiesen hatte, dass der Mensch sich selbst bestimmen konnte.

»Aber was machst du mit den Banken?«, fragte Gerda dann.

»Rein rechtlich lässt sich da wenig machen«, meinte Neuzugang Größer von der Seite.

Der ging ihm immer mehr auf den Geist, diese juristische Missgeburt. Er schämte sich selten seiner Schöpfung, aber bei diesem Größer, da kamen ihm fast die Tränen. Hatte er sich dafür so ins Zeug gelegt? Ganz in Gedanken wurde Gott von schrillen Schreien erschreckt. Aber Gott wusste dann, denn Gott wusste immer, da war die Genoveva auf ihren Hugo getroffen. Kein Wunder, so klein der Glaube, so groß die Welt. Eigentlich hätte er Dichter werden sollen, dachte Gott. Allerdings wusste er weder, woher er kam, noch, ob er jemals eine Möglichkeit gehabt hatte, zu entscheiden. Vielleicht warf er deshalb den Menschen dies oft vor, dass sie das Geschenk nicht schätzten, wählen zu können.

So würde er das aufbauen, überlegte sich Pfarrer Leonhard, denn diese Wahl hatte er jetzt noch. Der Mensch in der Mitte, der wie eine Calzone Wertigkeiten in sich barg, allerlei Verschiedenes, das entdeckt, erkannt und aufgeschnitten werden musste. Dann erst konnte der Mensch zum Vorschein kommen, im Glauben, mit der Nähe zu sich.

Nur so kam man als Kirche weiter. Keine Festigkeiten, kein Vertrauen auf Bestehendes. Das war schwer. Aber nur so würde es gehen. Immer die Frage stellen: Gibt es Gott, oder bin ich so, dass Gott sein kann? Denn seiner Ansicht nach war man nur selbst Gott. Das sagte er zwar nur seinen Pflanzen, aber in sich drin war er sich darin inzwischen sicher. So weit hatte ihn sein Freund, Gott, gebracht, dass es einen gefühlten und auch gedachten Gott gab. Aber nur dann, wenn Mensch Mensch ist. Nur dann, wenn sich Mensch nahe ist, ist er, kann er sein. Ihm war mit der einfachen Annahme Gottes, diesem Glauben, nicht mehr geholfen, das reichte für ihn nicht aus. Glaube, das sind Menschen, die sich verstehen. Die miteinander etwas Gutes vorhaben, etwas Gutes auf dieser Welt leben und erreichen wollten. Ihm war, als ob seine Kakteen genickt hätten. Wer weiß, dachte er, vielleicht sind Pflanzen dann doch die höhere Intelligenz. Aber jetzt wollte er sich wieder seiner Predigt zuwenden. Die Calzone als Sinnbild des christlichen Glaubens. Auf was hatte er sich da bloß eingelassen!

Das fragte sich Frieder Kötzle auch. Auf dem Kreuzfahrtschiff war mal wieder Animation auf dem Sonnendeck. Geschieht ihnen recht, dachte Frieder, denn es wehte eine steife Brise, und ein leichter Nieselregen machte die Angelegenheit nicht angenehmer. Ein paar Passagiere hatten doch tatsächlich den Friesennerz übergeworfen und versuchten nun, in diesen Windböen Federball zu spielen. Frieder schaute auf die Uhr. Es ging auf Mittag zu. Er bestellte sich ein Bier und setzte sich ans Fenster, das hier Bullauge hieß. Barbara nutzte das Programm voll aus und ließ sich in der Wellness-Oase auf dem Zwischendeck eine Fangopackung verpassen. Frieder holte sein Handy aus der Tasche. Er könnte doch eigentlich den Alfred anrufen. Mal hören, wie es in Pfenningen so lief. Sie fehlte ihm hier draußen schon, die kleine Stadt mit ihren Menschen und alltäglichen Geschichten. Was ihm hier deutlich nicht fehlte, das war die FDP. Er schaute sich jeden Abend die Nachrichtensendungen an, je nachdem, wie es in den Plan passte. Der Plan, der dirigierte hier alles. Ein Scheißplan, dachte Frieder. Schon morgens die lachenden Gesichter, was das nun wieder für ein toller Tag sei und so. Ob es regnete oder stürmte. Er mochte diese aufgesetzte Fröhlichkeit nicht. Das war ihm zu viel Falschheit und Kommerz. Er schaute hinaus zu den Federballspielern und dachte, zu was für einem Affen sich der Mensch doch machen konnte. Und ein Affe, der würde wohlüberlegt hier drinnen gemütlich sitzen bleiben und sich womöglich auch erst mal ein Bier bestellen. Da draußen jagten sogenannte höher entwickelte Lebewesen Federbällen hinterher, die flugs der Wind mitnahm. Er schüttelte nur den Kopf. Dann wählte er Alfreds Nummer. Hoffentlich ging er ran, denn Handys, das war die Sache von Alfred Rottwald nicht, wusste Frieder. So einer wie Alfred, der ging nicht mit der Zeit, der ging hinter der Zeit her.

Dass er seiner Zeit hinterherhinkte, dessen war sich Willi Schirmer bewusst. Nur bisher hatte das für sich gelebt, und er war damit zufrieden gewesen. Nun war überraschend eine jugendliche Note in sein Leben gekommen, die ihn nicht nur durcheinanderbrachte, nein, die mischte ihn richtiggehend auf. Freilich, es war lebendiger geworden in seiner Wohnung, zusammen mit seiner Tochter. Und sie sprach auch immer wieder mal von Ausziehen. Aber so richtig ergeben hatte sich halt auch nichts. Schade, dachte der Kriminalkommissar und ging mit seinem Spätzlehobel die Treppe hinauf. Elke war übers Wochenende zu einer Freundin im Oberland gereist. Nach Bad Waldsee. Er hatte einen Bericht über das neue Museum dort gesehen und schon allerhand Gutes über dieses Städtchen gehört. Er hatte Elke noch auf das Hymer-Wohnmobil-Museum hingewiesen. Aber ob er ein Ohr gefunden hatte, blieb offen. Sie war in seinem alten R4 abgerauscht. Was sollte er machen? Er hatte kein anderes Auto, und wenn die Tochter wollte, dann bekam sie, was sie wollte. Zumindest zurzeit noch.

Er würde das Wochenende für sich haben. Am morgigen Samstag war ein Calzone-Gottesdienst von Pfarrer Leonhard in der Christuskirche plakatiert. Da wollte er eventuell hingehen. Was das wohl sein würde? Aber manchmal war ihm nach Ausprobieren, und das war so was. Entweder ging da ein Pfarrer mal einen ganz neuen Weg, oder da war einer von allen guten Geistern verlassen.

»Ich werde sie verlassen«, sagte Alfred in sein Handy. Dabei hielt er es direkt vor sein Gesicht und sprach gezielt auf das kleine Loch, das das Mikrofon sein müsste. Er traute diesen Dingern nicht. Das war früher noch eine klare Sache gewesen. Man hatte einen Hörer in die Hand genommen und gewusst, oberhalb der Hand war Hören, und unterhalb der Hand war Sprechen. Heute erkannte man das an diesen kleinen Dingern gar nicht mehr, und man musste aufpassen, dass man sich beim Telefonieren nicht auch noch fotografierte.

»Was heißt verlassen?«, fragte Frieder bestürzt am anderen Ende der Satellitenverbindung. Ihm schwante Schlimmes.

»I han den Krampf jetzt satt!«, sagte Alfred laut und deutlich in sein Handy.

»Was für einen Krampf?«, fragte Frieder.

»I ben doch bloß no do!«, antwortete Alfred. »Dui schwätzt sich no om Kopf ond Kraga, und i kas no hera, von de Leit!«

»Scho«, sagte Frieder spontan. Das war ihm so rausgerutscht.

»Wia, scho?«, sagte Alfred gleich. »Wie moinsch denn des?«

»Ich hab nicht dich gemeint, die Barbara ist von der Wellness-Oase zurück, daher«, sagte Frieder schnell.

»No machet mer Schluss«, sagte Alfred prompt.

»Nein, nein, bleib dran«, antwortete Frieder. »Du, Schatz, geh doch schon mal vor. Ich komm dann. – So, Alfred, jetzt geht es wieder. 'tschuldige.«

»Ha dann. I ka nemme, Frieder, ond i woiß au net, wie des anders werda soll«, fuhr Alfred fort, und in seiner Stimme war Resignation. Dachte Frieder.

»Jetzt nichts überstürzen, Alfred. Du bist da manchmal schnell dabei, das Kind mit dem Bade auszuschütten«, leitete Frieder die Therapiephase ein.

»Welches Kend?«, kam es zurück.

»Im übertragenen Sinne, meine ich«, erklärte Frieder.

»Welches übertragene Kind?«

»Das sagt man halt so, wenn jemand überstürzt eine Entscheidung treffen will. Dann mahnt man zur Besonnenheit und zur Überlegung«, erklärte Frieder.

»Ach so«, sagte Alfred, »ond was fira Kend jetzt?«

Frieder schaute hinaus zu den Federballspielern und weiter auf den unruhigen Wellengang der See. Er suchte Beruhigung.

Einen solchen Blick hätte Thomas Knöpfle jetzt auch brauchen können. Ihm blieb nur der Blick auf die alte Feuerwache. Es war Freitagnachmittag und kein Willi Schirmer in Sicht. Nun gut, dann würde das halt bis Montag liegen bleiben. Britta würde ihm die Zeit in den Ohren liegen, dass er das doch hätte sagen können und sie das nicht verstehe und so. Aber er konnte es auch nicht heben. Außerdem hatte er einen Banküberfall mit zwei Todesfällen aufzuklären. So langsam wurde das hier in Pfenningen eine richtige Aufgabe für einen Kriminalhauptkommissar. Andererseits war das hier in diesem kleinen Ort keine besondere Rätselaufgabe. Täter von auswärts kamen nicht in Frage. Das lohnte sich für die Professionellen nicht. Wer blieb dann noch?, fragte sich Knöpfle. Ihm kam da einer in den Sinn, dessen Verbleib seit seiner Flucht aus dem Gefängnis nicht geklärt werden konnte. Der Schriftsteller war weg, und auch Hans Bremer war weg. Der Schriftsteller war es nicht, dachte Thomas Knöpfle. Dem traute er das einfach nicht zu. Dann blieb also nur noch einer. Und den würde er zu suchen haben.

Da täuschte sich unser Kommissar. Den hatten andere längst gefunden. Der Litauer hatte die Aktion von Anfang an dirigiert und vor allem dem Schriftsteller ganz klar beschrieben. Daher hatte er auch prompt den Hans Bremer ohne Verkleidung in jener Nebengasse einkassiert. Mitsamt den erbeuteten Euros. Der Bremer saß inzwischen wieder in dem ihm vertrauten Keller ein. Der Litauer rieb sich die Hände. So hatte er sich Kriminalität immer vorgestellt. Einen vorschicken, der die Arbeit machte, und dann, ohne in Erscheinung zu treten, abzocken. Er würde dem Schriftsteller eine Kiste von diesem Metzinger Wein, den der anscheinend so gern trank, in sein Wengerterhäuschen schicken. Mit dem hatte er noch viel vor. Der sollte nur so weiterschreiben, dann ließen sich da Sachen denken. Dem Litauer wurde ganz blümerant, obwohl er dieses Wort eigentlich gar nicht kannte. Nachdem die Sache in der Leutebank so prima geklappt hatte, gediehen in des Litauers kleinem Hirn gar große Gedanken. Da ging es dann um eine weitere Bank, natürlich eine größere, vielleicht in Richtung Stuttgart, dachte der Litauer. Da gab es doch eine Landesbank, die hatte bestimmt viel Geld im Tresor, und dahin wollte er seine Geheimwaffe Bremer bald schicken. Nur, dazu musste er den Schriftsteller dazu bringen, seine Geschichte in Richtung Stuttgart zu schreiben. Aber der fühlte sich in Metzingen in seinem Weinberghäuschen offensichtlich sehr wohl. Der Litauer zweifelte, ob er den Schriftsteller dazu würde überreden können. Sicherlich, er hatte Mittel, aber so richtig deutlich konnte er in die Kiste nicht greifen, denn er brauchte den Schriftsteller ja hinterher noch. Er musste sich was einfallen lassen, dachte der Litauer und nippte an seinem Wein. Kein schlechter Tropfen, diese Metzinger Hofsteige, davon würde er sich auch mal ein paar Kisten kommen lassen. Und er würde beim Schriftsteller für Nachschub sorgen, für viel Nachschub. Dann wollen wir doch mal sehen, dachte der Litauer, so einer wie der Schriftsteller, so einer hatte doch Phantasie, der konnte sich doch was vorstellen.

So hatte sie sich das immer vorgestellt. Dass mal einer käme, der so zu ihr war. Der sie erforschte und aushorchte, der sie streichelte und liebkoste. Genau so hatte sie sich das in ihren Träumen zurechtgedacht. Nur, es war nie einer gekommen. Wenke war wie Cabrio in einem siebten Himmel, nur halt in einem echten. Eine solche Nacht hatte sie in ihrem jungen Leben noch nicht erfahren dürfen. Das war Sex, wie sie ihn sich immer gewünscht hatte. Das war Tier, das war Zärtlichkeit und eine Befriedigung, die sie so nicht gekannt hatte. Denn was war bei ihr schon gewesen – oder passiert? Gut, Sven, der war gewesen. Aber konnte man das wirklich zählen, im Vergleich zu dieser Nacht? Sie schaute hinüber zu Udo, der wohlig an sein Kissen geklammert schlief. Er war erschöpft, freilich, denn er hatte ihr alles gegeben, wozu er in einer Nacht in der Lage gewesen war. Sollte er nun schlafen, dachte Wenke. Sie stand auf, ging in die Dusche und machte sich auf den Weg zum Bäcker, um frische Brezeln zu holen. Die würden ihrem Udo sicherlich schmecken nach so einer Nacht.

Das hätte sich Alfred auch überlegen können. Mal einen Schritt entgegengehen. Aufstehen, sich aufs Rad setzen und los zum Bäcker. Das wäre doch eine Möglichkeit gewesen, die verfahrene Situation wieder in ein Gleis zu kriegen. Doch er blieb liegen. Ihn zog heute nichts in die Vertikale. Die Klara wurstelte bald in der Küche. Alfred drehte sich demonstrativ, auch wenn Klara das nicht sah, um. Er musste an sein Telefongespräch mit Frieder denken. Das war ihm gleich klar gewesen, dass der Frieder ihm zu Geduld raten würde. Wahrscheinlich hatte er ja auch recht. Aber mit der Geduld war es halt nicht mehr weit her, wenn man auf die siebzig zuging. Was hieß schon Geduld? Geduld hieß: warten. Auf was, das hatte ihm Frieder dann auch nicht sagen können. Zumindest nicht am Telefon, hatte der Frieder gesagt. Auf was sollte er denn warten? Dass die Klara einen Frosch küsste und er der Prinz war? Er war kein Mensch mit Illusionen. Er wollte ein gemütliches, glückliches Leben für die Jahre, die ihm noch vergönnt waren. Mehr wollte er eigentlich nicht. Er hatte keine Träume, die noch zu erfüllen gewesen wären. Er liebte seinen Alltag, die Runden durch die Stadt und die Besuche bei Frieder im Gütle. Das war ihm genug. Es war eher die Klara, die da immer anderes wollte. Er führte das auf die fehlenden Kinder zurück.

Der Mann konnte anscheinend, zumindest er, eher damit umgehen. Diese Erfüllung, wenn es denn eine war, war ihr halt nicht vergönnt gewesen. Und das trieb sie zu ihren Reden, ihrer Neugier auf das Schicksal anderer und dem Gerede darüber. Was sollte er machen?

»Hilf ihm doch!«, rief Gerda zu Gott nach hinten. Franz legte ihr freundschaftlich die Hand auf die Schulter.

»Er liest doch gerade Korrektur«, sagte er leise.

»Ach so«, sagte Gerda.

Aber Gott hatte den Ausruf durchaus vernommen.

»Wie soll ich solchen Menschen helfen?«, fragte er die beiden.

»Erkenntnis«, sagte Gerda leise.

»Erkenntnis?«, fragte Gott zurück, »Erkenntnis ist, wenn der Mensch erkennt, wer, wo und wie er ist. Erkenntnis ist nicht, dass ein Mann wie Alfred Rottwald mit Mitte sechzig erkennt, dass er nicht mehr mit seinem Leben klarkommt.«

»Mit seiner Frau«, warf Franz ein.

»Das ist nicht nur seine Frau. Darin sieht er im Augenblick das Hauptproblem. Aber lasst die Geschichte noch ein wenig weitergehen, und ihr werdet sehen, es ist er selbst, der sich verändern muss. Nur so geht es«, sagte Gott und wandte sich wieder seinen Korrekturen zu. Das war eine Heidenarbeit, dachte Gott und fuhr sich selbst über den Mund. Aber selbst Gott konnte mal was rausrutschen.

Wer schrieb das eigentlich? War er das noch, oder gab es inzwischen einen göttlich gesandten Schreiber, der in ihm oder vielmehr aus ihm schrieb? Das war zwar anmaßend gedacht, aber andererseits für ihn eine Erklärung, warum solche Passagen aus seinem Hirn über die Finger auf die Tastatur und in den Text kamen. Wenn er ehrlich war, dann war dies die einzige Erklärung, die er hatte.

Der Litauer nippte an seinem Weinglas und schaute ihm direkt in die Augen. Da war etwas wie Erwartung in seinem Blick und auch so eine Spur von Gier. Er musste aufpassen, der dachte wohl, das werde jetzt immer so weitergehen. Der hielt ihn, den Schriftsteller, für seinen Schriftsteller, der ihm seine Geschichten so schreiben würde, dass er einen Reibach machte. Aber so einfach war das ja nicht. Er hatte doch seine Menschen, sein Pfenningen, und um die musste er sich doch kümmern. Er schrieb doch nicht, damit sich ein Litauer die Taschen damit füllte. Er fühlte sich benutzt, zerrissen zwischen Welten, da waren seine Menschen, Knöpfle, Schirmer, Frieder, Gerda, Hans, Franz und Alfred, und da war dann die Welt des Litauers. So wie er hier, dem Litauer gegenüber, in seinem Häuschen saß, war die Situation nicht aufzulösen. Schrieb er für den Litauer, dann bewegte er sich weg von seinen Menschen. Schrieb er für die Menschen, dann würde ihm der Litauer aufs Dach steigen, und zwar deutlich.

Der Mensch, dachte Gott, als er diese Gedanken las. Der Mensch ist so gefangen in seinem Fühlen und Denken, dass er manchmal den richtigen Weg nicht erkennt. Das war bei Alfred so und nun auch beim Schriftsteller. Die fanden nicht zu sich, die suchten bei anderen, zweifelten an der Welt und den Menschen, aber erkannten nicht, dass nur sie der Punkt waren, an dem etwas beginnen konnte, das sich Änderung nannte. In solchen Fällen waren auch ihm die Hände gebunden. Er konnte Kraft spenden und Mut machen, aber er konnte nicht jeden Menschen an die Hand nehmen und dessen Leben lenken. Glauben war ein wichtiges Element in dem Zusammenspiel zwischen Mensch und Gott, aber halt auch nicht alles. Ich bin Gott, dachte Gott, aber manchmal bin ich so klein wie ein Mensch, wenn nicht noch kleiner, weil ich keine Handlungsmöglichkeiten habe. Es tat ihm weh, die Rufe nach ihm, wenn Kinder starben, Ehefrauen ums Leben kamen oder Katastrophen die Welt an einer Stelle heimsuchten. Da riefen sie nach Gott. Hatte er das Paradies versprochen? Das, was sich auf dieser Erdkugel abspielte, war Leben. Mit allen Freuden und Gefahren, die dieses Leben für jeden Menschen mit sich brachte. Wie schon gedacht, dachte Gott, er konnte dies alles nicht lenken. Dieser Mensch, den er hatte entstehen lassen, der musste, so wie er ausgestattet war, dieses Leben meistern. Hilfe, die gab es nur von anderen Menschen. Deshalb musste der Mensch sozial sein. Da war ihm allerdings der Kapitalismus in die Quere gekommen. Denn Ende dieses 19. Jahrhunderts, in der Menschen Zeitrechnung, da hatten sich Entwicklungen angebahnt, die hatte er als Gott schlicht und ergreifend unterschätzt. Die Revolutionen waren ja noch gut gewesen, aber dann die Industrialisierung, die zunehmende Reduzierung des Menschen auf seine Arbeitskraft, die dann auch noch der Arbeit hinterherlaufen musste. Dann wieder Revolutionen, die in Europa zuerst einen Weltkrieg und dann, er hatte es kommen sehen, noch einen Weltkrieg zur Folge hatten. Inzwischen waren die Systeme mehr oder weniger zusammengebrochen. Der Kommunismus wäre eine schöne Sache gewesen, nur halt nicht mit Menschen, kleinen Menschen, die zuerst an sich dachten und wenig in der Birne hatten. Der Kapitalismus, nun, der schaffte sich langsam ab. Gott wusste noch nicht, wo das hingehen sollte. Vielleicht würde er bald wieder Bauern und Handwerker zu betreuen haben. Gott lächelte. Sie denken, sie bewegen die Welt, dachte er, und wenn es hochkommt, dann ist es für mich schon toll, wenn sie sich selbst bewegen. Offen sind, frei sind und so auch denken und fühlen.

Das bin doch nicht ich. Ich bin doch nicht Gott! Der Schriftsteller blickte hinaus auf die Weinberge und das Ermstal. Die Morgensonne kam wie immer langsam über den Albtrauf und schickte ganz langsam und vorsichtig ihre Strahlen ins Tal, sodass immer nur Streifen mit dem hellen Sonnenlicht beleuchtet wurden. Ein toller Anblick, musste der Schriftsteller denken. Das war schön, dachte er, aber für ihn stand eine Entscheidung an. Wer schrieb jetzt eigentlich, und vor allem, wohin wollte er selbst schreiben? Dieser Gott hatte ihm geholfen. Hatte ihn gelehrt, Mensch zu sein und seine Verantwortung zu übernehmen. Aber er musste sich lösen, den Gott sein lassen, um selbst mehr zu denken und damit auch zu schreiben. Auch der Litauer musste raus. Der musste schnellstens raus, denn der Schriftsteller spürte, da würde noch was kommen. Bleiben konnten seine Pfenninger und er, zentral er. Er spürte, um was es ging, das war dieses Er. Er musste zurück, dorthin, wo alles angefangen hatte. An den Punkt, an dem er beschlossen hatte, dieses Spiel zu beginnen, seine Menschen zu entwerfen und seine Welt zu erfinden. Er konnte sich sein Pfenningen bewahren, aber er musste in sich die Kraft finden, sich von Gott und dem Litauer zu lösen. Dann, nur dann würde er weiterschreiben können. Über Pfenningen und seine Menschen, über den weiteren Weg von Kommissar Knöpfle, Frieder, Alfred, Barbara und Klara. Er würde schreiben können über den Willi Schirmer und seine Tochter, über Wenke und Udo, über seinen Pfarrer Leonhard und schließlich auch über seinen Hans Bremer. Er musste ein Ende schreiben. Vielmehr zwei Enden, für Gott und für den Litauer. Vielleicht konnte Hans Bremer ihm dabei helfen. Der hatte allen Grund, mal etwas Gutes zu tun.

Das hatte Hans Bremer für sich so noch nicht erkannt. Allerdings war er für alle Möglichkeiten offen, aus diesem vermaledeiten Keller rauszukommen. Er saß nun schon wieder zwei Tage in diesem Loch und ernährte sich von diesen Quetschbrötchen mit Einlage. Nun war seine Gesundheit im Augenblick nicht das zentrale Problem, aber er hatte mal eine Dokumentation gesehen, da hatte sich einer von diesem Fast Food unter ärztlicher Beobachtung einige Monate ernährt. Der war immer kränker geworden. Man wusste es doch. Da war doch nichts mehr drin in dem Zeugs. Der Hammer war, da hatten auch die Kollegen im Knast gelacht, als im Fernsehen Alfons Schuhbeck zusammen mit Uli Hoeneß für diese Knatschbrötchen Werbung gemacht hatte. Einige, hätte man sie rausgelassen, hatten eine probate Lösung parat. Das war doch auch wieder das System. Zahl mich, und ich mach dir den Affen! Ein Scheißsystem, wenn es dann auch noch zuließ, dass diese Affen weiterhin als Menschen akzeptiert wurden. Da sagte kein Lanz zu seinem Starkoch, der sich sonst über allerlei Sonst-wie-Säuren ausbreiten konnte, du, das geht aber nicht. Und auch in der Vorstandssitzung des FC Bayern sagte kein Rummenigge, du, Uli, so aber nicht, und dann auch noch mit den eigenen Würstchen. Denn die beiden stellten vor, und das schlug dann doch dem Fass den Boden aus: den Nürnburger. Eben ein Quetschbrötchen, aber mit Ulis Nürnbergern dazwischen. Schrei, wenn du da noch schreien kannst, dachte Hans Bremer und biss in sein Quetschbrötchen. Er war da raus, er hatte nichts anderes.

Genau das wollte Pfarrer Leonhard mitten hinein in seine Predigt stellen. Die Calzone als Kulturleistung des Italieners, der erfand schon mal so die Pizza, und dann fiel es ihm auch noch ein, die umzuklappen. Klasse. Das musste er abgrenzen gegenüber diesen neueren Entwicklungen mit Fast Food und so. Das, was sich diese

Jugendlichen so hinter die Kiemen schoben. Er hatte da ja keine Ahnung. Deshalb hatte er sich für den heutigen Tag ein Mittagessen bei Mc King vorgenommen. Die Kirchengemeinde hatte Gutscheine bekommen, und da wollte er sich das Happy-Mittag-Menü heute mal schmecken lassen. Er fand es gut, das Thema im Vorfeld der Predigt gründlich zu sondieren und sich Informationen dazu zu sammeln. Er machte sich auf den Weg in das Industriegebiet zwischen Pfenningen und Beutlingen.

Ganz in der Nähe seines Ziels befanden sich die Verkaufsräume des Pfenninger Großmetzgers mit jenem legendären Parkplatz, der schon so oft in dieser Geschichte eine bedeutende Rolle gespielt hatte. Dort liefen die Informationen über die Ereignisse in Pfenningen zusammen, dort trafen sich die Rettungsdienste und die Polizei bei einem schmackhaften Leberkäswecken. Auch heute Mittag standen einige Fahrzeuge auf dem Parkplatz. Die schmatzenden Laute wurden nur durch ein vielfältiges Geplapper übertönt.

»Was war das denn gestern in der Bank, Heiner?«, fragte ein Rettungsdienstler.

»Überpfall«, antwortete er mampfend.

»Und, wer war's?«, kam prompt die Nachfrage.

»A Claun«, sagte Heiner und wusste, da würde gleich noch was kommen.

»Ein Clown? Wie ging das denn zu?« Siehste, dachte Heiner.

»Verkloidet als dommer Auguscht natirlich. Der isch nei, hot mit de Kender gschpielt, ond no woiß i au net. A alte Frau hot durchdreht ond der Wachmann au. D'r Größer Werner isch dot«, erzählte Heiner.

»Des wisset mer scho«, rief einer von hinten, »do hot's amol da Rechta troffa!«

»So kasch des et saga, Hartmut, bloß weil er dir da Kredit kündigt hot!«

»Von heit auf morga. I sag no zu eam am Telefo, des Geld kommt. Aber nex, glei am nächschta Tag war des Schreiba vom Amtsgricht do!«

Heiner schaute von einem zum anderen und war sich nicht sicher, ob ihn das nun amtlich zu interessieren hatte oder ob es sich dabei eher um Gerede handelte, das er besser überhören sollte.

»Ond?«, fragte er deshalb nach.

»Sein Vatter hot doch dann d'r Schlag troffa«, erklärte einer der Rettungsdienstler.

»Ach so«, sagte Heiner und schob schnell ein »Duat mer loid« hinterher.

So ähnlich war Kommissar Knöpfle zumute. Er hätte gern gesagt, mitgeteilt und dann ein »Duad mer loid« hinterhergeschickt. Aber der, den es betraf, der war nicht da, und Knöpfle hatte zurzeit wirklich zu tun. Die Ermittlungen im Banküberfall gingen eher schleppend voran. Zwei Tote hatte es gegeben. Thomas Knöpfle schaute über seine Notizen und konnte sich immer noch keinen Reim darauf machen, warum diese beiden Menschen zu Tode gekommen waren. Der eine, Justizassessor, die andere Tote, eine Genoveva Christlein. Die kannte er nicht, aber diesen Werner Größer hatte er mal indirekt kennengelernt. Da hatte er für einen Freund gebürgt, keine große Summe, aber nur wenige Tage nach dieser Bürgschaft hatte ihn dieser Größer angerufen und wollte wissen, wie sicher denn seine Bürgschaft sei. Der Freund war, als er ihm das dann erzählte, aus allen Wolken gefallen. Hatte auch eine seltsame Stimme gehabt, dieser Größer. Diese kleinen Banker, dachte Knöpfle, keinen Sinn und keine Ahnung und dann noch dumm. Das ging doch nicht. Der Gedanke ging eigentlich mit den größeren Bankern weiter, aber den sparte sich Thomas Knöpfle in diesem Moment. Was sollte er die kleinen Banker kritisieren, wenn es den großen gerade an den Kragen ging? Die standen doch mit dem Rücken zur Wand. Da war ihnen was aus dem Ruder gelaufen, und nun schaute ganz Europa auf die Banken, auf ihre Kreditsicherung, ihr Eigenkapital und all diese Dinge, die bisher keinen Menschen interessiert hatten. Zur Bank brachte man Geld, oder man holte sich welches. Gut, früher hatte auf einem Sparbuch das Geld auch noch was verdient. Da hatte man noch ein paar Prozente am Ende des Jahres gutgeschrieben bekommen. Heute musste man eher schauen, ob das Geld noch da war. Aber schon kamen die Kinder und wollten am Weltspartag, der sich inzwischen zu einer Weltsparwoche verlängert hatte, ihre Sparbüchsen zur Bank tragen. Er hatte es geschehen lassen und heimlich, still und leise das Geld auf ein Konto umgeleitet, wo über Bundesanleihen wenigstens ein wenig Zinsen hinzukamen. Das machte er halt. So ganz wohl war ihm dabei nicht. Immerhin gab es in seiner Vergangenheit viele Punkte, an die er sich noch gut erinnerte, wo er gerade diesen Kapitalismus ernsthaft hinterfragt hatte. Heute war er ein Beamter, konnte sich wohlig zurücklehnen, wenn er wollte, und die Welt eine Welt sein lassen. Aber diese Frage war ihm geblieben. Was sollte dieses Geld? Es ersetzte Tauschobjekte, gut, da konnte er noch mit. Aber wenn dann unbedarfte Menschen einfach so mit Millionen und Milliarden herumspielen durften, weil sie vorgaben, den Markt zu kennen, dann wurde ihm schlecht. Hatte das der Karl Marx gemeint, wenn er damals vom Ende des Kapitalismus geschrieben hatte? Eines, dachte der Thomas, eines hatte er sicherlich geahnt, mit Geld allein ging es nicht weiter mit dieser Menschheit. Er hatte sicherlich nicht vorausgesehen, dass ein solches System in der Lage war, Menschen so stark zu beeinflussen, dass sie genau nach der Melodie tanzten, die sie spielten oder spielen ließen.

Aber diese Gedanken halfen ihm jetzt nicht weiter, er musste in die Bank und seine Ermittlungen führen. Der Bremer Hans war das nicht allein gewesen. Das war Knöpfle klar. Da konnte nur eine Organisation dahinterstecken, eine kleine, weil Pfenningen, aber immerhin, eine Organisation. Er hatte in Richtung »Atlas-Grill« mal ein wenig ermittelt. Da kamen sehr viele Lieferwagen, die schnell heranfuhren und auch sehr schnell wieder weg waren. So viele Anlieferungen konnte eine so kleine Kneipe doch gar nicht haben. Da lief doch was. Bei diesem Gedanken erinnerte sich Thomas Knöpfle an sein Gespräch mit Hans Bremer vor dem Attentat. Er hatte doch so aus dem Ärmel heraus diesen Litauer genannt. Offensichtlich war die Sache so gelaufen, dass es diesen Litauer im »Atlas-Grill« tatsächlich gab. Hans Bremer hatte mit den Informationen des Kriminalhauptkommissars dann den »Atlas-Grill« aufgesucht, und so war dann das alles passiert, was passiert war. Vielleicht sollte er in solchen Situationen öfter mal die Klappe halten. Wäre besser, dachte er.

Er würde darüber kein Wort verlieren. Frieder Kötzle lag in seinem Liegestuhl mittäglich auf dem Sonnendeck und ließ sich eben einen unpassenden Tequila Sunrise servieren. Das war ihm doch egal. So langsam hatte er die Kreuzfahrtchose so satt. Jeder hielt sich an alldem fest. Des Morgens ans Frühstücksbuffet, des Mittags ging es schon in Richtung Bar, und dann ging es nur noch darum, welche Drinks zu welcher Tageszeit angebracht waren.

Die Barbara hatte die Bordbücherei entdeckt und las und las und las. Er musste sie schon beinahe wecken, wenn er sie am Nachbarliegestuhl ansprach. Und was die las. Lauter Bücher über Beziehung, Liebe, Frausein. Die nudelte das mit einem Heißhunger durch, da wurde ihm schon angst und bange. Aber, sagte er sich, warum nicht? Sie hatte sich immer zurückgenommen, war Mutter und Ehefrau gewesen, und er hatte seinen Beruf gemacht. Das ging gut, damals. Aber wenn du vielleicht nicht die Frau bist, die darin eine echte Erfüllung findet, dachte Frieder, dann kann es nur gut sein, wenn du auch jenseits der sechzig mit Neuem anfängst. Er war gespannt. Er ließ ihr ihre Ruhe. Sollte sie doch ruhig. Er verstand diese Suche, nach den Episoden mit Klara. Wenn er ehrlich war, traute er sich das doch gar nicht, jetzt noch mal zu suchen, was bin ich und wo will ich hin, oder so. Da war er halt Mann, gelernt, geschafft und jetzt Ruhestand. So ganz nicht, klar, im Vergleich, wenn er an Alfred dachte.

Im Grunde genommen reizte ihn das, und er wusste um die Notwendigkeit einer Bewegung. Gut, dass Barbara den Schritt getan hatte. Er hatte genug mit seiner FDP zu tun. Nun hatte er in den Nachrichten vom Rücktritt dieses Generalsekretärs erfahren, dessen Namen er nicht einmal kannte. So etwas hatte es in seiner Lebenszeit nicht gegeben, dass er den Generalsekretär der FDP nicht mit Namen kannte. Obwohl, früher waren die vorn wichtiger gewesen. Er hatte den Eindruck, dieser Rösler war eher so ein Insolvenzverwalter, der die Partei noch beim Gang aus der Parteienlandschaft begleitete. Das war doch nicht auszuhalten, was dieser Mann, nun ja, Mann, in die Mikrofone blies. Das war doch Sekundarstufe II, er hatte sich bei Studienkollegen erkundigt. Es war ihm unheimlich bei dem Gedanken, keine FDP mehr zu haben, bei der Vorstellung, es könnte in absehbarer Zeit keine FDP mehr geben. Da war dann ein Gefühl von Altsein, von Irgendwann-mal-nicht-mehr-Sein, nicht mehr existieren. Was würde denn dann kommen?, fragte er sich. Brauchte dieses Land eine sogenannte liberale Partei noch? Waren sie, der und seine Liberale, schon Geschichte? Der Blick in die Zukunft versprach nicht viel. Hätte er die Situation beschreiben müssen, dann wäre ein

Beispiel aus dem Fußball angemessen gewesen. Wegen Insolvenz in die vierte Liga zurück und wieder mehr oder weniger neu anfangen. Aber dann fang mal an mit liberal, wenn das keiner mehr kennt, dachte Frieder. Ganz in Gedanken hörte er die Klingel zum Essen erst beim dritten Mal. Barbara war noch ganz in ihr Buch vertieft. Er sah auf den Titel: »Der Mann – eine Möglichkeit«. Ein wenig hatte er Angst. Nicht vor der Barbara, aber vor einer Entwicklung, die da unweigerlich in seine Richtung lief.

Bei Pfarrer Leonhard entwickelte sich nichts. Seine Geschmacksnerven meldeten wenig bis gar nichts, und auch sein Gefühl im Mund hatte wenig Erfreuliches. Das biss sich wie ein eingeweichtes Brötchen, und dann kam eine Tunke aus Ketchup und Gurkenstückchen. Vielleicht hätte er den Cheeseburger nehmen sollen. Aber das half ihm jetzt auch nichts mehr. Er wusste nun, wo ein Feind stand, kannte ihn und würde ihm einen Gottesdienst entgegenschmettern, dass es eine Art hatte. Das war aber schnell gegangen, dachte sich Pfarrer Leonhard, als er sich zu seiner zweiten Adresse auf den Weg machte. Er wollte sich den Dönerladen in der Stadt noch antun, dann waren die Alternativen erledigt, denn die einheimische Küche hatte er als Junggeselle überblicksmäßig im Griff. Er ging festen Schrittes dorthin, denn immer wieder erinnerte er sich an seine dunklen Stunden und an seinen Freund, der ihm da zur Seite gestanden war. Eine wichtige Sache, so ein Freund, dachte Pfarrer Leonhard.

Freunde sind halt was Besonderes. Wenn Alfred Frieders Gedanken hätte lesen können. Er wäre ruhiger geworden, hätte des Freundes Nähe gespürt und sich vielleicht gedacht: Gut, dass einer ähnlich fühlt. Gut, dass es einen gibt, dem es fast genauso geht wie mir. Aber Alfred las die Gedanken Frieders nicht. Dennoch war seine Situation vergleichbar. Allerdings hatte Klara wohl Lunte gerochen. Frauen hatten so ein besonderes Gespür für Entwicklungen und dafür, wann die Sache dann ans Ausbrechen kommen würde.

Sie hatte einen Tisch im »Da Maria« reserviert, hatte sie ihm mitgeteilt. Das wäre doch schön nach dem Calzone-Gottesdienst. Von einem solchen Gottesdienst hatte Alfred zu dem Zeitpunkt noch nichts gewusst. Aber zum Italiener, zusammen mit der Klara? Das letzte Mal, dass sie zusammen richtig essen waren, das war an ihrem ersten Hochzeitstag gewesen, und der lag nun schon deutlich einige Jährchen zurück. Daher war seine Überraschung so groß, dass er nicht zu mehr in der Lage war, als mit dem Kopf zu nicken. Er war einfach so in Gedanken, dass er nur peripher mitbekam, was die Klara eigentlich sagte. Sein Kopf ging in ein Nicken über, ohne dass er auch nur einigermaßen rational registriert hätte, was da wirklich auf ihn zukam.

Als die Klara weg war, musste er sich erst besinnen. Ins »Da Maria«, zum Pizzaessen, nach dem Gottesdienst. Gedanken gingen ihm durch den Kopf. Das war doch wieder dieser Pfarrer Leonhard. Was trieb der da wieder für tolle Späße, Calzone-Gottesdienst? Alfred wusste von keinem Heiligen namens Calzone. Das wurde ihm ein wenig zu viel, das mit Klara und diesem Pfarrer. Pfarrer Leonhard hinten, Pfarrer Leonhard vorn, regte sich Alfred auf und war sich der Doppeldeutigkeit seiner Aussage zu seiner Ehrenrettung nicht bewusst.

Alfred ging in den Keller. Er musste jetzt was machen. Was reparieren, putzen oder aufräumen. So ein Typ war er halt, er wollte immer schon mit seinen Händen etwas tun. Das Denken, dieses Kopfleben, das war ihm fern. Da hatte er ja den Frieder, den er dann fragen konnte. Er versuchte, den auf dem Handy noch mal zu erreichen. Ging aber nicht ran. Schade. Also gut, dachte Alfred, tust du halt das, was du in solchen Situationen immer tust. Da waren doch noch die beiden Kisten von der Urgroßtante Elfriede. Die wollte er schon lange mal aufmachen und den Inhalt sichten. Immerhin mussten da noch Sachen drin sein, die wiederum von den Eltern und Großeltern der Großtante stammten. Das konnte bedeuten, dass sich vielleicht das eine oder andere Objekt finden könnte. Vielleicht Jahrhundertwende, vielleicht früher. Alfred nahm eine Flasche Bier mit in den kleinen, alten Keller. Er würde sich nach einem Stuhl umschauen müssen.

Setzen konnte man sich hier nicht. Das hatte Pfarrer Leonhard gleich an der Eingangstür erkannt. Hier nahm man sich wohl diesen Döner mit. Er kannte das genauso wenig wie diese Quetschbrötchen, aber seine Schüler hatten ihn da im Religionsunterricht aufgeklärt. Die gingen wohl immer mal wieder in die eine oder andere Richtung, wenn die Mensa nicht das bot, was sie sich wünschten oder wovon sie meinten, dass es ihnen schmecken könnte. Allerdings war der Zulauf nach dem Vorfall mit dem Toten im Tiefkühlraum deutlich gestiegen. Eigentlich hatte es sich um ein Kunstprojekt gehandelt. Eine Pappmaschee-Figur, einen sitzenden jungen Mann darstellend, hatten die Schüler zum Einfrieren in den Tiefkühlraum gebracht. Die hatte dann Herr Schmid, ein mitkochender Vater, entdeckt und die Polizei gerufen. Das war natürlich ein großes Hallo gewesen, als bei vollem Mittagsbetrieb die Polizisten in der Mensa aufgetaucht waren. Nun wollte natürlich so mancher neugierige Schüler einen Blick in die Mensa werfen, um vielleicht jemanden zu sehen, der damals Dienst gehabt hatte, oder um vielleicht, womöglich über Connections, über eine Mutter, diesen Tiefkühlraum selbst zu sehen.

Pfarrer Leonhard hatte diese Geschichte ja nur am Rande, sehr indirekt, mitbekommen. Entweder war er im Krankenhaus gewesen, oder er hatte selbst mit dem einen oder anderen Vorfall zu tun gehabt. Aber die Figur, die war ihm noch gut in Erinnerung. Er hatte mit dem Kunstlehrer kurz mal gesprochen, denn dieser hatte ihm sein Leid geklagt, was er denn jetzt mit dieser Figur machen solle. Pfarrer Leonhard hatte kurz entschlossen geraten, die Figur im Schulhof aufzustellen und somit das Projekt durchzuziehen.

Als er nach einigen Tagen und einigen Regengüssen an der Figur im Schulhof vorbeigekommen war, hatten ihn Zweifel befallen. Dieser künstliche Mensch war zusammengesunken wie ein Häufchen farbigen Elends. Die ausgewaschenen Farben liefen sternförmig über den Schulhof. Pfarrer Leonhard wollte bei diesem Anblick nicht denken. Wenn es ein Sinnbild für die Vergänglichkeit der Welt und vor allem für die Vergänglichkeit des Menschen geben konnte, dann war das für ihn diese Figur. Geschaffen aus nichts, gekleistert, geformt und bemalt. Und dann kam die Welt und ließ sie zerfließen zu einem Gemisch aus Wasser und Stärke. Ein furchtbarer Anblick.

Solches hätte Udo derzeit verneint. Er war anders unterwegs. Die Vergänglichkeit der Welt oder des Menschen scherte ihn augenblicklich einen Scheißdreck. Er war aus dem Bett spät aufgestanden, hatte Wenke nirgends gefunden und war dann ins Bad gegangen. Nach der Dusche hatte er immer noch ein wenig weiche Knie. Vielleicht war das heute Nacht doch ein wenig zu viel gewesen. Er war das ja nicht gewohnt. Aber er würde sich gern daran gewöhnen. Diese Wenke – kaum angezündet, ging die los wie eine Rakete.

Aber jetzt war sie nicht da. Er ging in der Wohnung umher, schaute auf Bilder und Fotos an den Wänden, versuchte, diese Frau kennenzulernen. Eine Krankenschwester, ein Leben allein. Das sah er. Da war alles an seinem Ort. Das ist eine Wohnung, die Rückzug sein sollte, kleines Schloss, dachte er. So sah es bei ihm in der Wohnung nicht aus. Er war auch ein Heimkommer, aber er hielt nicht viel von Ordnung, hatte das vielleicht nie gelernt. Er musste in regelmäßigen Abständen versuchen, wieder so was wie Ordnung herzustellen. Er war allein, worum sollte er sich scheren?, dachte er sich immer. Die Wenke, die war nicht so allein. Die hatte ihre Wohnung, so war sie eingerichtet, und so war sie auch als Mensch. Ein Unterschied, dachte der Kriminalassistent. Ein kleiner, aber wichtiger Unterschied.

Thomas Knöpfle hätte sich gern mit solchen Sozialisationsfragen auseinandergesetzt. Er kannte solche Überlegungen noch aus seiner Zeit, als er Britta kennengelernt hatte. Sie war auf die Buchhandelsschule gegangen, und er hatte sein Studium als Kriminaler gemacht. Da war auch was aufeinandergetroffen. Mein Gott, dachte Thomas, wie war er dieser Frau nachgerannt. Zuerst hatte sie ihn keines Blickes gewürdigt. Die war an ihm vorbeigegangen, als ob er Luft wäre. Oft waren sie sowieso nicht aufeinandergetroffen, denn sie waren zwar beide in der Landeshauptstadt Stuttgart ausbildungsmäßig zugange, aber es gab nur wenige Kneipen, die für ihn die Möglichkeit bargen, sie vielleicht wiederzusehen. Zum ersten Mal hatte er sie in einer Kirche gesehen. Komisch, dachte er heute, warum eigentlich gerade eine Kirche? Später hatten sie darüber gelacht, denn beide waren sie nicht besonders religiös, wenn auch noch, bis heute, Mitglieder der Kirche. Sie war in der Kirche gewesen, weil sie sich im Zusammenhang mit einem Referat über Kunstführer, im Speziellen Kirchenführer die Kirchen Stuttgarts ausgesucht hatte. Er war in dieser Kirche gewesen, weil er sich zum Thema »Ermittlungen vor Ort« eben eine solche Kirche ausgesucht hatte. Die Entscheidung war eine einfache gewesen. Diese Kirche lag seiner Studentenbude am nächsten. Und so waren sie beide in einer Art in der Kirche herumgegangen, die jedem

Betrachter den Eindruck vermittelt hätte, dass diese beiden Menschen nicht eigentlich einen Kirchgang machten. Denn im Unterschied zu den wenigen anderen Kirchenbesuchern setzten sie sich nicht in eine Bank und suchten den Weg zu sich und zu Gott. Sie gingen umher, er untersuchte die Bänke, sie studierte die Altäre und Kunstwerke, die der Kirchenführer, den sie zu beurteilen hatte, nannte.

Gott erinnerte sich. Den Knöpfle hatte er schon früh verfolgt. War lustig gewesen, damals. Diese beiden in Stuttgart. Er hatte oft gelächelt und manchmal auch gelacht. Daran erinnerte er sich noch gut. Wie die beiden sich bewusst aus dem Weg gegangen waren, sich dann doch wiedergetroffen hatten, unglaublich. Stuttgart war in diesen Dingen ja schon ein Dorf. In den Szenekneipen damals lief man sich zwangsläufig über den Weg. Man konnte sich nicht wirklich ausweichen, dachte Gott, rückblickend.

»Was denkst du, Gott?«, fragte Gerda, die seit ihrer Ankunft praktisch nur noch am Himmelsbildschirm hing.

»Es gibt immer mal Momente, da schaue ich runter und finde was, das mich interessiert«, antwortete Gott.

»Aber warum gerade diese beiden?«, ließ Gerda nicht locker.

»Vielleicht, weil es so schräg angefangen hat mit ihnen«, sagte Gott.

»Ach so, genau«, sagte nun Franz Werth. Woraufhin ihn Gerda erstaunt anschaute.

»Wieso?«, fragte sie.

»Weißt du nicht mehr? Ich in der Kirche, die beiden und dann der Knöpfle!«, erklärte Franz. Aber er vergaß, dass zu der Zeit Gerda noch unter den Lebenden geweilt und deshalb nichts mehr von diesem Vorfall in der Kirche mitgekriegt hatte. Er, Franz Werth, hingegen hatte, kaum war er bei Gott angekommen, das Attentat auf Gerda Schickle live mit Untertitel erleben können.

»Die beiden meine ich doch nicht«, sagte Gott, »die haben diesen Weg erst noch vor sich. Ich rede von diesem Thomas Knöpfle und seiner Frau Britta, das war damals vielleicht eine Geschichte!« Gott lächelte. Er brauchte ein wenig solcher Ablenkung, denn die Korrektur des Neuen Testaments bereitete ihm mehr als Bauchschmerzen. Was hatte der Junge da bloß wieder zusammengeschrieben?, dachte Gott. Es war schon schwierig genug, diese Neuerungen nach unten auf die Welt zu bringen. Er konnte schließlich keinen zweiten Sohn schicken. Damit sie ihn womöglich wieder ans Kreuz schlugen und dann die ganze Chose wieder so verlief wie beim ersten Versuch. Dabei hatte er so lange an dieser Sohngeschichte gearbeitet. Ein guter Teil davon war bei der Menschheit durch die Evangelisten und Jünger auch angekommen. Wenn auch erst einige hundert, in manchem Fall tausend Jahre später. Das hatte er unterschätzt. Diese Überlieferung. Das hatte nicht funktioniert. Noch heute gruben sie irgendwo in diesem sogenannten Heiligen Land Dokumente aus, die aus der Zeit seines Sohnes stammten.

Auf diese Art würde es dieses zweite Mal nicht gehen, da war sich Gott sicher. Er musste sich etwas einfallen lassen. Im selben Moment dachte er an den Schriftsteller und dieses Internet. Das ist wohl eine göttliche Eingebung, dachte Gott, und er fühlte sich gut, er fühlte sich auf einem Weg. Das war eine Idee, das war das, was seine Welt umtrieb, Menschendenken.

Nun ja, das ist eben Gott, dachte der Schriftsteller beim Schreiben. Für die Menschen, für diesen berühmten Mann auf der Straße war dies doch Chorgesang mit höheren Tönen. Was wurde das hier, dachte er, wenn er auf den geschriebenen Text schaute, eine vorsichtige Annäherung an sich und an Gott oder an das Leben und die Menschen? Er hatte seinen Ansatz verloren, er suchte und suchte und konnte nicht anknüpfen. Wie war das am Anfang gewesen? Warum hatte er dieses Szenario so erfunden, wie es jetzt funktionierte? Den Litauer wurde er los, das war seiner Ansicht nach kein Problem, aber Gott loswerden? Ein Ding der Unmöglichkeit, dachte der Schriftsteller bei sich, den konnte er doch nicht so einfach links liegen lassen.

Warum denn nicht?, denkt der Leser, der die Zeilen aufmerksam liest. Mach dich doch frei, will er dem Schriftsteller zurufen, dessen Wagnis er von Anfang an verfolgt, also gelesen hat. Nun geh doch den Schritt! Lass los und suche dich! Der Leser ist klar in seinem Ansinnen, doch unklar in seinen Mitteln. Wie soll er als Leser auf etwas einwirken, das gerade erst entsteht? Bis er dem Schriftsteller einen Brief oder eine Mail schickt, ist der ja schon wieder weiter. Er hinkt hinterher, der Leser oder die Leserin, je nachdem. Denn siehe, würde Gott sagen, es sind derer viele, die so hinken, also hinterher. Aber – und dies ist wieder mal, allerdings erst zum zweiten Mal, ein Brandt'sches Aber – der Leser lässt sich auch nicht verarschen und sich in eine Geschichte hineinziehen, nur weil er liest. Und wenn es dann nervt, wie ein Schriftsteller um seinen Weg kämpft, den er nicht kennt, wenn ein Gott erst noch das Neue Testament lektorieren muss und wenn dann auch noch, und das schlug dann schon dem Fass den Boden aus, ein ehemaliger, einigermaßen rechtschaffener Bürgermeister zum Bankräuber wird, dann, genau dann hat der Leser, die Leserin, ein Recht. Nur eines, aber das bewusst und direkt: das Recht, das Buch oder den Text wegzulegen, abzulehnen, an diesem Punkt. Mehr halt nicht.

Echt nicht?, fragt sich der Leser in Gedanken, denn immerhin interessiert ihn die Geschichte schon. Ist ja auch ganz lustig losgegangen, mit Knöpfle, Schirmer, dann der Pfarrer Leonhard und so weiter. Es hat ja gefallen. Aber ein Leser und Bürger wie die Leserin und die Bürgerin, die wollen auch ein Ende – oder zumindest etwas, das so aussieht.

Wo soll das noch enden?, denken die Leser, die wir hier jetzt mal kurzerhand im Plural zusammenziehen. Wir wollen sie gemeinsam machen, in Summe betrachten, sozusagen. Der Einfachheit halber, und weil es der Leserschaft nicht schadet und dem Romanfluss guttut.

Eine solche Zuwendung hätte sich Willi Schirmer genau in diesem Moment gewünscht. Einen, der ihm zuhörte, der ihn sozusagen las, der den Menschen in ihm verfolgte. Er saß mit seiner Tochter am Esstisch, aber ihre Begeisterung über die selbst gemachten gehobelten Knöpfle hielt sich, dezent geschrieben, in deutlichen Grenzen. Sie hatte ihre Sachen in die Ecke geworfen, sich im Bad ein wenig frisch gemacht und sich dann demonstrativ an den Esstisch gesetzt. Signal war klar, Essensaufnahme.

Diese Generation konnte nicht mehr genießen, dachte Willi für sich. Die waren so weg von einem echten Genuss, dass er sich tatsächlich fragte, ob die beim Sex wirklich noch dorthin kamen, wohin seine Generation noch gekommen war. Er sah diese Generation aufeinanderliegend, stöhnend und nebenher SMS schickend. So flach war das wahrscheinlich geworden. Gedanken schossen ihm ins Hirn, fickend und bilderschickend, dabei. Dazu ein »Wir tun's gerade!« als Text. Oder auch »Wir tun's nicht, aber wir simsen drüber«. Es war eine Generation jenseits einer Wirklichkeit, die begriffen werden wollte. Er war nie ein großer Nachdenker gewesen, aber wenn er seine Tochter anschaute und beobachtete, dann konnte er zum Philosophen werden.

»Und jetzt?«, fragte sie unvermittelt und schob die Knöpfle von einem Tellerrand zum andern.

»Was, und jetzt?«, fragte er zurück.

»Soll ich gehen?«, kam es retour.

»Wenn du es willst«, sagte er.

»Weiß nicht«, sagte sie.

»Du musst nicht«, sagte er.

»Ich will aber«, sagte sie.

»Ich möchte dich nicht halten«, sagte er und meinte, damit sozialpädagogisch die richtige Richtung eingeschlagen zu haben.

»Du willst, dass ich gehe«, sagte sie schnell.

»Nein, du kannst bleiben, solange du willst«, beschwichtigte er.

»Ich gehe«, sagte sie.

»Gut«, sagte er und fragte sich, warum solche Dialoge sein mussten, warum es sie im Leben einfach gab. Er erinnerte sich. Der Abschied von Elkes Mutter war ähnlich verlaufen. Vielleicht wenn einer da gewesen wäre, der »Moment« geschrien hätte … Vielleicht wäre das alles anders verlaufen, ein Leben geworden, ein erfülltes. So war es rational entschieden, seiner Ansicht nach. Was blieb ihm? Sie würde gehen. Er würde ihr helfen, weiterhin, keine Frage. Und er fragte sich, ob er nun traurig sein oder sie mit einem Lächeln gehen lassen sollte. Dass der Mensch so unklar sein konnte, war ihm, das würde er ehrlich so sagen, neu. Für ihn war vieles nicht erfüllt, offen, Traum. Aber eine solche Situation, in der er hinten und vorn nicht wusste, ob zwei und zwei immer noch vier ergaben. Das war ihm neu. Das ist dann das, wenn das Leben auf dich zukommt. Dann stellt dieses Leben Fragen, und du musst sie dann auch beantworten können. So war das. Er hatte es immer gewusst, wenn dieses Leben dann einmal käme, würde er eher schlecht aussehen.

Ein bisschen, würde Udo Bürzle sagen, ein bisschen war er auch in dieser Richtung unterwegs gewesen. Sein Leben hatte auch nicht aus sich heraus so etwas wie Dynamik entwickelt. Er hatte auch gewartet und zudem noch gehofft. Eines Tages würde dieses Leben vor seiner Tür stehen, und dann würde er zugreifen. Hineintauchen in dieses schöne Sein, das er sich zum einen schon so oft so ausgemalt hatte und das er zum anderen jeden Tag in der Glotze vorgeführt kriegte. Die schönen Menschen und die tollen Sachen, die sie machten. Aber, hier nicht brandtsch, er war nachdenklich geworden. Ob da mal einer kam und ihm ein Paket Leben lieferte? Ob diese Scheinwelt, diese Kaspermenschen, die lächelten, weil es Kohle gab und weil das ihr einziger Weg war, ob das ein Sinn, eine Erfüllung, ein Ziel sein konnte? Er war Polizist aus Überzeugung geworden, anfangs. Dann hatte er sich Gedanken gemacht, über die Gesellschaft, seine Rolle als Polizist und vor allem über den weiteren Weg. Hatte sich reingekniet, Bücher gelesen, wieder nachgedacht, noch mal Bücher gelesen, erneut nachgedacht. Denn er wollte hier nicht als »Missing in Action« aus dem Leben gehen. Für ihn hingen die Dinge zusammen, eines spielte ins andere hinein. Nur so war Gesellschaft auf eine Art erklärbar, die er verstehen konnte. Eine Menge Menschen suchten in diesem Land Glück und Zufriedenheit. Er hatte damals wieder nachgedacht. Und er war zu einem Schluss gekommen. Es war das System, das die Menschen zu dem machte, was sie sind. Es war der Anfang, der das alles machte, seiner Denke nach. Es war alles nur Geld oder immer mehr alles nur Geld. Gegenwert für Arbeit. Gut. Aber konnte es sein, dass sich in diesen Tagen ein Parlament eines der wirtschaftlich besten Staaten noch darüber streiten musste, ob es einen Mindestlohn geben sollte? Dass ein Diskussionspunkt war, dass Menschen, selbst mit mehreren Jobs, nicht an ein Existenzminimum herankamen? War das Fortschritt?

Da dachte der Schriftsteller nach. Sollte er etwa so weit gehen? Noch war diese Passage nicht raus. Noch nicht in der Zeitung, noch nicht öffentlich. Wollte er das so? Wohin sollte das führen? Die Fragen häuften sich. Er stand allein und konnte im Moment nur schweigend und schreibend zusehen, was ihm da in die Seiten lief. Es wurde allmählich ein Prozess, etwas, das sich aus sich selbst heraus zu bewegen begann. Er hatte Angst, tiefe Angst, was er dann wohl schreiben würde. Aber er selbst hatte es angefangen, das Spiel, wie er es damals genannt hatte. Aber nun war es wirklich kein Spiel mehr. Das war aus, ausgespielt. Er war der Wirklichkeit und dem Menschen zu nahe gekommen oder die Wirklichkeit ihm. Es hatte sich in sich weiterentwickelt, Gott und der Litauer hatten eingegriffen. Dann hatte er es nicht mehr in der Hand gehabt. Da war es nicht mehr sein Spiel gewesen. Das hatte nicht mehr in seiner Macht gelegen. Dieses Pfenningen und die Menschen darin sich vorzustellen war schon Versuch genug. Also würde er sie vergessen. Der Litauer war auf dem Weg ins Gefängnis, und Gott konnte gut auch nach sich selbst sehen. Schließlich hatte er hier unten ja reichlich Personal.

Das Personal kämpfte gerade mit Inhalten, die sich mit ähnlichen Fragen beschäftigten, wie sie sich der Schriftsteller schon gestellt hatte. Pfarrer Leonhard hatte auch ein Spiel begonnen und wusste nun nicht so recht, ob er den letzten Schritt tun sollte. Auf seinem Schreibtisch lag neben dem Manuskript für seine Predigt der Brief vom Oberkirchenrat. Noch hatte er ihn nicht geöffnet. Er traute sich nicht recht. Was, wenn sie ihm den Gottesdienst verbieten würden? Doch noch. Er kannte doch die Abläufe, da heuchelte man Interesse, dann wollte man Näheres wissen, und schließlich kam eine Absage – oder ein Verbot, wie auch immer man das dann nennen wollte. Er spielte mit dem Kuvert, wedelte sich frische Luft zu und dachte, dass ein solches ganz großes Kuvert der Kirche eigentlich fehlte. Wo waren sie denn, die Kraft, der Zusammenhalt, der Glaube?

Was will dieser Pfarrer Leonhard eigentlich?, fragt sich der Leser. Das mit dem Calzone-Gottesdienst ist doch eine tolle Chance, die Kirche wieder nach vorn zu bringen. Nachdem die katholische Abteilung eher auf dem Weg zurück ins Mittelalter ist, wünscht sich der Leser gerade von diesem Leonhard mal ein wenig Mut und Überzeugungsfähigkeit. Nun scheint der aber zu zögern, kriegt das kirchliche Muffensausen und beugt sich womöglich der kirchlichen Obrigkeit. Das will der Leser nicht.

Der Schriftsteller dann folglich auch nicht. Er hatte sich zwar vom Litauer und von Gott einigermaßen emanzipiert, aber diesen Leser, den konnte er nicht enttäuschen, der sollte schließlich in die Buchläden gehen und das Buch kaufen. Aber was tun? Das war die Frage, die sich dem Schriftsteller stellte. Auch der Pfarrer entglitt ihm langsam. Der suchte sich und wurde dadurch ein normaler Pfarrer, der mit einem Calzone-Gottesdienst offensichtlich eher überfordert war. Hier halfen nur seine Kunst und sein Glaube an seinen Pfarrer Leonhard, der ihn nun schon über so viele Seiten begleitet hatte. Er würde noch ein Mal, nur ein einziges Mal eingreifen und den Pfarrer mutig voranschreiten lassen.

»Und du?«, fragte Gerda Gott. »Wo bist du jetzt in dieser Geschichte?«

Gott druckste herum, gab Konzentration bei der Korrektur der Überarbeitung des Neuen Testamentes seines Sohnes vor. Unsicher fuhr er sich durchs göttliche Haar und kaute auf seinem Bleistift.

»Hat er dich jetzt rausgeschrieben, oder was?«, fragte Franz Werth mit unsicherer Stimme.

Werner Größer kam dazu. Sein Beitrag war dann wieder einmal einer der wertvollsten in der angefangenen Diskussion.

»Rein rechtlich ist der Schriftsteller für das verantwortlich, was dort unten passiert. Gott kann man da, so rein weltlich gesehen, eigentlich juristisch gar nicht belangen«, sagte er im Brustton der Überzeugung.

Gott schüttelte nur den Kopf. Das – und genau das – war der Grund, warum ihn der Schriftsteller rausschreiben wollte. Keine blödsinnigen Kommentare mehr von oben. Hatte so nett ausgesehen, das Spielszenario. Mit dem Pfarrer, den Kommissaren, dem Bremer, der Schickle und all den anderen. Und halt auch noch Gott. Der hatte dann auch noch sein müssen. Er hatte das gern mitgemacht. Er wusste doch um seine Situation, die der des armen Pfarrers auf anderer Ebene ähnelte. Auch er als Allmächtiger musste sich mehr kümmern, mehr tun. Es half nichts, es war an der Zeit, die Zurückhaltung aufzugeben. Diese Menschen brauchten mehr als ein wenig Selbstvertrauen, ein bisschen Mut und eine Zukunft. Mit dem, was sich der Mensch in den letzten Jahrhunderten da zusammengelebt hatte, kam er nicht mehr klar. Immer mehr Menschen und immer weniger Verstand. Das konnte ja nicht gut gehen. War er faul gewesen?, fragte sich Gott. Hatte er zu wenig aktiv in die Geschehnisse auf dieser Erde eingegriffen? Aber sollte er wirklich mal wieder eine göttliche Portion Erkenntnis nach unten schicken? Vielleicht eine kleine Portion.

Wer weiß, vielleicht landete ein ganz kleines Stückchen dieser schon kleinen Portion im Kopf und Denken unseres Kommissars Knöpfle. Er saß allein und verloren in seinem Büro, wippte mit dem Stuhl, was er nur tat, wenn Willi nicht anwesend war, denn den trieb das zur Weißglut.

Die Probleme des Kommissars waren mit der Verhaftung der »Atlas-Grill«-Bande nur ein wenig kleiner geworden. Die Verhafteten saßen in Trübingen in Untersuchungshaft, und die Kollegen in Beutlingen hatten sich der Sache angenommen. Drogenkriminalität war nicht ihre Zuständigkeit. Also hatte er die wenigen Akten, die es über diesen Fall gab, nach Beutlingen weitergeschickt.

Seine Frau Britta hatte noch angerufen und ihn gefragt, ob er denn nun endlich diesen Schriftsteller wieder eingefangen habe. Als ob das so einfach wäre. Sein Verdacht bestand, und er glaubte, dass ein Besuch der Metzinger Weinberge nicht schaden könnte. Aber möglichst unauffällig, damit er hinterher nicht wie ein begossener Pudel dastand, wenn es ein Fehlschlag werden würde. Ohne Willi wollte er die Fahrt auf keinen Fall machen. Er versuchte schon geraume Zeit, den Kollegen zu erreichen, aber wieder mal läutete dessen Handy irgendwo sinnlos vor sich hin. Diese neue Tochter hatte den Mann schon deutlich aus der Bahn geworfen. Kein Wunder, der Willi, immer Butterbrezeln, die Runde und ein wenig im Büro sitzen. Das waren turbulente Wochen für sie beide gewesen. Vielleicht auch zu viel für Willi – und dann auch noch diese Tochter.

Wenn sie eine Tochter oder einen Sohn gehabt hätten, wäre das alles wahrscheinlich anders gelaufen, dachte Alfred. Zu seiner staubigen Arbeit hatte er sich bald eine schöne Flasche Bier aufgemacht. Bisher hatte er nur Plunder in den Kisten gefunden, alte Bilder, Briefe und eine Sammlung von Muscheln. Damit war die erste Kiste schon erledigt. Bei der zweiten Kiste hatte er sich dann beim Aufmachen verletzt. Eigentlich wusste er gar nicht, warum diese Kisten so seesicher verpackt und vernagelt waren. Alles war in eine Art Öltuch eingeschlagen, mehrfach, und dann waren die schweren Holzdeckel noch fest vernagelt worden. Übersee, dachte Alfred, was hatte seine Urgroßtante mit Übersee zu tun? Er hatte keine Ahnung. Jedenfalls war er bei der zweiten Kiste mit dem Stemmeisen abgerutscht und hatte sich das Ding ins Knie gerammt. Nicht sehr tief, aber heftig. Er nahm einen Schluck aus der Bierflasche und kühlte sich mit ein wenig Eis aus der Kühltruhe das Knie. Verdammte Kiste, dachte er. Aber so leicht ließ sich ein Alfred Rottwald nicht unterkriegen. Mit Wut im Bauch stemmte er den Deckel von der zweiten Kiste. Als er das Öltuch aufschlug, wollte er seinen Augen nicht trauen. Da waren ein paar Pakete Mehl, Salz und Trockenei. Ein großer Topf – und in dem eine Schüssel und ein Sieb. Dann ein sogenannter Seiher, einige größere Schöpflöffel und ein Service für vier Personen. Alfred räumte die Sachen aus der Kiste. In seinem Kopf formte sich langsam eine Idee, was nicht sehr oft der Fall war. Aber er hatte so ein Gefühl und auch einen Gedanken dazu. Als er dann als Letztes, von ganz unten in der Kiste, eine Spätzlemaschine hervorholte, bestätigte sich seine Idee. Hier hatte ein Schwabe, wahrscheinlich eher eine Schwäbin, nämlich seine Urgroßtante, alles zusammengepackt, was für einen Auslandsaufenthalt notwendig war. Die persönlichen Dinge und dann eine ganze Kiste mit all den Utensilien, die man für ein schwäbisches Spätzlemahl brauchte. Unglaublich. Das musste er unbedingt dem Willi Schirmer zeigen, der sammelte doch alles, was mit Spätzlemachen zu tun hatte.

Hätte dieser Willi gewusst, was in diesem Moment im Rottwald'schen Keller für eine Entdeckung gemacht worden war, er hätte gejubelt. So, ohne diese Information, die ihn sicherlich bald erreichen würde, saß er zwischen seinen Spätzlemaschinen in seinem eigenen Keller. Hier konnte er nachdenken und Ruhe finden. Immer wieder stand er auf, nahm eine der Maschinen in die Hand und dachte an die Menschen, die vor zwanzig, dreißig oder auch vierzig Jahren damit den Teig in heißes Wasser gedrückt oder geschabt hatten. Wie viele Situationen steckten in diesen Dingen, die man alltäglich in die Hand nahm.

So philosophisch hätte auch Hans Bremer gern in die Zeit geschaut. Aber solcher Fokus war ihm verwehrt. Wenn es einen Gott gab, dann hatte er ihn hier in eine Scheißsituation geschickt. In seinem Keller hatte er Zeit, konnte nachdenken und sich auch finden, wie Schirmer, eigentlich. Aber diese Wiederholung, wieder im Keller und nun auch noch allein, das ging an seine Grenzen. Seit gestern Abend hatte er nichts von draußen gehört, kein Wasser und kein Essen erhalten. Er wusste nicht, was er tun sollte. Ging er raus, würden sie ihn verhaften. Blieb er hier drin, dann würde er zwangsläufig verhungern oder verdursten. Sicher, er konnte noch den eigenen Urin trinken, wie in diesen Filmen, aber weshalb und wohin? So klein war sein Leben geworden, klein wie dieser Keller mit seinen sechs Quadratmetern. Hier saß er, der ehemalige Bürgermeister von Pfenningen, der einstmals so erfüllt hinüber zum Albtrauf geschaut hatte. Da hatte ihn der Litauer schön sitzen lassen. Ließ der ihn diesen Banküberfall machen und griff sich dann die Kohle ab.

»Machst, was willst. Kannst gehen in Keller. Kannst soichen ins Eck.« Das hatte der Litauer zu ihm gesagt. Und nun? Was war geblieben von dem Leben damals? Hier saß ein Hans Bremer, ein Schatten seiner selbst. Abgemagert und ängstlich auf seinem Schemel in der Ecke eines Kellers. Sie würden kommen. Die Polizei würde ihn finden, wenn nicht heute, dann morgen. So ganz blöd waren diese Kommissare auch nicht. Aber warum der Litauer und seine Leute nicht mehr auftauchten, konnte er sich nicht erklären. War das gut oder war das schlecht?

Frieder Kötzle wollte das so einfach nicht beantworten. Gut oder schlecht waren für ihn keine Kategorien, die für die Beurteilung seiner Situation dienen konnten. Kreuzfahrt hatte es geheißen, Spaß, Meer, Aussicht, gutes Essen und so weiter. Dieses Und-so-weiter musste er gerade aushalten. Welcher Idiot hatte so etwas wie Animation erfunden?, dachte Frieder. Weil der Mensch sich nicht mehr selbst unterhalten konnte, womöglich? Weil er vor lauter Glotze nicht mehr in der Lage war, selbst ein Spiel zu spielen? Frieder wusste nicht, warum er so weit gegangen war. Barbara nahm das leichter und wollte ihn halt mitnehmen. Er war ja auch mitgegangen zur Animation. Aber jetzt saß er da, mit dem Eselskopf auf den Schultern, und machte, laut Anweisung, »iaah, iaah«. Zuerst hatte er noch ein wenig Humor in sich gefunden. Da hatte er an die Bremer Stadtmusikanten gedacht. Dann war er sich so langsam etwas blöd vorgekommen. Dieser Animateur ließ ihn minutenlang iaahen. Das war die Rache des Personals, dachte Frieder und schwitzte unter der Maske. Wenn ihn Alfred so sehen könnte. Der hätte einen Spaß.

Den hatten zwei Dahingegangene so ganz und gar nicht. Genoveva Christlein und ihr ehemals angetrauter Hugo saßen in der Atheisten-Ecke und mussten sich schlimme Dinge anhören. Dass es gar keinen Gott gebe, zum Beispiel. Hugo war schon ganz fertig mit den Nerven. Er hing schluchzend in seinem Sessel, und seine betenden Hände waren ganz rot. Aber das half alles nichts, wie Genoveva schnell erkannt hatte. Hier wurden richtige Fragen gestellt, hier ging es ans Eingemachte, hier stand man vor sich selbst und hatte sich zu rechtfertigen. Sie blieb gefasst und sah ihren Gegenübern so gut sie konnte ruhig in die Augen. Die schauten allerdings sehr von sich überzeugt zurück. Dieser Che Guevara ging ja noch einigermaßen. Aber dem stechenden Blick dieses August Bebel wollte sie keine Minute länger ausgesetzt sein. Das tat richtiggehend weh, wenn der einen ansah.

»Also, wenn es überhaupt so etwas wie einen Gottbegriff gibt, dann ist es die Vorstellung der Gemeinsamkeit alles menschlichen Denkens, gemeinhin Seele genannt«, sagte dieser August gerade. Genoveva und Hugo schauten ihn entgeistert an.

»Es gibt keinen Gott, klar«, fügte Che erklärend hinzu. Aber die beiden Patienten konnten auch damit wenig anfangen.

»Und eben weil es keinen Gott gibt, kann es nur etwas Gedachtes, einem Gottbegriff entsprechend, geben. Versteht ihr das?«, fragte Bebel, und seine Miene war böse zum guten Spiel. Aber Genoveva und Hugo konnten nicht mehr als erstaunt schauen. Gottbegriff? Gemeinsamkeit des menschlichen Denkens? Das waren für sie mehr als böhmische Dörfer. Das erkannte auch August Bebel.

»Für heute sind wir dann fertig«, sagte dieser August. Che Guevara nickte und scheuchte die beiden Kandidaten mit der Hand aus der Glaubensecke. Die machten, dass sie fortkamen.

»Hast du schon einmal etwas von einem Gottbegriff gehört?«, fragte Hugo im Gehen. Genoveva schüttelte den Kopf.

»Gott etwas Gedachtes! Furchtbar!«, sagte Genoveva nur. Sie wollte nur weg. Wieder zu Gerda und den anderen und ein wenig runterschauen auf die Welt und die Menschen, damit sie wieder sehen und glauben konnte. Sie wollte den Pfarrer Leonhard sehen, der mit seinem Calzone-Gottesdienst für ebendiesen Glauben kämpfte, anders zwar, modern halt, aber er kämpfte.

Das tat er. Mit sich und mit den Bedingungen. Er hatte den Brief vom Oberkirchenrat dann doch geöffnet. Es war zum Schreien. Mit Begleitung sollte er seinen Gottesdienst abhalten. Wie ein Messdiener sollte einer aus der Kirchenleitung sozusagen bei ihm sein. Immer. Die Predigt hatten sie ja schon, nun auch noch einen persönlichen Aufpasser, der ihm immer über die Schulter sehen und ein offenes Ohr für seine Worte haben konnte. Prost Mahlzeit, dachte der Pfarrer da. Er hatte wieder mal gute Lust, die ganze Chose hinzuschmeißen. Sollten sie doch alle einfach nur glückselig werden. Was scherte ihn denn das?

Er musste das zulassen, zwischendrin, dass er aus der Haut fuhr und seine Meinung hinausschrie in die Welt, wenn er sie auch nur sich selbst laut vorsagte, damit er daran wieder glaubte. Sein Freund würde das schon hören, denn sein Freund war da.

Wer nicht da war, das war Willi Schirmer im Amt. Thomas Knöpfle saß verloren an seinem Schreibtisch und überlegte sich die nächsten Schritte. Wenn dieser Willi nicht bald auftauchte, dann würde er eben allein nach Metzingen fahren und diesen Schriftsteller suchen. War zwar dann nicht nach Vorschrift, aber wenn es nicht anders ging, dann war halt Gefahr im Verzug. Er stand auf, schob den Schreibtischstuhl an den Schreibtisch, machte seine Lampe aus und ging hinaus. Morgen war ein neuer Tag, vielleicht mit Willi, vielleicht in Metzingen. Er schloss die Tür des Büros und ging auf den Ausgang zu. Draußen war es dunkel. Sie hatten zu wenige Lampen im Hofbereich, das hatte er bei der Stadt schon mehrmals moniert. Wenn man aus diesem Polizeigebäude in den Hof ging, stand man im Dunkeln. Aber da war ein Licht, zwei Lichter, schwach zwar, aber Lichter. Thomas Knöpfle zögerte, er war sich unsicher. Sollte er die Tür wieder schließen? Wer kam da zu so später Stunde an? Und dann noch mit so schwachen Lichtern? Konnte das ein Auto sein? Wenn, dann konnte das nur ein Wagen sein. In ganz Pfenningen gab es ganz sicher nur ein Auto, das sich mit solchen Funzeln durch die Nacht bewegte. Dem Willi sein alter Renault, dachte Knöpfle und machte die Tür wieder ganz auf.

Und richtig, Willi stieg aus und ging auf den Eingang des Polizeireviers zu. Er grüßte kurz, ließ Knöpfle rechts liegen und ging hinein. Aha, dachte Thomas Knöpfle, was Wichtiges, und ging Willi hinterher. Der setzte sich in seinen Schreibtischstuhl, überprüfte das Quietschen, lehnte sich bestätigt zurück und schaute Thomas Knöpfle an.

»I glaub, i woiß es!«, sagte er stolz.

»Was denn?«, fragte Knöpfle.

»Wo er isch«, kam es zurück.

»Wer?«

»D'r Schriftsteller«, sagte Willi Schirmer.

»Aha«, sagte Thomas Knöpfle.

»Der isch net weit«, meinte Schirmer.

»So«, sagte Knöpfle.

»Der isch wieder em Gütle vom Frieder!« In der Meinung, des Rätsels Lösung gefunden zu haben, rief Willi Schirmer das triumphierend aus.

»Nein, muss dich enttäuschen«, sagte Thomas Knöpfle mit viel Verständnis für den älteren Kollegen in der Stimme, »dort ist er definitiv nicht.«

»Wieso?«, fragte Schirmer enttäuscht.

»Weil ich dort guckt han«, antwortete Knöpfle.

»Ja, wo isch er no?« Schirmer war verzweifelt.

»Ich glaube, ich weiß es, zumindest habe ich eine Ahnung, die an Wahrscheinlichkeit grenzen könnte«, antwortete Thomas Knöpfle.

»Hä?«, sagte Willi Schirmer. »Jetzt no mol fir da oifacha Schtroifadienscht!«

»Ich denke auch, dass er nicht weit weg ist«, sagte Knöpfle, »das Gütle vom Frieder habe ich gecheckt, da ist er nicht. Aber was, wenn er eine Bleibe ganz in der Nähe gefunden hat? Der Litauer hatte Verbindungen zum Metzinger Zirkel, hatte sich da eingeschleimt, von wegen Kleinindustrieller und so. Wer weiß, wenn der da vielleicht einen kennengelernt hat, so einen Wengerter mit Häuschen. Häuschen steht leer, braucht er nicht mehr. Wer weiß, ob da der Litauer nicht auf eine Idee gekommen ist.«

»Du moinsch, dromma, en de Weiberg, d's Metzinga?«, fragte Schirmer überrascht.

»Genau«, sagte der andere Kommissar.

»Des wär was«, dachte Schirmer laut.

»Genau«, sagte Knöpfle.

»Ond? No hollet m'ern!« Schirmer war ganz Aktion.

»Sicher ist es halt nicht«, kam zurück.

»Probiera goht ibr schtudiera«, sagte Willi und stand auf.

»Wenn du meinst«, sagte Thomas Knöpfle und zog seine Jacke an.

»Ond wo?«, fragte Willi.

»Irgendwo, dort droben in den Weinbergen werden wir ihn finden, den Schurken«, sagte Knöpfle.

»Zitat?«, fragte Willi.

»Nein, Knöpfle!«, sagte Thomas Knöpfle wenig bescheiden.

Die kommen mir näher. Das Ganze nähert sich. Vielleicht war diese gesamte Schreibaktion eine Annäherung an sich, also an mich, dachte der Schriftsteller.

Das hatte er doch noch gar nicht geschrieben, das war doch noch gar nicht im Netz. Wieso konnten die jetzt einfach losgehen? Woher wollten die denn wissen oder ahnen, wo er war? So hatte er das doch nicht geplant gehabt. Zeitlich ging das noch. Flucht war möglich, aber da stellte sich halt die zentrale Frage, wohin? Seinen Krempel einpacken und einfach los, das ging doch nicht. Sein Zuhause war dahin. Er konnte nach nirgends zurück – und wenn, dann nach Trübingen ins Gefängnis. Wieder ein Buch vorlesen und hoffen, dass das einer wollte? Wieder genötigt werden, Geschichten zu schreiben, die er so nicht wollte? Wieder einer sein, der sich im Spiel verlor, obwohl er der Oberspielleiter war? So ging das nicht noch einmal und nicht mit ihm. Er schrieb das alles hier und wusste um die Umstände. Ihn hatte der Litauer genötigt, diesen blöden Banküberfall zu erfinden und den Hans Bremer dann in diesen Hinterhalt zu schreiben. Und er? Hatte geschrieben, Metzinger Hofsteige getrunken und ins Tal hinuntergeschaut. Hatte er denn nicht auch mal ein Anrecht auf ein wenig Wohlsein, Hinsitzen und Den-lieben-Gott-einen-guten-Menschen-sein-Lassen?

Das war ein Traum von ihm. Er hatte es hier oben noch keiner dieser armen Seelen erzählt. Aber einmal hinuntergehen und sein. Einfach mal Mensch sein, in einem Alltag. Morgens aufstehen, sich waschen, frühstücken, seine Arbeit beginnen. Vielleicht sogar eine Frau haben, zu lieben auf die eine und andere Art. Das war ein Traum, der sich für ihn niemals erfüllen konnte, dachte Gott, als er hinunterschaute. Dieser Schriftsteller, der hatte diesen Fleck Erde richtig gut aufgemischt. Der hatte was drauf, dem würde er noch was mitgeben, da kommt dann noch was. Der hatte ein Spiel begonnen und gemerkt, wie ernst es werden konnte, wenn Phantasie und Realität so locker miteinander umgehen. Da war das eine vom anderen nicht mehr zu unterscheiden gewesen. Da war er, Gott, plötzlich mittendrin, obwohl er doch hoch dort droben war. Andererseits waren all die Verblichenen bei ihm hier droben und mischten doch indirekt mit, waren noch so ein wenig dabei. Was, wenn …? Gott mochte den Satz oder die Frage nicht vollenden, aber er hatte sonst keinen, der ihm dabei geholfen hätte. Was, wenn dieser Schriftsteller in der Lage wäre, ihn reinzuschreiben? In die Geschichte, hinunter, ins Gewächshaus vom Leonhard oder vielleicht auch in dieses Wengerterhäuschen? Diese Metzinger Hofsteige würde ihn sowieso interessieren. Aber Gott wusste, er träumte. Er träumte so, wie Menschen träumen. Oft und viel und zu Recht. Aber meist kam es dann doch nicht ganz so, wie man es sich erträumte. Aber ohne Träumen war der Mensch doch kein Mensch, dachte Gott und erlaubte sich als Gott auch einen solchen Traum. Was dieser Mensch durfte, das stand ihm doch allemal zu. Also, weitergeträumt, dachte Gott und träumte.

Das würde gehen, dachte der Schriftsteller. Wenn er ganz schnell zusammenpackte. Das Notebook noch stehen ließ, die letzten Zeilen schrieb und dann die Fliege machte, ging das. Er suchte seine wenigen Sachen zusammen und schrieb dann die Zeilen, deren Bedeutung er sich in diesem Moment überhaupt nicht bewusst war. Hätte er auch nur eine Ahnung gehabt, was diese letzten Tipper auf die Tastatur für Auswirkungen haben würden, vielleicht hätte er gezögert, weil er diese Tragweite dann doch nicht wollte. Aber er tippte und tippte. Sein Tippen ging in das Notebook und dann ins Blatt und wurde, wie immer, Wirklichkeit.

Da saß er. Aus der Traum. Das waren Metzingen und der Weinberg. Er war ja auch der Weinstock, hatten sie mal geschrieben. Er schaute hinaus auf die Reben, hinunter ins Tal. Schön. Da floss sie, die Erms. Auf dem Tisch stand eine Flasche Metzinger Hofsteige. Er schenkte sich ein Glas ein. Trank. So ist man also Mensch, dachte Gott und wurde sich in diesem Moment erst so richtig bewusst, dass dies kein Traum war. Er war hienieden. Dorten, wo die Menschen waren. Sein Traum war Wirklichkeit geworden, er, Gott, durfte Mensch sein. Hier im Häuschen des Schriftstellers an den Weinbergen Metzingens! Er lehnte sich wohlig zurück und genoss dieses Gefühl, endlich mal ein Teil des Ganzen zu sein und nicht nur der, der halt darüberschwebt. Er war froh, zumindest für eine Zeit, und diese hatte er im Griff, hatte er immer im Griff gehabt, für eine Zeit nicht mehr der zu sein, der er gewesen war. Immer diese Fragen, warum passiert das, wieso das denn und warum hilfst du nicht? All das, was die Gerda und der Franz ihm tagtäglich in die Ohren jagten. Los, das war er los, und er spürte eine himmlische Ruhe in sich aufsteigen, was aber auch am zweiten Glas von der Metzinger Hofsteige liegen konnte. Gott war wohl. Hätte es ein noch höheres Wesen, das wir verehren, gegeben, dann hätte ein solches sicherlich zufrieden genickt und dem unteren Kollegen alles Gute gewünscht, vielleicht auch gute Erholung.

So konnte man das nun wirklich nicht nennen, dachte Frieder, der sich seiner Ferne von sehr bemerkenswerten Vorkommnissen noch nicht bewusst war. Seine Frau hatte ihn zur Trimm-dich-Runde angemeldet. Völlig unvorbereitet stand er nun übungsbereit in der kleinen Turnhalle und wusste nicht so recht, wie ihm geschah. Neben ihm stand ein Metzgermeister aus Wanne-Eickel, der mit seinen gut drei Zentnern einen wenig sportlichen Eindruck machte.

»Wir trampolinieren!«, rief der Animateur mit lächelnder Grimasse und zeigte auf das große Trampolin mitten in der Halle. Aber nicht mit mir, dachte Frieder. Er hatte doch nicht fast siebzig Jahre auf dieser Erde hinter sich gebracht, um sich dann totzutrampolinieren. Aber der Leiter beruhigte die Gemüter, als er sagte: »Natürlich mit Sicherung!«

Aha, Sicherung, na dann, dachte Frieder. Also stellten sie sich alle um das Trampolin herum auf, und dann sollte einer hinaufgehen. Der Animateur wollte erst auszählen, dann sah er Frieders angstvollen Blick, und schon hatte er einen Freiwilligen. Frieder konnte da nicht raus, kneifen galt hier nicht, unter Männern. Wenn er sich jetzt das Kreuz brechen würde, war die Barbara schuld, ganz klar. Oben angekommen, federte er das Trampolinige erst mal mit den Knien aus. So passierte gar nichts. Aber natürlich, der Herr Animateur war damit überhaupt nicht zufrieden, der wollte mehr sehen. Also begann Frieder langsam mit zaghaften Hüpfbewegungen. Eigentlich wollte er nur so tun, als ob. Aber dieses federnde Ding unter ihm schien wie von selbst loszulegen. Plötzlich gab eine Bewegung die andere, und Frieder erhob sich und erhob sich, er flog.

»Salto, Salto!«, riefen die Jungs am Rand zu ihm hinauf.

Salto?, dachte Frieder. Keinesfalls. Als er überlegte, wie das denn zu bremsen wäre, war er schon fast an der Decke angekommen. Ein wenig Angst wollte er nicht von sich weisen, denn, Sicherung hin, Sicherung her, wenn er diese Matte jetzt nicht mehr richtig traf, dann war Schicht im Schacht. Dann war Kreuzfahrt aber wirklich Kreuzfahrt. Mit diesen Gedanken segelte er wieder hinunter. Er spürte, er kam nicht auf die Mitte, er hatte die Kraft vorher schon nicht mehr gehabt. Er traf am Rande auf und flog in hohem Bogen ins Nichts. Das war es also. Adieu, Pfenningen, ade, liebe Barbara, die diese gute Idee gehabt hatte, servus, Alfred, nun musst du allein weiter. Das denkt man dann halt so, dachte Frieder im Flug. Dann, gerade als er den Aufprall auf dem Boden erwartete, als er schon in aller Eile Abschied nahm von Kreuz und Leben, landete er ganz weich, fest gehalten, wohlig fast. Wohl schon der Himmel, dachte Frieder. Aber es war der Metzgermeister.

Solchen Halt hätte sich Hans Bremer auch gewünscht. Einen, der ihn auffing, hielt und wieder auf die Füße stellte. Aber es war niemand in Sicht, so ganz und gar niemand. Nicht einmal eine vorläufige

Besetzung für eine solche Rolle. Eben niemand. So langsam plagten ihn Hunger und vor allem Durst. Wenn er sich zusammenriss, dann konnte er noch einen Tag in diesem Loch aushalten. Aber was dann? Er hatte sich das Hirn zermartert, Gedanken hin und her geschoben. Was sollte er machen? Wo sollte er hin? Sobald er hinausging, lief er Gefahr, wieder verhaftet zu werden. Er stand ja auf der Fahndungsliste. Deshalb versteckte er sich hier. Nach Pfenningen hinüber würde er es vielleicht schaffen. Da kannte er Schleichwege und hatte somit Chancen. Nur, was sollte er in Pfenningen tun? Seine Lage war verzweifelt, wenn nicht ausweglos. Er hatte keinen Pass, würde es vielleicht über eine Grenze schaffen, aber dann? Dann saß er in Österreich, der Schweiz, Frankreich und so weiter. Diese Nummer dann auch noch ohne Geld, das konnte nicht gut gehen. Was sollte das alles noch? Er wollte seinen Frieden finden, endlich Ruhe haben. Gläubig war er nie besonders gewesen, aber wenn er sich einen Ort vorstellen konnte, an dem er so etwas wie Frieden und Ruhe finden konnte, dann war es eine Kirche. Er würde versuchen, in die Christuskirche nach Pfenningen zu gehen. Dort war er getauft worden, hatte seine Konfirmation gefeiert, und dort hatte auch seine Trauung stattgefunden. Das würde der richtige Ort sein, um in sich heimzukommen. Dann würde er entscheiden, wie es weiterging.

Solche Entscheidungsfreiheiten genoss Frieder Kötzle nicht. Er wusste später selbst nicht, wie er sich diese Reaktion erklären sollte. Barbara hatte zwar, als sie von seinem Missgeschick unweigerlich erfuhr, nur verstehend gelächelt. Aber peinlich war es ihm schon. Auf Deck konnte er sich erst mal nicht mehr sehen lassen, das war klar. Nach so einem Vorfall war man deckmäßig erledigt. Obwohl ihm selbst der Animateur danach auf die Schulter geklopft und das ganz normal gefunden hatte. Was war denn schon passiert, sagte er sich. Gut, er hatte den Metzgermeister in seiner überschwänglichen Freude über sein neu geschenktes Leben auf den Mund geküsst. Der war auch ganz baff gewesen, hatte den Frieder abgesetzt und sich den Mund abgeputzt. Für den war das kein Problem gewesen. Jetzt aber für Frieder schon.

Hätte der Alfred von dieser Geschichte jetzt schon erfahren, dann hätte er wahrscheinlich nur wissend den Kopf geschüttelt. Ja, der Frieder, der war eben für so manche Überraschung gut.

Der Alfred saß immer noch in seinem Keller auf der zweiten Kiste. Die erste staunte er mitsamt Inhalt nachdenklich an. Wie konnte man auf so eine Idee kommen. Da wandert man aus oder hat vor auszuwandern. Man packt seine paar persönlichen Habseligkeiten in die eine Kiste, und in die zweite Kiste füllt man eine komplette Spätzleausrüstung zusammen mit verschiedenen Rezepten, die damals in dieser Gegend bekannt waren. Darüber kam er immer noch nicht hinweg. Er fragte sich, was ihm diese Kiste sagen sollte. Das war doch kein Zufall, dass er ausgerechnet an diesem Tag und in der Situation mit Klara in diesen Keller hinuntergestiegen war. Warum eine Kiste mit Schwäbischem?, fragte er sich. Er glaubte an so was nicht, aber in so einem Moment, was ist da Glauben. Da ist ein Staunen und eine Unsicherheit. Er fragte sich halt. Warum diese Kiste hier und jetzt? War es ein Zeichen? Aber wie sollte er, wenn es denn so war, dieses Zeichen deuten? War das seine Kiste, das, was er vergessen hatte, oder das, was er war und sein sollte? Alfred wurde ganz schwummerig im Kopf. Solche Gedanken war dieser Kopf nicht gewohnt zu denken. Da half auch keine Flasche Bier. Hier war Nüchternheit gefragt, das spürte Alfred. Er las das erste Rezept für die Knöpfle, sozusagen das Hauptrezept. Mehl und Eier. Das waren er und Klara. Zuerst das Mehl und die Eier untereinander schlagen, dann erst das Wasser. Hatten sie das Wasser zu früh zugegeben und waren deshalb kinderlos geblieben? Sollte es das bedeuten? Fragen, Fragen, Fragen. Alfred fand sich in seinem eigenen Kopf nicht mehr zurecht. Er wollte auch nicht zu viel in diese Sache hineindenken. Für ihn war es jedenfalls ein Markstein seines Lebens. Er würde zu dem zurückkehren, was er war und gewesen war. Keine Träume mehr, die über seine Möglichkeiten als Mensch hinausgingen. Das mit Klara würde sich einrenken, da war er sich sicher. Er wollte der bleiben, der er war. Die Klara, gut, da würde man sehen. Die würde sich wohl auf ihre alten Tage ändern müssen. Prost Mahlzeit, dachte Alfred, das wird spannend.

Mit Spannung kurvten auch unsere beiden Kommissare durch die Metzinger Weinberge. Sie hatten ein Gefühl, darin waren sie sich einig. Aber mehr hatten sie auch nicht. Ihnen kam zugute, dass die Metzinger Weinberge überschaubar waren. Eigentlich war es nur ein Weinberg, der sich oberhalb Metzingens entlang den Hängen zog. Unerlaubterweise fuhren sie mit dem Wagen hinein in die Wengerterwege und schauten in jedes kleine Häuschen, das sich am Weg zeigte.

»Do wohnt doch koiner«, sagte Willi Schirmer und deutete auf ein kleines, sehr kleines Häuschen, das zur Not für die Unterbringung von Geräten und Werkzeug dienen konnte.

»Klar«, sagte Thomas Knöpfle, »das, was ich meine, kommt weiter hinten, Dettingen zu, da kommen die Gütle und auch andere Häuser. Als die Zwillinge noch klein waren, sind wir mit dem Kinderwagen oft hier spazieren gegangen.« Sie fuhren weiter den Weg entlang. Beide hatten ein ungutes Gefühl im Bauch.

Ein solches hatte auch der Schriftsteller. Mutig, dachte er, sehr mutig. Er schrieb sich hier raus, und Gott sprang für ihn ein. Sollte der alte Mann auch mal seinen Spaß haben, dachte der Schriftsteller. Die Geschichte ging dem Ende zu. Allzu viel konnte Gott da nicht mehr anrichten. Also ging Gott in sein Häuschen und spielte ein wenig Schriftsteller. Aber wie würde das vor sich gehen?, fragte er sich. Er ging, sah zurück und sah sich sitzen. Er zwickte sich in den Unterarm, wollte Schmerz spüren, um zu wissen, wo er denn nun war. Er spürte es. Aber dort drüben, im Häuschen, war er auch. Des Herrn Wege? So einfach wollte er es sich nicht machen. Aber wie es schien, konnte er nun beruhigt gehen.

Und nun? Was nun, Herr Schriftsteller? Das fragte er sich auch. Wie und von wo sollte er jetzt noch schreiben? Konnte er gehen, und Gott würde weiterschreiben? Kaum. War Gott denn wirklich dort? Kaum. Aber was war dann geschehen? Gut, er wusste, wo das Geld war. Das konnte er sich holen. Aber auch er wurde gesucht. Fahndungsliste und so. Wie sollte er sich weiterschreiben, oder wie sollte er überhaupt weiterschreiben? Das war doch die zentrale Frage. Er musste einen Ort finden, wo er sicher war vor Entdeckung und der ihm Ruhe gab, wirklich zu schreiben. Denn so weit war er inzwischen. Er konnte schreiben. Er brauchte kein Pfenningen, kein Spiel und keine Gerda Schickle mehr. Er war. Er war Schriftsteller und war auch bereit, ein solcher zu sein. Aber wo war dieser Ort, an dem er sein sollte? Gen Süden, fragte er sich, wo die Schiffe fuhren? Der Friedrich hatte schon recht. Nur der eigene Kopf ist eine Landkarte. Wohin sich der Körper bewegt, ist eigentlich nebensächlich. Hölderlin hatte sich in seinem Kopf gesucht und war nicht fündig geworden. Schade, urteilte dann die Geschichte. Voreilig, dachte der Schriftsteller. Denn der Weg des Menschen in sich selbst ist kein leichter. Der will erst mal gegangen sein. Im Rückblick und auch in der Aussicht nach vorn. Da kann auch der eine oder andere Nebel kommen.

Aber wenn gen Süden, was kann dann ein Ziel sein?, dachte der Schriftsteller im Gehen. Die Weinberge waren schön gewesen. Er winkte ihnen ein herzliches Adieu zu, als er sie verließ. Ihr werdet sein, dachte er bei sich, ein wenig dichtend. Ihr werdet sein, wenn wir nicht mehr sein werden. Ihr werdet Frucht tragen und gepresst werden. Ihr werdet Saft und dann Wein. Das ist der Lauf der Welt, der Sinn vielleicht, ein Sinn. Er würde sie vermissen, seine Metzinger Hofsteige, diesen wohligen Schluck, das Hinuntergleiten, den Abgang. Ein schöner, ein guter Wein, etwas, das so viel Welt in sich einschloss. Da kam Mensch nicht ran, das war Erde und Sonne und Wasser. Deshalb war es geblieben. Würde bleiben, für immer. Er wollte dichten, das spürte er, als er das schrieb. Dichten, der Welt Worte geben, diese Welt beschreiben in einer Schönheit, die er bisher nicht gesehen hatte. Er war frei. Zwar Fahndungsliste, aber frei im Denken. Das war eine neue Welt. Eine Welt mit Mut und Selbstbewusstsein. Er würde schreiben. Nicht um des Schreibens willen, sondern um den Menschen etwas zu geben. Direkter als mit seinem Spiel. Viel direkter. Er würde näher sein und doch viel weiter weg. Er hatte es begriffen. Er war dort, wo er daheim war, immer schon, bei sich.

So ist das also, dachte Gott im Wengerterhäuschen. So ist das, Mensch zu sein. Sitzen, schauen und trinken. Er würde sich gern eine Kiste dieses Tropfens nach oben schicken lassen. Ob das wohl ginge? Das wusste selbst Gott nicht. Es ist eindrucksvoll, dachte Gott, da sitzt du plötzlich in einem Häuschen, bist nicht mehr Gott, aber eben auch nicht der Schriftsteller. Die kamen doch, die beiden Kommissare. Was dann? Sollte er erklären, er habe mit der ganzen Sache nichts zu tun? Welche Gestalt sollte er denn annehmen? Er hatte immer gern diese John-Wayne-Western angeschaut. Das vielleicht. Dass denen ein John Wayne mit gezogener Waffe gegenüberstand, wenn sie dann kamen? Die würden sich doch in die Hosen scheißen, Verzeihung, dachte Gott. Nein, das musste gut überlegt sein. Seine Palette war natürlich lang, denn er konnte aus der Vergangenheit einiges schöpfen. Der Hans Moser vielleicht, bitte, setzen S' Eahna doch. Den Dialekt beherrschte er einwandfrei. Oder Hanns Dieter Hüsch, der wahrscheinlich sagen würde: Ach, ihr. Bis hin zu Josef Hader, der, wenn er es denn sein sollte, sagen würde: Schleichts eich!

Aber zu diesem Aufeinandertreffen würde es nicht kommen. Er war ja nicht wirklich da, nicht greifbar als Mensch, dachte Gott. Das sah vielleicht von Weitem so aus. Schade eigentlich, denn er hätte gern mal diese Gelegenheit genutzt und das Leben der Menschen sozusagen im eigenen Leibe erfahren.

Die Herren Kommissare würden nur ein leeres Wengerterhäuschen vorfinden. Mit Spuren eines Lebens und eines Schreibens, verstand sich. Mal sehen, dachte Gott, was die beiden daraus machen würden.

Etwas machen, etwas richtig gut machen, das wollte auch Udo Bürzle. Jetzt nur nichts falsch machen, dachte er. Gedanken waren eine feine Sache, aber bitte zum richtigen Zeitpunkt und mit den passenden Menschen. Er wollte Wenke nicht gleich mit seinen Überlegungen zu diesem System verscheuchen. Er mochte Wenke, aber er mochte das System nicht. Das war der Punkt. Er würde sich zusammenreißen müssen. Ganz ruhig rangehen, sagte er sich. Die Nacht war ein Highlight seines Lebens gewesen, und dieses Licht wollte er sich für die nächsten Tage und Wochen erhalten. Er machte sich eine Tasse Espresso und setzte sich an den so sauberen Esstisch. Sein Blick ging hinüber zu den Bildern der Familie: die Eltern, der Bruder und die Oma. Schön. So sehr schön. Hier war irgendwie niemand. Hier lebte jemand mit Sauberkeit, Ordnung und Bildern. Der Rest war Ikea. Er fühlte sich nicht wohl. Dass sie auch gegangen war, ohne ihm zu sagen, wohin und wann sie wieder zurückkommen würde. Seltsam. Sollte er warten?, fragte er sich. Aber wie sah das denn aus? Sie ging einfach so. Er, der Udo, blieb sitzen und wartete. Sah nicht gut aus. Da war er sich sicher.

Jetzt hätte er gern jemanden zum Reden gehabt. Jemanden, der zuhörte, einen Menschen, der ihm half, die Situation zu klären, für sich. Was sollte er tun? Gehen? Schlecht eigentlich, dann war es wahrscheinlich vorbei, bevor es noch richtig angefangen hatte. Bleiben? Ebenfalls keine gute Lösung. Er wäre womöglich von Anfang an der Mops in dieser Beziehung. Das ging also auch nicht. Nützlich machen war in dieser Wohnung vollkommen sinnlos. Da war nichts so, dass man sich hätte nützlich machen können. Nun denn, hier war guter Rat teuer, dachte der Udo. Er nahm einen Zettel vom Block neben dem Telefon und den Stift, der akkurat danebenlag. »Bin in den Dienst«, schrieb er drauf, »Gruß und Kuss, Udo«. Es war eine Möglichkeit, dachte Udo, als er die Wohnungstür hinter sich schloss. Mal sehen.

Auch unser Alfred stand vor einer weitreichenden Entscheidung. Was war nun diese Kiste? Seine Vergangenheit, die Vergangenheit seiner Familie oder nur seiner Urgroßtante? Er blieb immer wieder an der Frage hängen, warum in aller Welt er gerade heute in den Keller hinuntergestiegen war und diese Kisten aufgemacht hatte. Welcher Teufel – entschuldige, Gott – hatte ihn denn da geritten? Er würde die Kiste dem Willi Schirmer schenken. Der hätte am ehesten eine Freude daran. Eigentlich war das fast etwas für ein Museum, etwa das Landesmuseum in Waldenbuch. Die hätten sich gefreut. Aber er wollte seine Urgroßtante nicht so präsentiert wissen. Die Besucher würden das sehen, und die meisten würden sich sicherlich nur darüber amüsieren, wie man so packen konnte. Das wollte er nicht, so viel Pietät war er seiner Urgroßtante selig schon schuldig.

Als er die Kiste nach oben trug, kam die Klara zur Haustür herein. Alfred stellte die Kiste ab, richtete sich auf und schaute die Klara an. Er zögerte, etwas zu sagen. Denn die Klara, die da vor ihm stand, war nicht mehr die, die vor ein paar Stunden das Haus verlassen hatte. Geläutert?, fragte sich Alfred. Konnte das sein? Nur so ein Anstoß, und schon bewegte sich etwas, was sich vierzig Jahre nicht bewegt hatte? Menschen, dachte Alfred und hätte darüber gern mit seinem Freund Frieder bei einer Flasche Bier gesprochen.

Das hätte der Frieder sofort angenommen. Hier sprach außer der Barbara eh keiner mehr mit ihm. Er war nun sozusagen die Persona non grata, eine nicht willkommene Person. Als ob all diese Lackaffen nur darauf gewartet hätten, dass so etwas passierte, stürzten sie sich drauf, und es wurde hier mal kurz gelacht, dort gelächelt, und die ganz Tollen, die schlugen sich bei seinem Anblick auf die Schenkel. Nur mit dem Metzgermeister kam er sehr gut klar. Der hatte überhaupt kein Problem damit, dass er solcherart für seine Rettungstat belohnt worden war. »Im Überschwang«, sagte er nur, »passiert so allerhand.« Der Metzgermeister, der hatte wirklich die Ruhe weg.

Mit dem Metzgersehepaar aus Wanne-Eickel saßen sie nun auch zusammen an einem Tisch. Das hatte sich einfach so ergeben, weil niemand sonst mit ihnen an einem Tisch sitzen wollte. Das fiel zwar auf, aber dafür hatten sie an dem Tisch, der für sechs Personen gedacht war, reichlich Platz. Der Metzgermeister machte sich noch einen Spaß daraus. Er ließ zwei weitere Gedecke auflegen und verspeiste die servierten Gänge der beiden nicht vorhandenen Tischnachbarn noch zusätzlich. Ganz nach dem Motto »Von nichts kommt nichts«.

»Dat nehmen wir mit!«, rief der Kalle und machte sich an die dritte Portion Schweinelende. »Dat Fleisch is nicht schlecht«, sprach er mampfend, erhielt aber von Frieder nur ein Nicken zur Antwort. Dieser Fleischkloß stopfte das Essen in sich hinein wie eine Maschine. Frieder konnte das nicht mit ansehen. Auch Barbara hatte sich der Metzgersgattin zugewandt, um dem Schaufeln und Schmatzen zu entkommen. Dort war sie allerdings auch nicht gerade gut aufgehoben. Die Metzgersgattin stand in Größe und Umfang ihrem Mann in nichts nach. Auch sie sprach dem Essen tüchtig zu und konnte geräuschmäßig durchaus mit ihrem Mann mithalten. Frieder sah Barbara zu, wie sie die Metzgersgattin fixierte. Die ging ihr auf den Wecker, das merkte er ganz genau. Wenn sie so die Augen zusammenkniff, dann war Missbilligung angesagt. Wenn sie dann noch mit der rechten Hand ihr Kinn knetete, dann hieß dies für Frieder: Alarm. Er musste eingreifen, sonst würde Barbara ausflippen. Wie das dann aussah, das wusste er seit dem letzten Presseball. Es war wirklich nur ein Blick gewesen. Aber der hatte genügt, um Barbara zum Explodieren zu bringen. Das Buffet war hinterher nicht mehr zu genießen gewesen. Ja, ja, die Liebe. Die Liebe und der Mensch. Das waren so zwei Sachen.

Seltsam, dachte Thomas Knöpfle, wieso ging ihm das jetzt im Kopf herum? Seine Britta hatte heute nicht ein Mal angerufen. Trotzdem kam er bei der Rückfahrt aus dem viel versprechenden, aber wenig haltenden Weinberg mit so einem Gedanken zurück. Sie hatten das Häuschen untersucht. Der Schriftsteller war dort gewesen, keine Frage. Aber weg war er halt auch. Ganz weg. Da war niemand. Willi hatte zwar noch etwas gespürt, verharrte auch noch eine ganze Weile, aber Thomas konnte ihn schließlich überzeugen, dass da niemand war. Eine göttliche Präsenz hatte der Willi spüren wollen. Mich wundert so langsam gar nichts mehr, hatte Thomas Knöpfle gedacht und den Willi beruhigt, dass es solche Präsenzen einfach nicht gab. Da hatte der Willi klein beigegeben und sich angeschickt, dem Thomas zu folgen. Eigentlich ein Schlag ins Wasser, dachte Willi, sie hatten so gehofft, den Schriftsteller hier zu erwischen. Mochte der Thomas reden, was er wollte, hier war etwas, oder hier war etwas gewesen. Willi spürte das immer noch. War es ein Ton, eine Schwingung, ein Duft? Hier war etwas, das nicht hierhergehörte. Da stand die Weinflasche, da war der Abdruck des Notebooks, und auch sonst waren zahlreiche Spuren vorhanden, die auf eine Anwesenheit deuteten. Aber wer war hier anwesend gewesen?

Einer sicherlich nicht. Denn der saß inzwischen in der ersten Bank in der Christuskirche. Hans Bremer ging in sich. Dachte zurück an gute Tage und versuchte, mit den anderen Tagen einen zufriedenstellenden Abschluss zu finden. Vielleicht hätte er doch zum katholischen Glauben wechseln sollen, dachte er. Die hatten es da einfacher. Hin zur Beichte, raus damit, ein paar Rosenkränze und Vaterunser, und die Sache war damit erledigt. Hier, im Evangelischen, musste man selbst. Also einkehren, bei sich. Das war gar nicht so einfach. Wo war seine Schuld? Gut, Gebote und so, des Nächsten Weib, das musste er zugeben, da hatte er gefehlt. Aber diese Elfriede, zu lecker. Er bereute es nicht. Dachte aber, das sollte in einem modernen Glauben auch drin sein. Ein wenig weg von der Bürgerlichkeit, vielleicht mal hin zu Lebensfreude. Dann passierte so was halt. Dann sprang man über seinen Schatten, die andere auch – und schon Kopulation. Er lächelte. Schön, wenn man bei allen Widrigkeiten noch ein wenig darüberstehen konnte. Viel mehr als das Darüberstehen und ein Lächeln war ihm ja nicht geblieben. Bei allem Rückblick musste er auch nach vorn denken. Wie sollte es weitergehen?

Exakt, dachte Wenke Frühwald, als sie am frühen Abend ihre Wohnung betrat. Der war weg. Einfach so. Warum passierte ihr das immer? Warum erlebte man miteinander eine heiße Nacht, und dann war der Mann weg? Sie würde wetten, wenn sie ihn anrufen würde, der hätte nur Ausflüchte. Sie hatte keinen von diesen Typen jemals wiedergesehen. Männer. Sie hatte ihr Leben, das war geordnet und klar. Sie machte ihre Arbeit, und am Abend machte sie sich was zu essen und schaute fern. Sie hatte ihre Eltern, um die sie sich kümmerte. Als Einzelkind war sie doch verpflichtet, das zu tun. Sie hatte ihre Welt. Und doch, es reichte nicht. Das spürte sie. Zum Menschsein gehörte noch was dazu. Das suchte sie. Bei Männern? Das wusste sie nicht so recht. Meistens passten die nicht rein in ihr Gefüge. Da waren dann gleich Kumpels oder andere Paare. Dann ging es los mit Einladungen, Festen und so. Das war sie nicht. Da konnte sie nicht mit. Vielleicht war sie deshalb so vorsichtig geworden. So wenig offen für Leben. Schade, dachte sie. Schade auch, dass sie das wusste, begriff. Aber wie darauf zugehen, suchen und finden? Hallo, Leben, hier bin ich! Mach was aus mir!

Genau! Dachte Pfarrer Leonhard. Das Leben kommt eben nicht auf einen zu und sagt Hallo. Wie der Glauben auch! Deshalb musste er diesen Teil nochmals überarbeiten. Die Predigt stand im groben, guten Gerüst. Er würde dabei bleiben: die Calzone als Sinnbild für Gemeinde, für Gläubiger-Mensch-Sein. Anfangs hatte er noch nach Bibelstellen gesucht, die passen könnten. Das hatte er schnell aufgegeben. Hierbei musste er frei arbeiten, kein Netz, keine Absicherung. Er war zurück beim ursprünglichen Gedanken, und das war gut so. Wie immer wollte er das Ganze durchspielen. Deshalb nahm er seine Predigt und ging über den Marktplatz zur Christuskirche. Das konnte er inzwischen wieder. Da hatte ihm der Therapeut schon sehr geholfen. Er hatte keine Angst mehr, sich seiner Kirche zu nähern.

Das waren gute Gespräche gewesen, mit dem Norbert. Es half eben, wenn mal einer zuhörte, wenn man sprach.

»Was hosch gsagt?«, fragte Willi. Thomas Knöpfle wurde schier wahnsinnig. Er hatte laut und deutlich den Willi zu einem Gespräch gebeten. Was kam zurück? Ebendieses.

»Willi, jetzt komm halt mal rüber!«, rief Knöpfle laut. Und Willi kam, langsam zwar, aber er kam.

»Ond, was isch?«, fragte er, während er sich setzte.

»Ich wollte mal mit dir schwätzen«, sagte Knöpfle in kollegialem Ton.

»Worom?«, kam es postwendend zurück.

»Weil es Veränderungen geben wird, deshalb«, sagte Knöpfle, »mir ist ein Posten bei der Landespolizei angetragen worden, und ich möchte diese Chance nutzen!« Nun war es raus, endlich. Thomas Knöpfle schaute sein Gegenüber an und war gespannt auf die Reaktion.

»Guat«, sagte Willi nur.

»Versteh mich bitte, das ist wirklich eine Möglichkeit für mich, hier rauszukommen«, sagte Thomas.

»Wenn du willscht, dann goscht«, sagte Willi.

»Willi, versteh mich doch, das ist mein Weg, mal etwas anderes als umgekippte Schilder und ein gestohlenes Mostfass«, sagte Thomas Knöpfle und wusste dabei, dass die letzten Wochen eigentlich eine andere Sprache gesprochen hatten. Denn so viel war in Pfenningen seit Langem nicht mehr los gewesen.

»No gang halt«, sagte Willi und konnte seinem Kollegen dabei nicht in die Augen schauen. »I mach mei Rond«, sagte er und zog seine Jacke an.

Seine Runde?, fragte sich Thomas Knöpfle. Seine Runde machte er doch in der Regel vormittags. Aber er verstand den Kollegen. Mit dieser Information musste er erst einmal zurechtkommen. Dafür brauchte ein Willi Schirmer seine Zeit und eben einen Spaziergang durch die Gemeinde. Der würde sich schon wieder fangen. Da war sich Thomas Knöpfle sicher. Außerdem war er ja nicht aus der Welt, wenn er den Posten in Stuttgart annahm. Seine Familie würde weiterhin in Pfenningen wohnen, das war klar. Schon allein wegen der

Kinder und der Schule. Bei seiner Frau waren es sicherlich das Haus und der Buchladen, die sie in Pfenningen hielten. Er selbst hatte auch keine Lust auf Großstadt. Auf so eine Großstadt wie Stuttgart schon gar nicht. Das kam nicht von ungefähr. Manche dieser Großstädter betrachteten die Alb – und aus ihrer Sicht gehörte dazu auch Pfenningen – als ihr Freizeitgebiet. Dort konnte man weit wandern, auch schön flach, wenn es genehm war, und vor allem konnte man dort gut und preiswert essen. Die haben in vielen Landgasthöfen die Preise verdorben, dachte Thomas Knöpfle. Die fanden das dann ganz toll und kamen das nächste Mal mit der Verwandtschaft und das übernächste Mal mit dem Personal ihrer Firmen zu Tagungen und Seminaren. Eigentlich konnte ihnen das ja egal sein, dachte Knöpfle. Aber es war schon so. Wochenende, schönes Wetter, die Sonne schien, und man dachte an einen Ausflug. Tja, die Stuttgarter, Waiblinger und Leonberger waren schon vor Ort. Die fuhren nämlich früher los, damit sie gemütlich mittagessen konnten auf der Alb. Es gab nur noch wenige Geheimtipps oder ein paar Gastwirtschaften, die sich ihren Stil, Auswärtige her, Auswärtige hin, bewahrt hatten. Eine solche suchten sie hin und wieder gemeinsam auf, dachte Thomas Knöpfle. Das wäre vielleicht auch eine Idee, den Willi nach Trochtelfingen ins Albquell Bräuhaus einzuladen. Da könnten sie dann an einem Abend in aller Ruhe reden. Er nahm sich vor, das dem Willi, wenn er von seiner Runde zurück war, vorzuschlagen. Essen und reden, das war eine prima Idee, dachte Thomas Knöpfle.

Eben, sagte sich Pfarrer Leonhard auf seinem Weg in die Christuskirche. Genau das war des Pudels Kern. Essen und reden. Dieser Calzone-Gottesdienst würde Menschen zusammenbringen, das war ein wichtiger Punkt. Außerdem würden diese Menschen anschließend gemeinsam essen, das war ein zweiter wichtiger Punkt. Er hatte das mit Maria besprochen. Jeder der Gottesdienst-Besucher konnte anschließend dieses Angebot wahrnehmen. Es würde natürlich Calzone für alle geben. Maria war schon dabei, die Kapazitäten für den kommenden Samstagabend zu schaffen, damit das auch klappte. Es würde ein Glas Wein oder auch nichtalkoholische Getränke geben. Bezahlt wurde in dem Sinne nicht. Jeder konnte am Ausgang einen Obolus spenden. Pfarrer Leonhard war gespannt, wie das laufen würde. Aber Maria war sich sicher, dass das schon funktionierte. Nun ja, bei den Gemeindefesten hatte es immer gut geklappt, warum sollte es ausgerechnet am Samstag danebengehen? Er stieg die Stufen zum Eingang der Christuskirche hinauf, achtete auch auf die inzwischen berühmte dritte Stufe und kam wohlbehalten an der Kirchentür an. Er öffnete sie und ging in den Kirchenraum hinein. Eine schöne Kirche, dachte er mal wieder. Vor allem eine alte und schöne Kirche. Da war er froh, denn der Kollege in einer anderen Teilgemeinde hatte einen Kirchenbau, der kaum zwanzig Jahre alt war. Das war schon ein anderes Gefühl, in einer so jungen Kirche zu stehen. Am Platz der Christuskirche hatte wahrscheinlich schon zu frühen christlich-römischen Zeiten eine Kirche gestanden. Also seit nunmehr fast zweitausend Jahren. Mit diesen Gedanken ging Pfarrer Leonhard durch den Hauptgang. Ganz in sich gekehrt, bemerkte er den Besucher erst ziemlich spät. Gut für den Besucher, könnte man meinen, denn beim letzten Mal, als ein Besucher in einer der Bankreihen gesessen hatte, war ja einiges passiert. Als Pfarrer Leonhard den Besucher bemerkte, traute er kaum seinen Augen. Da saß der ehemalige Bürgermeister Hans Bremer in der zweiten Bankreihe und schien zu beten. Vieles hätte er in diesem Leben noch für möglich gehalten, aber so etwas dann doch nicht.

»Die Untertitel sind ausgefallen, und auch das Bild wird immer schlechter!«, rief Gerda Schickle Gott über die Schulter zu. Der erschrak recht heftig und zog mit seinem roten Korrekturstift einen langen Strich über die Seite. Sch…, dachte Gott. Da war er in seinen Gedanken unterbrochen worden, weilte er doch noch im schriftstellerischen Wengerterhäuschen. Schnell wandte er sich Gerda zu.

»Tja, liebe Gerda, er hat uns rausgeschrieben. Tut mir leid, aber mit der direkten Verbindung ist es jetzt vorbei. Ihr seid tot, seid im Himmel, und wenn ihr wollt, kann ich euch hin und wieder berichten, was dort unten in Pfenningen geschieht. Aber mit dem Zugucken ist es jetzt vorbei«, erklärte Gott einer staunenden Gerda Schickle und dem wie immer hinter ihr stehenden Franz Werth.

»Schade«, sagte die Gerda. Franz Werth nickte zustimmend. Na also, dachte Gott, sie hatten es geschluckt. Er hätte nicht gedacht, dass das so leicht über die Bühne gehen würde. Immerhin war es für ihn als Gott schwierig, zu erklären, dass es da einen kleinen Schriftsteller gab, der selbst über die Grenzen seiner, Gottes, Macht hinaus schreiben konnte. Das war die Phantasie. Er hatte damals noch überlegt, ob er sie dazupacken sollte. Aber Eva hatte schöne Augen gemacht, und Adam war recht verloren im Paradies herumgestanden. Da hatte er gedacht, eine gute Portion Einfallsreichtum würde diese Menschen und die Welt um sie herum mehr bewegen. Sie würden Träume haben, diese verfolgen und die Welt vielleicht besser machen. Nun ja. Über das Ergebnis konnte man geteilter Meinung sein. Andererseits, hätte er sie im Paradies gelassen, das wäre heute ganz schön voll. Denn ohne die Kriege und das Abschlachten wären das heute ja noch viel mehr, als jetzt da unten rumrannten.

Eine rannte da besonders. Eine ältere Frau fegte mit flottem Schritt über den Marktplatz. Klara Rottwalds Haar war zerzaust, und ihre Kleidung saß nicht mehr ganz konfektionsgemäß. Das konnte doch nur ein Floh sein, den ihr da jemand ins Ohr gesetzt hatte, dachte sie gehend. Das konnte doch nicht stimmen. Alfred, ihr Alfred hatte Geld und schaute sich teure Autos an. Eine Freundin von ihr arbeitete schon seit Jahrzehnten bei Kühlin im Büro. Die hatte es ihr brühwarm gesteckt. Die teuersten Modelle, hatte Gesine gesagt. Klara dröhnte es jetzt noch in den Ohren. Woher hatte dieser Mann auf einmal Geld? Das änderte für sie die Situation natürlich schlagartig. Ein Alfred mit Geld war schließlich eine andere Sache als ein Alfred ohne Geld, so wie bisher. Gut, so hin und wieder hatte er immer mal ein paar Euro irgendwoher gebracht. Sie hatte nicht gefragt, war froh um das Geld gewesen. Vom Marktplatz bog sie flott in ihren Heimweg ein. So flott, dass einige Passanten verdutzt stehen blieben, denn eigentlich ging eine Klara Rottwald an einem nicht ohne ein Schwätzchen vorbei. Ihr Blick wirkte konzentriert, aber nicht so verbissen wie sonst, dachten einige, auch war ihr Gang leichter, weniger der für sie übliche Stechschritt. Die Leute machten sich so ihre Gedanken. Man hatte ja einiges gehört über das Rentnerehepaar, und vor allem kannte man das scharfe Mundwerk der Klara Rottwald. Gespannt schauten sie dem Abzweigen der stämmigen Frau nach. Es geschahen noch Zeichen und Wunder.

Ein Wunder brauchte auch Hans Bremer. Der saß nun in der Christuskirche und betete für ein Leben nach dem Tode. Denn er war auf der Flucht. Das konnte er auch nicht wegschreiben, das blieb. Er fragte sich allerdings, was ihn denn nach Pfenningen zog. Seine Zelte dort waren längst abgebrochen. Er brauchte wieder einen Ort, wo Ruhe war.

Die Kirchentür ging auf, und es kam jemand herein. Hans Bremer sah sich um. Das war doch dieser Pfarrer Leonhard. Der kam auf ihn zu.

»Grüß Gott, Herr Bremer«, grüßte ihn der Geistliche.

»Äh, guten Tag«, grüßte Bremer zurück.

»Ich wusste gar nicht, dass Sie wieder draußen sind.«

»Tja, also, ich bin sozusagen auf Probe oder so ähnlich, also, ich bin halt rausgekommen, weil doch der Schriftsteller vom Litauer befreit wurde, und …«, stammelte Bremer.

»So genau will ich das gar nicht wissen, mein Lieber«, meinte der Pfarrer und legte ihm segnend die Hand auf den Kopf. »Wie kann ich dir helfen?«, fragte er.

»Vielleicht mit einem Weg hinaus? Weg von hier?«

»Da muss ich drüber nachdenken«, sagte der Pfarrer und setzte sich neben den ehemaligen Bürgermeister in die Kirchenbank.

Ob der Leonhard dem wohl helfen wird?, fragen sich Leserin und Leser. Dieser Bremer will sich doch nur einfach aus dem Staub machen. Jetzt hat er hier eine solche Geschichte angerichtet, und nun will er sich klammheimlich davonstehlen. Von wegen, denkt die Leserschaft beim Lesen. Der soll seine Strafe schon bekommen. Es muss ja nicht gleich wieder hinter Gittern sein.

Aber die Leser sind zufrieden. Diese Entwicklungen sind doch interessant. Der Schriftsteller, der Gott an seine Stelle schreibt, ein guter Einfall. Der Pfarrer, der bald gegen oder für eine neue Kirche predigen würde, super. Dann die vielen kleinen Nebenhandlungen mit Schirmer und Knöpfle, Wenke und Udo, Alfred und Frieder, teilweise zum Schreien. Aber die Leser wollen mehr. Sie möchten endlich einen Schluss – und den schön gemütlich eingeleitet. Kein Hollywood, aber ein wenig Klarheit vielleicht, das wäre schön.

Stimmt, dachte Alfred und küsste Klara auf den Mund. Das hatte er schon lang nicht mehr gemacht. Er staunte. Da war eine ganz andere Klara nach Hause gekommen. Die Haustür hatte sich geöffnet und ein fröhliches »Hallo, Schatz« war auf dem Gang ertönt. Dann war sie hereingekommen und ihm um den Hals gefallen. Was hätte er denn machen sollen? Irgendwo da drin war doch etwas, das die Klara liebte. Es hatte lang gebraucht, bis er dorthin gekommen war. Aber jetzt war er dort. Die Klara stöhnte wohlig, und Alfred empfand Gefühle, die er in sich nicht mehr vermutet hätte. Seine Klara.

»Mein Alfred«, sagte seine Klara.

»Meine Klara«, sagte der eine Alfred und wusste nicht, wie ihm geschah. Auch die Klara schien erstaunt ob dieser Wendung ihrer Beziehungsgeschicke. Alles hatte sie erwartet, aber so etwas! Sie ließ Alfred in der Diele stehen und ging schnell die Kellertreppe hinunter. Alfred schaute ihr fragend hinterher. Als sie schnaufend die Treppe wieder heraufkam, hielt sie eine Flasche in den Händen.

»Das ist der Jahrgangschampagner von meiner Schwester, den wir seit was weiß ich wie vielen Jahren für besondere Anlässe aufheben. Die Flasche köpfen wir jetzt!«, rief die Klara. Sie drückte Alfred die Flasche in die Hand und ging ans Buffet im Wohnzimmer, um Gläser zu holen. Alfred öffnete die Flasche mit einem lauten Knall, dann goss er ein. Sie stießen mit fröhlichem Klang an und umarmten sich erneut.

»Auf uns«, sagte die Klara.

»Auf dich«, sagte der Alfred und lächelte. Sollte noch einer behaupten, im Leben lasse sich nichts verändern.

Ähnliches versuchte Pfarrer Leonhard seinem Gemeindemitglied Hans Bremer gerade zu vermitteln. Der schien mit dem Leben fast schon abgeschlossen zu haben. Er sah keinen Ausweg mehr. Auch Pfarrer Leonhard war ein wenig überfordert, wie er dem Mann eigentlich helfen sollte. Immerhin wurde der polizeilich gesucht. Aber Kirche und christlicher Glaube standen auch für Vergebung und neue Chancen. Eine solche wollte er dem Hans Bremer geben. Wie, das musste er sich noch genauer ausdenken. Aber er hatte da so eine Idee. Zum Calzone-Gottesdienst hatte sich auch ein Pater Pepe von einem Kloster in der Cinque Terre, in Monterosso, angekündigt.

Pfarrer Leonhard war etwas überrascht gewesen, als sich der Pater schriftlich angemeldet hatte. Dieser war auf einer Art Deutschlandreise und wollte sich zum Abschluss diesen besonderen Gottesdienst nicht entgehen lassen. Mal sehen, was das für ein Pater war. Womöglich wäre das eine Gelegenheit, die es zu ergreifen galt. Mit dem Pater konnte er Hans Bremer vielleicht über die Grenzen nach Italien bringen. Im Kloster könnte Hans Bremer dann arbeitend bereuen und sich ein neues Leben aufbauen. Vorerst würde er ihn aber bei sich verstecken müssen. Er wusste, weltlich betrachtet machte er sich strafbar, wenn er einem flüchtigen, verurteilten Kriminellen half. Aber sein Freund Gott würde dafür sicherlich Verständnis haben, denn keine Tat war so verwerflich, dass nicht eine Art Sühne dafür geleistet werden konnte.

Pfarrer Leonhard ging zusammen mit Hans Bremer hinüber ins Pfarrhaus. In seinem jetzigen Zustand war Hans Bremer kaum wiederzuerkennen. Abgemagert und abgerissen, glich er eher einem Obdachlosen, den der Pfarrer zu einer warmen Suppe hereinbat. Den ehemaligen Bürgermeister und Schürzenjäger hätte hinter dieser Gestalt keiner vermutet. Schein und Sein, dachte der Pfarrer, als er die Tür aufschloss und Hans Bremer ins Esszimmer führte.

Mehr Schein, hätte Frieder Kötzle betont. Deutlich mehr Schein. Das ging ihm alles aber dermaßen auf den Zeiger auf diesem Luxuspott. Hauptsache, die Fassade stimmte. Vor dem Personal markierten die meisten Passagiere den reichen Max. Anschließend tranken sie dann in der Kabine Leitungswasser, um das Geld für Mineralwasser zu sparen. Das Personal, das waren überhaupt die ärmsten Schweine an Bord. Er hatte nach seiner Untersuchung beim Bordarzt Gelegenheit gehabt, mit einem Steward zu sprechen. Der hatte ihn auf den Schreck des Sturzes hin auf einen Drink in seine Kabine eingeladen. In der engen Zweimannzelle hatte der Steward dann erzählt. Er war seit Jahren auf solchen Kreuzfahrtschiffen unterwegs. Irgendwie kam er nicht los davon. Obwohl die Bezahlung bescheiden und die Arbeitsbedingungen beschissen waren. Frieder Kötzle hörte sich das eine Weile an. Freilich, er hatte sich schon gedacht, dass auf einem solchen Schiff jemand die Drecksarbeit machen musste. Wie es aber wirklich in diesem zusammengewürfelten, internationalen Personalhaufen zuging, das erfuhr er erst jetzt vom Steward, als der ins Erzählen kam. Irgendwie musste Frieder immer wieder an seine FDP denken. So ähnlich ging es diesem Parteischiff auch. Billigpersonal selbst in wichtigen Positionen, und das auf hoher See. Ein Schiffbruch war seiner Ansicht nach nicht mehr zu vermeiden. Er fragte sich, warum sie sich nicht nach was Populärem umsahen. Die brachten es noch fertig und fragten den Dieter Bohlen. Das wäre dann wirklich die klassische Lösung. Wenn du schon keine Parteiführung hast, dann hol dir jemanden, der das ganz gewiss nicht kann. Der Viertelesschlotzer Brüderle hatte wohl noch versucht, am Dreikönigstreffen mit einer Art Kampfrede die Partei wieder zu sammeln und nach vorn zu richten. Gut, er hatte es im Fernsehen gesehen. Da war Applaus gewesen. Aber was sollten die Delegierten denn machen. Egal, was da einer redete, man musste doch applaudieren. Das Fernsehen war doch da. Wie sah das denn aus, wenn man einen Parteivorderen im Regen stehen ließ.

Den einen wollte er nicht im Regen stehen lassen. Da war sich Pfarrer Leonhard sicher. Er feilte an einem Plan, Hans Bremer nach Monterosso ins Kloster zu schaffen. Alles hing natürlich davon ab, dass Pater Pepe mitmachte. Aber so, wie er die katholische Kirche und den Italiener an sich kannte, erwartete er wenig bis gar keinen Widerstand. Er hatte Hans Bremer erst einmal in der kleinen Kammer unterm Dach einquartiert. Dort würde er niemandem auffallen. Nachdem Pfarrer Leonhard Selbstversorger – und nicht wie die katholischen Kollegen mit einer Haushälterin gesegnet – war, konnte er den Gast die nächsten zwei Tage auch ohne Schwierigkeiten mitversorgen.

Er ging in sein Büro und nahm sich die Predigt noch mal vor. Er wollte diesmal ganz sichergehen, dass vor allem aus theologisch-fachlicher Sicht daran nichts zu kritisieren sein würde. Es war eine Gratwanderung, dessen war er sich bewusst. Vielleicht dehnte er den Begriff einer bildlichen Sprache etwas weit. Das mochte sein, konnte ihm aber vom Oberkirchenrat kaum negativ angekreidet werden. Schließlich quoll die Bibel doch über von bildlichen Vergleichen und Metaphern. Der Weinstock und die Reben, der Stecken und Stab, der tröstete, und so weiter und so fort. Da konnte er doch auch einen Vergleich mit einer Calzone wagen, oder?

Solche Sorgen hätte Kommissar Knöpfle auch gern gehabt. Wo war nur dieser Schriftsteller abgeblieben? Als ob er sie hätte kommen sehen, musste der Bursche im letzten Moment abgehauen sein. Seine Frau Britta hatte auch schon angerufen, ob er den Schriftsteller denn endlich gefasst habe. Ein zweiter Band würde sicherlich genauso gut gehen und einen schönen Umsatz bringen. Ganz zu schweigen von der Außenwirkung für den kleinen Ort Pfenningen. Der erste Band laufe sehr gut, signierte Exemplare wären eine tolle Sache. Für eine solche Aktion musste der Kommissar den Schriftsteller aber erst mal dingfest machen. Britta hatte mit einer Freundin in der Tourist-Information gesprochen. Die überlegten anscheinend, spezielle Führungen zum ersten Pfenningen-Buch anzubieten. Das komplette Programm mit Marktplatz, Polizeirevier, Christuskirche, dann Monikaberg, zum Abschluss ein Spaziergang auf den Georgenberg und natürlich als letzter Höhepunkt eine Pizza Calzone im »Da Maria«. Die Freundin wolle sich noch an den Kommissar wenden, ob er dort vielleicht für ein paar Fragen und Fotos hin und wieder zur Verfügung stehen könnte.

Wo lief denn das hin?, fragte sich Thomas Knöpfle. Helden waren sie in diesem ersten Buch des Schriftstellers nicht gerade gewesen. Eigentlich würde er eher sagen, dass sie wie gutmütige Trottel dargestellt worden waren. Da sollte er dann noch für Fragen und Schnappschüsse zur Verfügung stehen? Keinesfalls, er nicht und der Willi Schirmer sicherlich gleich gar nicht. Der Alfred und der Frieder vielleicht. Die hatten doch Zeit, die konnten das doch machen. Schließlich waren sie an einem guten Teil des Buches selbst beteiligt. Die inzwischen berühmt-berüchtigte Sauferei am Georgenberg war zum einen Willis Geschichte, aber auch die von Alfred und Frieder. Sogar im Radio hatten sie diese Szene vorgelesen. Sehr gut, er hatte wirklich von Herzen gelacht.

Zum Lachen ist es dem Leser gerade weniger. Es passiert gar nichts mehr. Alle Personen scheinen den Weg nach innen einzuschlagen und denken und denken. Wo ist denn dieser Schriftsteller?, fragen sich die Leser. Viele wollen nicht auf diese Wege nach innen mitgenommen werden. Sie lesen gern leicht und lachen auch gern mal beim Lesen. Das soll der Schriftsteller bedenken, wenn er vorhat, so weiterzuschreiben. Unter Umständen wäre er bald seine Leser los, zumindest die meisten. Dann kann er schreiben, für wen er will, aber für sie nicht. Sie wollen jetzt endlich den Calzone-Gottesdienst lesen und erfahren, wie es mit Hans Bremer weitergeht. Dann soll der Frieder endlich von dieser blöden Kreuzfahrt zurückkommen und sich mit Alfred über den Sinn der Ehe und die Kraft der Liebe unterhalten. Das wollen sie lesen und nichts anderes.

Wieso dachte er jetzt auch schon über die Leser nach und schrieb das dann auch noch auf? Der Schriftsteller fand sich in seinem eigenen Hirn nicht mehr zurecht. Er sollte sich eigentlich über andere Fragen Gedanken machen. Die Flucht hatte ja gerade noch rechtzeitig geklappt. Aber nun? Sitzen, denken und schreiben. Aber wo? Vielleicht könnte er den Georgenberg ansteuern. Frieder Kötzle war ja noch unterwegs, und die Kommissare hatten das Gütle längst gecheckt. Dort würde er sich einnisten und überlegen. Er hatte sich viele Gedanken gemacht in der letzten Zeit, aber für sich hatte er keinen Plan entwickelt, wie er eigentlich aus dieser Geschichte einigermaßen wohlbehalten wieder herauskommen sollte. Das würde er sich überlegen müssen. Immerhin, er war der Schriftsteller, dort waren die Leser und halt auch seine Pfenninger.

Dort war inzwischen einiges los. Nachdem überall in der Stadt Plakate mit der Ankündigung des Calzone-Gottesdienstes zu sehen waren, wurde in den Straßen und Gassen Pfenningens natürlich nur über eines gesprochen. Natürlich, der Calzone-Gottesdienst des evangelischen Pfarrers. Für das anschließende Pizza-Essen bei »Da Maria« waren die Karten längst ausverkauft. Maria hatte alles getan, um noch mehr Menschen die Möglichkeit für dieses Festessen zu verschaffen. Auf dem Weg vor der Terrasse hatten sie noch Bänke aufgestellt. Hoffentlich würde das Wetter mitmachen. Für den Notfall war ein Zelt für den Samstag reserviert, das dann innerhalb kurzer Zeit aufgestellt werden könnte. Mehr konnte man nicht tun, dachte Maria und wandte sich wieder dem Teig zu. Sie hatten überlegt, wie viele Portionen sie wohl schon am Tag vorher, also am heutigen Freitag, fertig machen konnten. Immerhin wollte sie ihre bekannte Qualität servieren. Dazu musste der Teig absolut stimmen. Zu dritt kneteten sie und brachten die Teigbatzen anschließend ins Kühlhaus. Um dem Ansturm Herr zu werden, hatte ihr Mann noch zwei Kollegen engagiert, die kurzerhand einen Ruhetag eingelegt hatten, um im »Da Maria« auszuhelfen. Als dann noch Berlusconi zurücktrat, war die Stimmung unter den Vorbereiterinnen und Vorbereitern natürlich mehr als fröhlich. Luigi spendierte eine Runde Prosecco, und Passanten wunderten sich, als aus den Fenstern italienische Lieder erklangen. *»Avanti o populo, alla riscossa!«*, hörte man da schon mal lauthals intoniert.

Scheint ja eine tolle Stimmung zu sein, dachte Pfarrer Leonhard, als er auf das »Da Maria« zuging. Gute Idee auch mit den Bänken. So konnten vielleicht die meisten Besucher des Gottesdienstes auch am anschließenden Essen teilnehmen. Für die ersten Reihen in der Kirche hatte er schon Platzkarten ausgeben müssen, damit die Vertreter der Stadt, des Landkreises und des Oberkirchenrats auch einen Sitzplatz bekamen.

»*Ciao*, Maria«, grüßte Pfarrer Leonhard, als er die Küche betrat. Maria nahm die Hände aus dem Teig und hielt dem Pfarrer ebenfalls grüßend den mehligen Ellenbogen hin. Pfarrer Leonhard zog die gebotene Hand zurück und ließ es bei der mündlichen Begrüßung bewenden. Maria hatte Verständnis.

»Und, wie läuft's?«, fragte Pfarrer Leonhard.

»Alles im grünen Bereich«, sagte Maria und wischte sich mit der Kittelschürze die schweißfeuchte Stirn ab.

»Schafft ihr das morgen mit den vielen Gästen?«, fragte Pfarrer Leonhard.

»Wenn das Wetter hält, dann können wir mit den Bänken draußen bestimmt alle unterbringen. Zur Not setze ich noch ein paar in die Küche«, sagte Maria und wandte sich wieder ihrem Teig zu. Pfarrer Leonhard hatte den Eindruck, dass er störte. Das war nicht seine Welt. Es ging ihm oft so als Pfarrer. Irgendwie war man nur für Bestimmtes zuständig. In einem Alltag, bei der Arbeit der Menschen, hatte man, so dachten sie wohl, keinen Platz. Er würde sich Gedanken machen müssen, warum das so war. Nur weil seine Profession eben eine andere war? Nur weil keiner so recht wusste, was so ein Pfarrer eigentlich den ganzen Tag tat?

Er würde noch eine Runde über den Marktplatz machen. Dabei konnte er in aller Ruhe über das Problem nachdenken. Eine unruhige Zeit, dachte der Pfarrer und verließ das »Da Maria«.

Hans Bremer hingegen genoss seine ruhige Zeit im Dachzimmer des Pfarrhauses. Ein gutes Stück Glück, dass er diese vorübergehende Bleibe gefunden hatte. Der Pfarrer hatte ihn in seine Pläne mit dem italienischen Pater eingeweiht. Nun gut, hatte er gedacht, aussuchen konnte er es sich gerade wirklich nicht. Immerhin, ein Kloster in der Cinque Terre, das klang doch nicht schlecht. Sollen dort eine leckere Küche haben, das hatte wohl seine Frau mal erzählt. Die hatte es von einer Freundin, die dort Urlaub gemacht hatte, in ebendiesem Monterosso. Oberhalb dieses Ortes lag das Kloster. Er kannte sich mit Gartenarbeit und Hausmeistertätigkeiten nicht aus, aber man konnte alles lernen. Er freute sich auf die Ruhe und die Arbeit. Er solle wieder zu sich finden, hatte Pfarrer Leonhard gemeint, dort habe er dann Gelegenheit dazu. Die wollte er ergreifen, denn es war nicht selbstverständlich, dass jemand wie er, nach all dem, was er getan hatte, noch einmal so neu anfangen konnte. Oh, wenn er das doch alles noch mal gutmachen könnte, wenn es eine Möglichkeit gäbe, seine Luise und seine Elfriede wieder ins Leben zu holen, er wäre der glücklichste Mensch.

Kannst du haben, sagte sich Gott und drehte am Weltenrad. Zurück ging es, nicht weit, aber das ganz bestimmte Stückchen im Leben der Menschen. Immerhin handelte es sich nur um wenige Wochen. Mal sehen, dachte Gott, ob ihr alle jetzt was gelernt habt, da bin ich dann gespannt. Gerda, Franz, Luise und Elfriede schauten ihm neugierig über die Schulter. Dann kamen auch Genoveva und ihr Hugo sowie Herr Größer dazu. Kurz, alle Neuankömmlinge aus Pfenningen gesellten sich zu Gott und wollten wissen, was das mit diesem Weltenrad auf sich hatte. Jetzt musste man eines schreiben: Gott erklärte nicht gern. Er hatte das alles erschaffen oder sich erschaffen lassen, auf dieser Frage wollte er jetzt nicht herumreiten. Jedenfalls hatte er so überhaupt keinen Bock, das alles dann auch noch zu erklären.

»Ich bin Gott, ich kann die Welt zurückdrehen. Ein Dreh an diesem Rad, und die Welt ist sechs Monate jünger. Dann ist nichts von dem, was in Pfenningen in dieser Zeit passiert ist, passiert.«

»Dann«, sagte Gerda, »sind wir wieder unten?« Sie fragte zweifelnd, aber auch unsicher. Immerhin war die Zeit hier oben mit Franz ganz lustig gewesen. Dann die Blicke nach unten, was da so weiterhin passierte, das war spannend gewesen.

»Und wir?«, rief Genoveva Christlein von hinten.

»Auch ihr«, sagte Gott und war sich in diesem Moment nicht darüber klar, ob seine Entscheidung eine richtige gewesen war.

»Zusammen mit meinem Hugo?«, fragte Genoveva aufgeregt.

»Von mir aus«, sagte Gott. Bitte, wenn sie es wollte, dann sollte sie es so haben. Der Hugo hatte seine Seminare absolviert und war nun schon eine geraume Zeit hier oben in Behandlung. Dann wollen wir mal sehen, dachte Gott.

»Und wir?« Das waren August Bebel und Che Guevara.

»Ihr bleibt schön hier«, antwortete Gott, »ihr habt eure Chance gehabt, und ihr habt es gut gemacht. Jetzt wollen wir mal sehen, was in der Glaubensecke rübergekommen ist.« Murrend schlichen die beiden von dannen. Das war sowieso nicht mehr ihre Welt. So viel hatten sie von hier oben mitbekommen. So Internet und so was, damit konnten beide recht wenig anfangen.

»Und mein Hans?«, fragte Luise leise.

»Genau, unser Hans!«, rief freudig Elfriede.

»Der hat sich rausgespielt«, sagte Gott, »der soll nun schauen, dass er wieder Mensch wird. Dann werden wir sehen. Vielleicht, aber nur ein ganz kleines Vielleicht, kommt er irgendwann einmal wieder zurück. Aber dazu muss viel zusammenspielen. Das wäre dann echtes Leben.« Enttäuscht wandten sich Luise und Elfriede ab. Nun gut, wenn dann halt nicht alles ging. Jedenfalls ging es wohl zurück.

»Und wie?«, fragte Gerda, die immer die Vorlauteste gewesen war.

»Dräng ihn doch nicht so«, meinte Franz Werth. Die Aussicht, mit der Bekanntschaft mit dieser Gerda auf die Erde zurückzukehren, war ihm höchst lieb, wenn nicht eine richtige Freude.

Eine solche hatte auch Pfarrer Leonhard, als er die Christuskirche betrat. Ja, ist denn schon Weihnachten?, hätte er am liebsten gedacht.

Denn so voll war die Kirche eigentlich nur am Heiligen Abend. Jetzt ging es also los, dachte der Pfarrer und sortierte sich. Er hatte seinen Predigttext zweifach am Mann. Da konnte nichts passieren. Er grüßte die Vertreter des Oberkirchenrats, den Bürgermeister und den Landrat. Auch den italienischen Padre begrüßte er mit einer kleinen Verbeugung. Man schüttelte sich nicht in der Kirche die Hände, das war klar. Eigentlich ein Phänomen, dachte Pfarrer Leonhard in diesem Augenblick. Nirgendwo sonst grüßte man so intensiv nur mit einem Blick der Augen oder einem Nicken des Kopfes. Aber er durfte sich nicht ablenken lassen. Er setzte sich in die erste Reihe und wartete das Vorspiel der Orgel ab. Er würde relativ konventionell beginnen, hatte er sich vorgenommen. Der besondere Teil würde erst mit der Predigt kommen, wenn dann die Calzone im Mittelpunkt stand. Er würde die Damen und Herren vom Oberkirchenrat erst einmal in Sicherheit wiegen, dann langsam auf das Thema kommen und mit der Calzone, wie erwartet wurde, den Höhepunkt liefern. Das war alles sorgsam vorbereitet. Vorbereitet wie nie zuvor. Er hatte alles mehrmals durchgespielt und alle Fallgruben ausgelotet, für zu tief oder machbar gehalten, sie dementsprechend eingebaut oder halt auch nicht. Es konnte nichts mehr schiefgehen. Dazu war er zu gestählt in diesem Beruf, in diesem Alltag als Pfarrer und vor allem in diesen besonderen Momenten. Hier war keine Wolke sieben, hier drohten keine Konstruktionen, hier war er der Chef, und er würde diesen Gottesdienst abhalten, als ob es sein letzter wäre. Das war er sich schuldig.

Schuldig fühlte sich auch Willi Schirmer. Seine Runde, sei Rond. Die war er gegangen, wie immer, hatte er gedacht. Aber es war nicht wie immer. Einiges war anders. Er wusste nicht so recht, schaute er die Menschen, die ihm begegneten, anders an, oder waren es die Menschen, die ihn anders ansahen? Er war nicht bei sich. Das war ihm zu viel gewesen, das alles. Und jetzt auch noch der Thomas dann weg. Damit hatte er überhaupt nicht gerechnet. Er verstand das ja, eigentlich. Das war doch nichts für einen noch relativ jungen Kriminalbeamten hier in Pfenningen. Sie hatten doch kaum was zu ermitteln. Wenn dann mal was passierte, fiel das gleich wieder in die Zuständigkeit der Beutlinger Kriminalpolizei, und sie waren raus. Allerdings bei der Gerda Schickle damals, da hatten sich die Herren aus Beutlingen ein schönes Ei ins Nest gelegt. Der damalige Kriminalhauptkommissar diente seitdem auf der schönen Schwäbischen Alb, irgendwo zwischen Erbstetten und Ehestetten. Von dem wird man wahrscheinlich nichts mehr hören, dachte der Willi, obwohl, diesem Schriftsteller war alles zuzutrauen. Der fand den und schrieb dann vielleicht Alb-Krimis. Warum nicht, auch auf der Alb war was los, auch dort waren Liebe und Hass, Neid und Missgunst, so wie überall. Willi Schirmer ging über den Marktplatz. Warum gingen so viele Menschen in Richtung Christuskirche? Ach so, fiel es ihm ein, da gab es ja heute Abend den schon vorher berühmten Calzone-Gottesdienst. Er selbst hatte nichts am Hut mit der Kirche, kam gut klar mit dem Pfarrer, der ihn ja schon auf der Windschutzscheibe gehabt hatte. Das war auf seinem Weg zum Monikaberg gewesen. Er war nur leicht verletzt und hatte anschließend mit Thomas Knöpfle zusammen im Hause Bremer die Luise mit der erschossenen Elfriede Schuckerle vorgefunden. Was mit dem Pfarrer anschließend passiert war, wusste Willi Schirmer nicht. Aber Gottesdienst, Pfarrer hin oder her, das war seine Sache nicht. Den Sonntag, den gönnte er sich. Das war sein Ritual. In den Keller hinuntergehen, eine Spätzlevariante wählen, das Rezept überlegen und über den Nachmittag das Gericht dann kochen. Rezept, das lief bei ihm im Kopf ab. Er las hin und wieder in Kochbüchern oder schaute sich auch schon mal die eine oder andere Kochsendung an. Aber gekocht wurde dann aus dem Bauch heraus. Im Weitergehen zögerte er. Sollte er doch vielleicht einen Blick hineinwerfen? Nach Jahren wieder einmal eine Kirchenbank besetzen? Calzone-Gottesdienst, das klang doch nach was Neuem. Der Kopf dachte noch über diese Frage nach, da vollführten die Beine schon eine Kurve, die unweigerlich auf den Eingang der Christuskirche zuführte. Wenn man schon aus dem Bauch heraus kocht, dann kann man auch den Beinen nachgehen, dachte sich Willi und betrat die Stufen. Es war knapp, sehr knapp, um Haaresbreite hätte diese Geschichte eine andere Wendung genommen. Denn just an der dritten Stufe verlagerte sich die Körpersteuerung des Willi Schirmer wieder nach oben. Kopf dachte: Vorsicht, schon mal was passiert! Das eine Bein noch in der Luft, lenkte Willi um und konnte so wohlbehalten den Kirchenraum betreten. Ob Thomas wohl auch da war?

Nein, Thomas war nicht da. Kommissar Knöpfle hatte sich Bedenkzeit genommen. Das hatte er seiner Frau Britta schon vor einiger Zeit angekündigt. Wenn er mit dem Willi gesprochen hatte und damit sein Abschied klar war, dann musste er mal nachdenken, mal wieder so richtig für ein paar Tage für sich selbst sein. Also war er in den Flieger gestiegen und nach Neapel geflogen. Dort hatte er sich ein Auto gemietet. Über Salerno war er gut zwei Stunden nach Süden gefahren, bis der kleine Ort auf einem Bergvorsprung vor ihm aufgetaucht war. Und, wo war er, wo saß er in diesem Moment, der doch für sein Pfenningen so geschichtsträchtig sein sollte?

Schön, dieses Castellabate, dachte der Kommissar Knöpfle und blickte über die Piazza hinaus aufs weit darunterliegende Meer. Maria hatte voll recht gehabt. Herrlich thronte diese kleine Ortschaft auf einem Felsen und bot herrliche Ausblicke aufs Meer nach Süden und auf die Amalfiküste nach Norden hin. An diesem Abend wollte Knöpfle gleich den Vater von Maria besuchen, der unterhalb des alten Ortes eine Pizzeria betrieb. Er freute sich auf die urige Küche und vor allem auf die so großartige Terrasse, von der Maria oft erzählt hatte. Aber wichtig war schon mal, er freute sich. Denn er hatte losgelassen. Er war raus, kaum ein Gedanke mehr an Pfenningen oder diesen Calzone-Gottesdienst.

»Denn siehe, der Herr sprach, es werde Calzone, und es wurde eine Calzone und damit zu einem Genuss der Menschheit. Kann Gott denn noch deutlicher werden? Das ist sie, die Welt, eine Zusammensetzung, eine Mischung, die immer größer und vielfältiger wird. Wie eine große oder so gesehen zu große Calzone. Etwas Schmackhaftes, etwas Buntes, das Leben heißt. Wenn wir sind, wenn wir im Glauben sind, dann sind wir das doch vor allem in dem Moment des Essens. ›Nahrungsaufnahme‹ sagt man leicht und landläufig. Aber so, wie wir einen Großteil unseres Lebens im Schlaf auf einer Matratze verbringen, so vergehen auch viele Stunden unseres Lebens mit Essen. Deshalb haben wir uns und auch den Glauben in solchen Momenten im Mund. Es ist, wie ich es beschrieben habe: Aus dem Urteig wird eine Pizza, und nur durch italienische Genialität wurde daraus auch noch das, was Welt ist, Urteig und Füllung. Damit, Gemeinde, lasse ich euch hinaus an die

Tische, damit ihr heute mal, ein Mal, euren Glauben schmecken und spüren könnt. Damit ihr einmal das Gefühl habt, so richtig mittendrin zu sein. Damit Gott mit euch ist, in der Calzone und mit der Calzone. Amen.«

Mit diesen abschließenden Worten fixierte Pfarrer Leonhard die Gemeinde und vor allem die Damen und Herren vom Oberkirchenrat. Was konnte er in ihren Augen erkennen? Missfallen, Ablehnung? Begeisterung war es nicht in der vordersten Reihe. Der italienische Padre begann zu klatschen. Das könnte fatal werden, dachte Pfarrer Leonhard, als dann auch noch die Gemeinde in den Applaus einfiel. Notgedrungen klatschten auch die Amtsvorderen ein wenig in die Hände. Das konnte was werden, dachte Pfarrer Leonhard, als er das letzte Lied vor dem Segen ansagte.

Ein Werden ging auch Hans Bremer im Kopf herum. Lange würde er es in der Dachkammer nicht mehr aushalten. Wo war sein Leben geblieben?, fragte er sich. So, wie sich der Mensch fragt, der Zeit hat und mit sich allein ist. Da kommt es ihm dann in den Sinn, nach sich zu fragen, über sich nachzudenken und zu überlegen, wohin und wie weit er gekommen ist. So ging es jetzt auch Hans Bremer. Viel lag hinter ihm. Er hatte Dinge getan, die er vor Jahren nicht für möglich gehalten hätte. Was war mit ihm passiert?, fragte er sich. Der Bürgermeister – oder eher der ehemalige Bürgermeister von Pfenningen – saß in der Dachkammer des Pfarrhauses und wartete darauf, nach Italien zu fliehen. Konnte sich ein Leben so schnell so verändern? Was hatte ihn getrieben? Gut, der Trieb, damit hatte es schon mal angefangen. Diese Elfriede. Vielleicht, wenn er sich da im Griff gehabt hätte. Vielleicht. Aber da wären andere Elfriedes gekommen und hätten ihn gereizt. Der Trieb. Diese Mitte des Mannes, die alles zu steuern schien. Wo war sein Kopf dabei gewesen, fragte er sich, auf Urlaub? Denn wenn diese Sache mit Elfriede nicht passiert wäre, dann hätte doch noch eine Chance bestanden. Vielleicht. Die anderen Elfriedes dieser Welt? Hätte er sich wehren können? Er sah hinaus aus seinem Dachfensterchen. Der Albtrauf lag nächtlich still vor ihm. Der Albtrauf, seine Heimat, die Kante des kleinen schwäbischen Mittelgebirges. Dort waren die schroffen Felsen und die endlosen Waldränder, dort waren die Wacholderheiden und die urigen Wirtschaften, dort waren Maultaschen und geröstete Kutteln. Dort war alles, was sein Leben ausgemacht hatte. Warum hatte ihm das nicht gereicht?, fragte er sich. Der Mond stand hell am Abendhimmel, und fast schien es, als ob sein Pfenningen heute besonders vom Mondschein beleuchtet wurde.

Schnellmerker, dachte Gott und drehte den Mond ein wenig runter. Er hatte Spaß, so richtig Gaudi mit diesem Pfarrer Leonhard. Der mischte seine Kirche da unten mal so richtig auf. Guter Mann, der. Seine Pfenninger hier oben im Himmel saßen schon wie auf Kohlen.

»Wann geht es denn los?«, fragte die Gerda, die es kaum noch erwarten konnte, mit dem Franz Werth ein neues Leben zu beginnen.

»Und was ist mit meinem Hans?«, fragte die Luise, schon ein bisschen zweifelnd.

»Dein Hans, der muss erst noch eine lange Reise machen, dann kommt er zurück, vielleicht«, sagte Gott.

»Und wann kommt dann unser Einsatz, sozusagen?«, fragte unser Justizassessor Größer, der Gott mehrmals versichert hatte, nie mehr in die Nähe von Geld und Menschen zu kommen. Wie er das machen wollte, war Gott schleierhaft, er würde sehen.

»Jetzt mal Geduld«, sagte Gott, »wir müssen einen günstigen Moment abwarten. Am besten bei dem anschließenden Fest. Ich setz euch dann dazu, und alles ist, als ob nicht viel passiert wäre. Nur der Hans Bremer fehlt halt, wie gesagt«, meinte Gott und schaute runter auf die Erde, ob der richtige Moment gekommen war.

Gab es das, ging Willi Schirmer eine Frage im Kopf herum, gab es das, einen richtigen Moment? Wenn er ehrlich zu sich selbst war, dann hatte es in seinem Leben noch nie einen richtigen Moment gegeben. Er war dem Leben einfach und brav hinterhergelaufen. Das Leben sagt das, dann tu's, die Eltern sagen das, dann tu's, der Lehrer sagt das, dann tu's, der Ausbilder sagt das, dann tu's. Er hatte immer getan. War dem gefolgt, von dem er meinte, dass es sein Leben sei. Aber – und hier wieder brandtsch – es war gar nicht sein Leben gewesen. Das musste er sich heute Abend hier in dieser Kirche eingestehen. Dieser

Pfarrer Leonhard hatte ihm die Augen geöffnet. Das Leben, diese Füllung der Calzone, war ein Schatz, ein Schatz für jeden Menschen und auch für die Gesellschaft insgesamt. Das war ihm klar geworden bei den Worten des Pfarrers. Plötzlich konnte er die Sache mit seiner Tochter ganz anders sehen. Da war ein neuer Mensch in sein Leben getreten und hatte zwar einerseits einiges durcheinandergebracht, aber auch wieder frischen Wind in sein verstaubtes Selbst geblasen. So fühlte er sich nämlich, wie so richtig durchgeblasen. Er konnte auch ohne Arg dem Thomas alles Gute wünschen. Er hatte Abstand zu sich und zu den Menschen gefunden, weil er wieder er selbst war. Was war es denn gewesen, seine Rond? Doch bloß die Flucht aus dem Revier und dann die Bestätigung dessen, dass alles beim Alten bleiben würde.

Das Gott sei Dank nicht. Dachte Frieder Kötzle, als sie mit dem Taxi zu Hause ankamen. Wenn sie sich beeilten, konnten sie die Fete noch mitnehmen, dieses Calzone-Essen und das anschließende Fest. Es würde nichts beim Alten bleiben, da war sich der Frieder sicher. Sie hatten die Kreuzfahrt vollends hinter sich gebracht und waren einhellig der Meinung, was Barbara einschloss, versteht sich, dass man das mal machen konnte, nicht musste und auch, reell gesehen, nicht brauchte. Was hatten sie schon gesehen, hauptsächlich Wasser. Das hatte er vorher schon gekannt, dachte Frieder und schleppte die Koffer nach oben.

»Geht's, Schatz?«, rief Barbara von unten. Ganz neue Töne, dachte Frieder und meldete nach unten Vollzug. Sie zogen sich um, und dann ging's ins »Da Maria«. Irgendwie war sein Leben wieder richtig auf dem Stand, dachte Frieder. Und das trotz der FDP.

Es ist schön, wenn Freunde mit ähnlichen Gedanken und in einem Hochgefühl der Liebe und des Wohlseins aufeinandertreffen. Deshalb, Leser, jetzt nicht zu kritisch sein. Auch das möchte eine Geschichte, vor allem eine so verworrene wie diese.

Der Leser liest und staunt. Sehr schön, die Frage an den Leser jetzt auch noch im Text selbst. Er oder sie fühlt sich geehrt, ja jubelt, weil wahrgenommen. Denn sonst fungiert er doch eher als Käufer und dann als Leser, der letztendlich außer eine Meinung zu äußern nicht viel tun kann. So ist der Leser zufrieden und gespannt, wie sich diese Calzone-Story noch weiterentwickeln wird.

Das hätte Pfarrer Leonhard, so gefragt, auch gern gewusst. Er hatte den Segen gesprochen, dann das Vaterunser, wie immer, und ein abschließendes Lied angestimmt. Die Orgel hatte noch gespielt, sehr schön, wie er der Kantorin ausdrücklich versichert hatte. Das war ihm nicht leichtgefallen, waren doch im Zusammenhang mit ihm und seiner Meldung eines Toten in der Christuskirche einige Pfeifen schwer beschädigt worden. Doch der Blick der Kantorin war dankbar, und so nahm er ihn dann auch.

Am Kirchenausgang wusste er dann nicht so recht, was er machen sollte. Die meisten Besucher verabschiedete er kurz. Man sah sich ja dann bei Maria. Aber was sollte er mit den Amtlichen machen? Gut, der Bürgermeister würde sicherlich mitgehen, der Landrat vielleicht auch, aber was machte er mit denen vom Oberkirchenrat? Denn die waren doch tatsächlich zu viert hier anwesend gewesen. Aufmerksamkeit allemal, dachte Pfarrer Leonhard und überlegte tüchtig weiter. Wenn er die so einfach ziehen ließ, dann konnte das hinterher negativ ausgelegt werden, weil, keine Betreuung und so. Lud er sie ein, nahm er sie mit, wer wusste, was dann Ohren zu hören bekamen, die dafür wirklich nicht bestimmt waren? Was machen? Pfarrer Leonhard zählte die Menschen, die an ihm vorbeigingen. Bald würden sie kommen, dann musste sein Denkprozess abgeschlossen sein.

Ruhe, einfach nur Ruhe. Die Füße hochlegen und ganz salopp einen Chianti bestellen. So hatte er sich das vorgestellt. Thomas Knöpfle war angekommen. Das war eine herrliche Terrasse, und dieser malerische Marktplatz war nicht umsonst ins Weltkulturerbe aufgenommen worden. Das war, in einem Wort, dachte Thomas, herrlich. Er hätte nicht gedacht, so leicht von Pfenningen und Familie loslassen zu können. Aber siehe, es ging. Er war hier, und er war froh. Hier hatte er Luft und einen Ausblick und konnte endlich über sich und die Welt nachdenken, sich Zeit nehmen, er selbst sein und alles los sein, was Alltag war. Er blickte zurück auf die letzten Monate.

Was war gewesen, was war das gewesen? Eigentlich hatte alles dann begonnen, als dieser Schriftsteller aufgetaucht war, vielmehr dessen Buch. Eigentlich hatte er immer noch nichts so richtig verstanden. Wer schrieb nun eigentlich über wen, oder wer hatte geschrieben und schrieb doch noch? Er hatte keine Ahnung. Das war ihm zu viel. Er hatte an sich gezweifelt, sich Fragen gestellt und sich selbst darauf hingewiesen, dass er der Ermittler war. Der dachte an sein Image in Pfenningen. Bei seiner Frau war er eh unten durch. Die wollte nicht verstehen, dass er tatsächlich nichts wusste. Die war sich zwar auch unsicher, spätestens als sie selbst im Buch auftauchte. Da war es mit ihrer Sicherheit auch vorbei gewesen, aber, wie es halt so lief, man – in dem Fall frau – sucht sich einen Schuldigen. Da war er gerade recht dahergekommen. Was war jetzt noch?, fragte er sich und nahm einen Schluck kühlen Chianti. Würde das ihre Beziehung überstehen? Sie hatten schon viel miteinander überstanden. Allein die Zwillingszeit, echter Einsatz. Sie hatten immer noch ein Lachen füreinander gehabt und zusammen die Kissen geknetet. Sie würden auch darüber wegkommen. Ein paar gute Gespräche vielleicht, bei einigen guten Gläsern Wein, dann würde das schon klappen, da war sich Thomas Knöpfle sicher.

Vielleicht, dachte der Schriftsteller. Vielleicht war es der Wein, der nicht mehr stimmte. Sein Kopf spielte nicht mehr mit. Hatte den Dienst verweigert, wollte nicht mehr. Das war wohl zu viel gewesen, das Spiel im Spiel und das alles in seinem Kopf. Gab es das, dass sich ein Kopf, also ein Hirn, verabschiedete? Hatte er noch nie davon gelesen. Aber lesen, das tat er in letzter Zeit sowieso nicht mehr viel. Er schrieb doch. Nur noch. Dazu brauchte er aber seinen Kopf, seine Gedanken. Sonst wurde das doch nichts. Man konnte doch nicht aus dem Bauch heraus einfach so dichten oder schreiben. Das wollte doch alles wohlüberlegt sein. Er nahm einen Schluck vom italienischen Landwein. Ganz so schlecht schmeckte das Gesöff nun auch nicht. Immerhin tröstete ihn der herrliche Blick hinüber auf die Amalfiküste, wo schon die Lichter angingen, obwohl es erst früher Abend war. Der Italiener hat halt Energie, dachte der Schriftsteller. Und deshalb hat er auch kein Geld, dachte er im zweiten Gedanken. Nach der Rückstufung sah der Italiener schlecht aus. Gut, Berlusconi war weg. Aber die Scheiße, die der angerichtet hatte, die war ja geblieben. Die löffelten sie jetzt aus, die neuen Landsleute.

Vielleicht sollte er heute Abend mal auswärts essen, ins Dorf oder vielleicht in diese Pizzeria von Marias Vater gehen. Von der hatte er doch schon geschrieben. Die lag unterhalb des Ortes, am Hang. Da könnte er doch hinfahren. Von seinem Häuschen aus waren das nur wenige Minuten eine steile Straße hoch. Also, sagte er sich, warum nicht?

Italien war auch in Pfenningen das Thema, wenn auch nur kulinarisch. Pfenningen war Pizza total. Im »Da Maria« war die Hölle los! Die Bude war voll, die Terrasse war voll und das Sträßchen davor auch. Längst hatte es zusätzliche Bänke und Tische gebraucht, um dem großen Ansturm Herr zu werden.

Eine fröhliche Schar saß da beieinander. Die schmatzte und prostete sich gleichzeitig zu. Da wurde so richtig reingehauen, geschlemmt und geschmatzt. Aber das, und das kann nur der Schwabe, immer mit einem vorsichtigen Gesichtsausdruck. Es konnte ja sein, ihn sah jemand, wie es ihm einfach so schmeckte. Pfarrer Leonhard schaute lächelnd auf seine Kirchenschar. Da saßen sie, die Niemals-in-die-Kirche-Geher neben den Nur-an-Weihnachten-und-dann-auch-bloß-weil-es-dazugehört-Gehern. Dazwischen ein paar der treuen Schäfchen, die jeden Sonntag die Bänke abwetzten. Diese alle gehörten zu ihm, zu seiner Gemeinde. Alle saßen sie hier einträchtig beieinander. Die Kirchenvorderen hatte er auf die interessantesten Bierbänke gesetzt. Die saßen mitten zwischen den kritischen Kindergarteneltern und waren schon dabei, die beschränkten Möglichkeiten der Kirche bei der Kinderbetreuung und vor allem die prekäre finanzielle Situation zu erklären. Die mürrischen Mienen der Eltern zeigten wenig Verständnis für die gestammelten Ausreden der kirchlichen Funktionäre. Endlich stand er mal nicht in der ersten Reihe, denn sonst landeten diese Vorwürfe und Beschwerden immer bei ihm. Er musste sich dann was einfallen lassen.

»Schließlich zahlen wir Kirchensteuer«, sagte ein Familienvater laut. Die anderen Eltern nickten zustimmend.

»Freilich, guter Mann, freilich. Aber bedenken Sie die Ausgaben, die eine solche Einrichtung wie die unsere hat«, antwortete der Herr

Prälat. Mal sehen, wie er aus dieser Nummer rauskommt, dachte Pfarrer Leonhard.

»Das ist doch kein Argument«, mischte sich ein anderer Vater ein, »das ist doch Ihre Aufgabe, mit dem Geld, das über die Kirchensteuer hereinkommt, alles Notwendige zu finanzieren. Wenn ich da höre, wie die Kirche inzwischen mit dem eigenen Personal umgeht. Das ist ja schlimmer als bei den Gewerkschaften!« Die Eltern nickten heftig.

»Und das ist schon schlimm genug«, setzte ein dritter Vater noch hinzu. Der Prälat war einigermaßen echauffiert. Er konnte diese direkte Konfrontation mit Kirchenmitgliedern nicht leiden. Immer diese Fragen und immer dieser anklagende Ton. Wer setzte sich denn ein, wer schuftete denn von morgens bis abends, um den Laden am Laufen zu halten? Er. Wer musste denn gegenüber den Angestellten – und jetzt auch hier gegenüber diesen Eltern – den Kopf hinhalten? Und wofür das alles? Für ein Gehalt, das einen Facharbeiter lächeln machen würde. Wenn jetzt auch noch die Sprache auf die Vorsitzende der Bischofskonferenz kommen würde, dann war sein Tag perfekt.

Von einem perfekten Tag, wenn auch eher im wirklich positiven Sinn, würde Thomas Knöpfle sprechen. So hatte er sich das vorgestellt. Da waren Gedanken gewesen, die er in Ruhe mit sich besprochen hatte. Was lag da alles inzwischen hinter ihm! Die Ruhe hatte ihm seinen Humor wiedergebracht. Als ob er mit einer Schaufel in sich gegraben hätte und plötzlich auf einen Schatz gestoßen wäre. Es war ein Schatz, wieder eine Distanz zwischen sich und Welt und Menschen zu bringen. Sich zu sehen und zu spüren. Wieder drüber hinauszuschauen, wie auch jetzt von der Terrasse der elterlichen Pizzeria von Maria. Herrlich, der Blick auf das azurblaue Wasser, die Strände und in der Ferne auf die Amalfiküste, wo schon die ersten Lichter angingen. Er genoss es, allein zu sein. In der Pizzeria war nicht viel los. Noch war die Saison jung. Die Touristen würden erst in ein paar Wochen die Strände und Pizzerien stürmen. Dann würde er nicht mehr hier sein. Er bestellte sich einen leichten Weißwein und Wasser dazu, erinnerte sich an die Begeisterung von Maria, was die Vorspeisen ihres Vaters anging. Also bestellte er sich eine Platte. Als er an seinem gut gekühlten Weißwein nippte, dachte er an Willi Schirmer. Warum ausgerechnet bei einem Schluck kühlen

Weißweins?, fragte er sich. Wenn er jetzt ein Bier getrunken hätte, ja, dann hätte er seine Gedanken verstanden. Aber so. Was der Willi jetzt wohl machte? Der war sicher zu diesem Calzone-Gottesdienst gegangen. Zwar ging ja der Willi kaum in die Kirche, aber Knöpfle war sicher, dass die Neugier ihn zu diesem Gottesdienst führen würde. Er war gespannt, was Willi erzählen würde. Ein bisschen hatte ihn das schon gefuchst, dass er diesen groß angekündigten Gottesdienst verpasst hatte. Aber er hatte sich gesagt, jetzt oder nie. Da konnte er auf einen solchen Gottesdienst keine Rücksicht nehmen. Sie würden ihm zu Hause schon alles erzählen. War auch spannend, aus vielen verschiedenen Quellen Berichte zu erhalten.

Oh ja, es würde Berichte geben. Reichlich. Das denken sich die Leser, als sie die erste Beschreibung des Calzone-Festes lesen. Witzig diese Konfrontation der Kirchenoberen mit dem Volk. Hat man nicht oft, dass so etwas auch noch geschildert wird. Die Leser sind neugierig, wie das weitergehen wird. Ob die Käßmann-Sache wohl noch angesprochen wird? Wie wird sich der Prälat dazu stellen? Es geht nun schwungvoll dem Schluss zu, denken die Leser. Was Knöpfle im Cilento sucht, ist ihnen auch inzwischen klar. Schritte im Leben brauchen Zeit und Ruhe. Die hat er ja jetzt. Der Schriftsteller ist ja ganz in der Nähe. Ob er ein Aufeinandertreffen plant? Die Leser sind gespannt. Sie fühlen mit ihren Pfenningern und dem Schicksal von so manchem. Auch dass Hans Bremer nicht so einfach wie die anderen in einen Alltag zurückkommen darf, finden sie vollkommen in Ordnung. Der soll sich in Monterosso bewähren, denken sie, dann kann man über Weiteres reden.

So sah das der Bremer Hans auch. Er wusste ja um seine Verfehlungen, war dankbar für einen Weg, der weiter und vielleicht auch wieder zurück nach Pfenningen führen würde. Das wollte er dann sehen. Er hatte viel gutzumachen an den Menschen und der Welt. Seine wenigen Sachen waren gepackt. Heute Abend würde es schon losgehen. Er würde mit dem Pater gen Italien ziehen. Er drückte sich die Daumen, dass der Grenzübertritt diesmal ohne Probleme vonstattenging. Der Pater wollte ihm seine zweite Kutte leihen. Das musste klappen. Männer der Kirche wurden an Grenzen nicht besonders überprüft. Er ging mit Gott, sozusagen.

Das hätte sich Gott verbeten, hätte er in dieser Angelegenheit noch eine Stimme gehabt. Aber Gott hatte sich zurückgezogen. Genug der Erfahrungen. Genug des Eingriffs in die Geschicke der Menschen und der Welt. Seine Kandidaten waren zurückgekehrt in ihr altes Leben. Er machte das ungern, die Zeit so zurückzudrehen. Lange hatte er überlegt, ob er das tun sollte. Dann musste er aber zugeben, dass nur einer der eigentlich Schuldige war, und für den hatte er sich ja was ganz Besonderes ausgedacht. Der sollte sich im Garten des Klosters bewähren. Dann würde man weitersehen.

Gott schaute hinunter auf sein Pfenningen. Die feierten wie die Weltmeister, da unten. Schön, wenn Menschen so freudig zusammensaßen. Er war auch stolz auf seinen Pfarrer Leonhard, der so standhaft seinen Calzone-Gottesdienst durchgezogen hatte. Wenn er ehrlich war, hätte Gott ihm das nicht zugetraut. Mal sehen, was das bewegte, dachte Gott. Ein frischer Wind war allemal notwendig, wenn er diese Kirchenfiguren da unten sitzen sah. Ausflüchte und Ausreden, das war alles, was sie den fragenden Eltern entgegensetzen konnten. Wie es der Prälat vorhergesehen hatte, kam das Thema Käßmann natürlich auch noch auf den Tisch.

»Und die Käßmann-Sache?«, fragte Vater eins.

»Genau!«, sagte Vater zwei.

»Wenn man das durchziehen würde, wäre die halbe CSU-Fraktion zu Fuß unterwegs!«, rief der dritte.

Der Prälat dachte an seinen Mund, der nun eigentlich zu schließen gewesen wäre. Eine solche Reaktion hätte er dann doch nicht erwartet.

»Ja, aber sie hat doch gefehlt«, sagte er vorsichtig.

»Ach was, gefehlt, wenn ich das schon höre. Ich möchte bloß wissen, wer das an die große Glocke gehängt hat! So eine Schweinerei!«, echauffierte sich nun ein vierter Vater.

Der Prälat sah ihn staunend an. So hätte er Volkes Seele nun wirklich nicht eingeschätzt.

»Genau«, sagte nun wieder der dritte Vater, »im Normalfall wäre die ein paar Monate mit Fahrer und zu Fuß unterwegs gewesen. Damit hätte es sich gehabt!«

»Die hat doch einer reingeritten«, meinte nun der zweite Vater.

Im Hintergrund musste Pfarrer Leonhard schmunzeln. Das geschah diesem Prälaten recht. Nun konnte er mal in echt erleben, wie es an der Basis zuging. Pfarrer Leonhard schaute sich um. Alle saßen einträchtig beieinander und warteten auf ihre wohlverdiente Calzone. Man labte sich an einem fruchtigen Rotwein, und überall sah der Pfarrer freudige, ja zufriedene Gesichter. Auch manche Gesichter, bei denen er dachte, er habe sie eigentlich schon länger nicht mehr gesehen. Er versuchte sich zu erinnern, weshalb es ihn wunderte, in diesem Kreis die Gerda Schickle und den Franz Werth zu sehen, die sich gerade fast ein bisschen verliebt zuprosteten. Auch die Elfriede Schuckerle saß brav bei ihrem Mann und schaute drein, als könnte sie kein Wässerchen trüben. Seltsam, dachte der Pfarrer. Er hätte schwören können, dass diese drei hier nicht hergehörten, nicht *mehr* hergehörten. Aber warum? Wenn die alle da waren, und dahinten sah er auch noch den Größer von der Bank, dann fragte er sich, wo denn Hans Bremer war. Denn der neue Bürgermeister war ja anwesend und hatte schon Blickkontakt zur Elfriede aufgenommen. Keine Wiederholungen bitte, verbat sich Pfarrer Leonhard. Wo war denn dieser Bremer?

Der saß inzwischen schon im Nachtzug nach Mailand. Pater Pepe war zusammen mit Hans Bremer gleich nach dem Gottesdienst aufgebrochen. Er wollte am nächsten Tag wieder in seinem Kloster sein. Hans Bremer war das recht gewesen. Es war ein stiller Abschied, dunkel lag der Marktplatz vor ihm, als er sich mit dem Pater auf den Weg machte. An der Hauptstraße wartete ein Taxi, das sie anschließend zum Bahnhof nach Beutlingen brachte. Adieu, Pfenningen, sagte Hans Bremer zu sich selbst. Nun schlug er ein neues Kapitel seines Lebens auf. Noch wusste er nicht so recht, was ihn erwartete, aber besser als hier in Pfenningen würde es ihm dort allemal gehen. Eigentlich hatte er verdammt viel Glück gehabt. Ein guter Mann, dieser Pfarrer Leonhard, ein Mann, der die Kirche noch so richtig nach vorn bringen würde, da war sich Hans Bremer sicher. Vom

»Da Maria« hallten die Geräusche des Festes herüber. Da war was los, da drüben.

Und wie. Der Leser wäre begeistert, wenn er jetzt auch noch ein wenig mehr darüber erfahren könnte, was sich dort abspielt. Bisher hat er nur von gewissen Diskussionen gelesen, deren Ausgang auch noch nicht geschrieben ist. Er will endlich erfahren, wie die Zurückgekehrten bei diesem Fest aufgenommen werden. Wie sich die Abwesenheit von Hans Bremer erklären lässt und was der Schriftsteller sich hinsichtlich eines Schlusses überlegt hat. Die Leser haben schließlich ein Anrecht darauf, dass diese Geschichte zu Ende erzählt wird. Auch wenn sich der Schriftsteller im sonnigen Castellabate in seinem Häuschen befindet, kann er sich doch Gedanken machen und für seine Leser diese Geschichte vollends erzählen.

Nichts wäre dem Schriftsteller lieber gewesen. Allerdings musste er sich gerade mit einem Problem profanerer Art beschäftigen. Als er mit seinem Mietwagen aus der Einfahrt seines Häuschens in die Straße hinauf nach Castellabate einbiegen wollte, hatte er ein Mäuerchen übersehen und war mit dem Wagen aufgesessen. Fast wie im Actionfilm wippte das kleine Auto auf dem Mäuerchen hin und her. Es ging nicht vorwärts und nicht rückwärts. Erst als er ein paar Autos angehalten hatte und sich mehrere Menschen mit ihm zusammen bemühten und schwitzten, konnten sie den Wagen wieder zurück in die Einfahrt schieben. Diese ganze Aktion hatte ihn gut und gern eine Stunde gekostet. Es war schon fast neun Uhr, als er vor der Pizzeria parkte.

Da hatte es der Schriftsteller gut. Denn in der Pfenninger Innenstadt waren keine Parkplätze mehr zu kriegen. Späte Besucher des Calzone-Festes mussten lange Fußwege zum »Da Maria« in Kauf nehmen. Aber es lohnte sich. Alle waren voll des Lobes für die leckeren Calzonen, und nur wenige wollten die Köstlichkeit nicht probieren und wählten das Pastagericht.

Da saß eine gar fröhliche Schar beisammen. Als ob Gott mit einem

Handstreich alle Geschehnisse der letzten Monate aus den Köpfen der Pfenninger gelöscht hätte, schien sich niemand über die Anwesenheit der ehemals Verblichenen zu wundern. Nur Luise konnte nicht so recht fröhlich werden. Hin und wieder stand sie von ihrem Platz auf und schaute sich um. Sie konnte ihren Hans nirgends entdecken. Zu fragen traute sie sich zuerst nicht. Als sich dann eine Gelegenheit ergab, nahm sie den Alfred Rottwald zur Seite.

»Alfred, hast du den Hans gesehen? Wo ist der denn?«, fragte sie ihn.

»Keine Ahnung, den habe ich schon ewig nicht mehr gesehen«, antwortete Alfred und ließ sie unvermittelt stehen, um zu seiner Calzone und seinem Weizenbier zurückzugehen. Luise war verzweifelt. Auch ihre Erinnerungen waren vollkommen gelöscht. Wenn sie Elfriede Schuckerle sah, dann dachte sie höchstens an Eifersucht, aber Mordgedanken waren ihr fremd.

Solche hegte inzwischen höchstens der Schriftsteller. Als er an seinem Tisch Platz genommen hatte, sah er draußen auf der Terrasse einen Mann von Mitte dreißig sitzen. War das nicht sein Kommissar Thomas Knöpfle? Wer wurstelte da in seiner Geschichte herum?, fragte er sich. Was sollte er machen? Würde der Kommissar ihn wiedererkennen? Gut, er trug die Haare inzwischen sehr kurz und hatte schon ein wenig Farbe bekommen. Mit dem Strohhut auf dem Kopf war er sicherlich nicht leicht zu erkennen. Aber dem Kommissar traute er alles zu. Der war doch imstande und verhaftete ihn hier von der Pizza weg! Er blieb ganz ruhig und ließ sich erst mal einen Chianti bringen. Den mochte er am Abend. Er vermisste seine Metzinger Hofsteige. Wer weiß, dachte er, vielleicht würde er eines Tages wieder in sein Häuschen in den Metzinger Weinbergen zurückkehren. Jetzt war er hier und fühlte sich wohl. Hatte sich recht wohlgefühlt, bis er diesen Kommissar auf der Terrasse sah. Ob der ihm tatsächlich auf der Spur war? Das konnte er sich nicht vorstellen. Aber wenn er jetzt hektisch aufstand, ohne sein Essen zu beenden, würde er vielleicht dem Kommissar auffallen. Der schien ihn aber bisher nicht bemerkt zu haben.

Das lag daran, dass Thomas Knöpfle wenig um sich herum wahrnahm. Er konzentrierte sich auf seine Vorspeisen, die wirklich sehr delikat zubereitet waren. Da hatte Maria nicht zu viel versprochen. Das frittierte Gemüse schmeckte köstlich, die Honigmelone spazierte mit dem Parmaschinken sozusagen wie von selbst den Hals hinunter. Dazu dann noch dieser herbe, aber fruchtige Landwein. Alles zusammen ein Gedicht. Kein Wunder, dass unser Kommissar kein Auge für einen auf der Flucht befindlichen Schriftsteller hatte. Er verschwendete nicht mal einen Gedanken an den Schreiberling. Das war ein Pfenninger Problem und zudem eines, das ihn nur im Dienst zu interessieren hatte, nicht hier in Castellabate, im Urlaub.

Anders ging es dabei den Pfenningern beim Calzone-Fest. Da kam schon hie und da die Frage auf, schreibt er eigentlich noch, oder wer schreibt denn jetzt eigentlich, nachdem der Schriftsteller unauffindbar verschwunden war.

»Der ist weg«, sagte die Gerda und schob sich ein großes Stück Calzone in den Mund.

»Aber wohin?«, fragte Franz Werth, der vor lauter Glückseligkeit keinen richtigen Appetit entwickeln konnte.

»Mir doch egal«, sagte die Elfriede und blinzelte in Richtung des neuen Bürgermeisters. Vielleicht würde es ja noch Tanz geben, dachte sie sich und machte noch einen Knopf an ihrer Bluse auf. Der Bürgermeister nahm es lächelnd zur Kenntnis. Elfriede lächelte zufrieden zurück. Das war ihr Spiel, und darin war sie gut. Wenn es keinen Tanz gab, dann musste sie sich was einfallen lassen.

Britta Knöpfle saß der aufgemotzten Mittvierzigerin gegenüber und genoss das Schauspiel. So hatte alles angefangen, dachte sie. Mit einer offenen Bluse und einer offenen Hose. Daraus hatte sich das Pfenninger Drama entwickelt. Das hatte sie doch im ersten Buch gelesen. Seltsam, wie leicht sich Wirklichkeit und Phantasie täuschend ähnelten. Sie hätte schwören können, in dem Buch war auch von einer Elfriede zu lesen gewesen, die den Bürgermeister einer Kleinstadt verführte. Sie wurde dann von der Ehefrau kaltblütig erschossen. Damit begann dann der gesellschaftliche Abstieg des Bürgermeisters, der dann auch noch einen Killer auf seine Frau ansetzte, der aber dann fälschlicherweise des Bürgermeisters Sekretärin erschoss. Eine ganz nette Geschichte, die hier in Pfenningen gut lief. Irgendwie war noch was mit diesem Kommissar, aber da kam sie im Moment nicht drauf. Ihr Handy klingelte.

Natürlich kommst du da nicht drauf, liebe Britta, dachte Gott bei sich. Sie würden ihre Erinnerungen nun langsam verlieren. Vielleicht würden sie ein wenig des Geschehenen in mancher Nacht träumen. Aber das Pfenningen-Spiel war vorbei, die stillen Tage am Albtrauf waren nur noch eine Geschichte, in der das Städtchen und seine Menschen ein wenig Ähnlichkeit mit diesem wirklichen Pfenningen hatten. So saßen sie also alle wieder beieinander. Vergessen die vielen Aufenthalte im Beutlinger Krankenhaus, vorbei die Mord- und Totschläge. Alles nur noch eine kleine Geschichte, über die sie alle lachen würden, wenn sie sie denn auch lasen.

»Hallo, Schatz! Stell dir mal vor, wo ich gerade sitze«, sagte Thomas Knöpfle auf der Terrasse der Pizzeria.

»Keine Ahnung. Vielleicht auf der Terrasse der Pizzeria von Marias Vater?«, fragte Britta zurück.

»Spielverderberin«, sagte Thomas Knöpfle. Britta erzählte ihm vom Calzone-Gottesdienst, vom Fest, das so toll lief, und den vielen Leuten, die gekommen waren. Auch die Gerda und der Franz Werth, ein nettes Paar sei das. Knöpfle hörte zu und schwenkte dabei den Blick. Wer saß denn da drin in der Pizzeria und machte sich eben daran, die Vorspeisen zu genießen?

»Entschuldige bitte, Britta, ich muss Schluss machen. Ich habe noch eine Verabredung fürs Abendessen. Ich ruf später noch mal an, adele, gell«, sagte Thomas Knöpfle und drückte auf Rot.

Am anderen Ende der Satellitenverbindung schaute Britta Knöpfle verdutzt auf ihr Handy. Das war so gar nicht die Art von Thomas, einfach so Gespräche zu beenden. Was soll's, dachte Britta, mal sehen, ob der sich heute noch mal meldet. Sie wendete sich wieder der Tischgesellschaft zu. Neben Gerda Schickle und Franz Werth hatten nun auch Alfred und Klara Rottwald an ihrem Tisch Platz genommen. Mit großem Hallo wurden Frieder und Barbara Kötzle begrüßt, die erst heute von ihrer Kreuzfahrt zurückgekommen waren.

»Und, wie war's?«, wollte Alfred gleich von Frieder wissen.

»Schee«, sagte der Frieder und grinste. Barbara lachte.

»Beim Trampolinspringen ist er übers Trampolin hinausgesprungen und wurde von einem Metzgermeister aus Wanne-Eickel aufgefangen!«, erzählte Barbara begeistert.

»Jetzt lass doch, Barbara«, wiegelte Frieder ab.

»Jetzt lass mich doch«, sagte Barbara ganz euphorisch, »stellt euch nur vor, er hat den Mann zum Dank auf den Mund geküsst. Wir waren natürlich Bordgespräch, klar.«

Na prima, dachte Frieder, jetzt war das auch hier in Pfenningen bekannt. Toll. Er sah die kommenden Wochen schon vor sich. Ach, Sie waren das, waren das nicht Sie, Sie sind doch der, der ... und so weiter. Die Häme der Menschen labte sich an solchen Vorkommnissen, so wurde Neid kompensiert. Da hatte sich jemand was geleistet, das sich nicht jeder leisten konnte. Ein solcher Vorfall wie mit dem Metzgermeister kam solchen Leuten doch gerade recht. Er musste froh sein, wenn er nicht im örtlichen Blättle kam, so wie damals, als der Kommissar Alfred und ihn in den Fasnetskostümen fotografiert hatte.

»Das war eine tolle Szene«, sagte Thomas Knöpfle zum Schriftsteller.

»Da hat eins das andere ergeben«, antwortete der Schriftsteller.

Sie saßen inzwischen zusammen an einem Tisch auf der Terrasse. Knöpfle war zum Schriftsteller hingegangen und hatte nur wissend genickt. Der war aufgestanden, hatte seine Flasche und sein Glas genommen und war dem Kommissar gefolgt. Nun schauten sie beide hinüber zur Amalfiküste und tauschten sich aus. Zuerst hatte der Schriftsteller nur darauf gewartet, dass ihn der Kommissar verhaften würde. Er wurde ja immer noch gesucht. Doch dann hatte er gemerkt, dass seine Geschichte über Pfenningen und seine Menschen wirklich nur noch eine Geschichte war. Damit war er nur noch derjenige, der sie geschrieben hatte, diese Geschichte. Thomas Knöpfle war froh, endlich diesen Schriftsteller sich gegenüber an einem Tisch zu haben und Fragen stellen zu können. Dieser Mann, der hatte dieses Buch geschrieben. Wie hatte es noch geheißen? Knöpfle überlegte.

Es war irgendwas mit stillen Tagen gewesen. Sie ließen sich den Hauptgang kommen. Knöpfle hatte Pizza, der Schriftsteller Tagliatelle bestellt. Während sie aßen, waren das Thema natürlich das Buch und Pfenningen und seine Menschen.

Thomas Knöpfle fragte, wie man so eine Geschichte erfinden konnte.

»Ich habe von meinem Balkon aus auf Pfenningen geschaut und gewusst, mit diesen Menschen schreibst du eine Geschichte«, antwortete der Schriftsteller.

»Aber wieso hast du das alles gleich oder manchmal schon vorher gewusst?«

»Ein bisschen Phantasie und vielleicht auch ein wenig Hilfe von oben«, sagte der Schriftsteller und zeigte mit dem Finger gen Himmel. Knöpfle schnitt währenddessen seine Calzone an. Als er sich das erste Stück in den Mund schob, hellte sich sein Blick auf.

»Das nenn ich mal eine Calzone!«, rief er so laut aus, dass die Gäste um sie herum zu ihnen herübersahen.

Der Schriftsteller wollte erklären, dass manchmal aus Wirklichkeit Phantasie entstand und manchmal die Phantasie einen Streich spielte und Wirklichkeit wurde. Er wollte den Kommissar nicht verwirren und eigentlich auch Gott geflissentlich aus dem Spiel lassen.

»Und Gott?«, fragte Thomas Knöpfle. »Wie kam Gott in diese Geschichte dann auch noch hinein?«

»Das war ich nicht«, sagte der Schriftsteller schnell, »der hat sich sozusagen selbst reingeschrieben. Das kann ich hier und heute endlich mal loswerden. Mit dieser ganzen Gott-Sache hatte ich nicht viel zu tun. Ich habe es geschrieben, das stimmt. Aber das war nicht ich, der da geschrieben hat, da führte mir sozusagen ein anderer die Feder.«

Thomas Knöpfle schüttelte den Kopf und lachte. Sollte er, konnte er glauben, was ihm der Schriftsteller da erzählte?

Glaub es nur, dachte Gott im Himmel. Das war schon er gewesen, der diesen Schriftsteller auf den richtigen Schreibweg gebracht hatte. Warum auch mal nicht? Schließlich war er Gott und konnte solche Dinge tun. Es hatte ihm einen ver… Spaß gemacht, in dieses Spiel mit einzusteigen. Sollte der doch mal, hatte er gedacht. Vielleicht wäre das ein Weg zu den Menschen, zum Glauben. Nicht unbedingt an ihn, aber an sich selbst und das eigene Denken, Fühlen und Leben. Vielleicht hatte er einen Traum gehabt, einen Traum, dass Menschen auf diese Weise erleben konnten, was wichtig war in ihren Leben. Auch, dass es Fehler gab, zu denen man stehen musste, und dass Liebe nichts war, das einfach so vom Himmel fiel. Ein Spiel, ein Versuch. Er lächelte. Es waren nicht unbedingt die großen Worte, Werte und Begriffe, die seine Welt weiterbringen würden. Es könnte ein kleines Wort, eine Geste oder eine Tat sein. Wie im Kleinen da drunten geschehen, dachte Gott. Es ging. Er war zufrieden. Das Spiel war ernst geworden und damit auch ehrlich und wirklich. Er hatte den Pfenningern gezeigt, wo der Barthel den Most holte, nun sollten sie damit klarkommen und weiterleben. Er würde da sein, wie immer. Wie ewig. Das war der Lauf der Welt, den er begleiten durfte. Auch wenn er kein Handelnder war, hatte er doch getan, mitgemacht, mitgespielt und ein wenig geschubst. Aber da war keine Reue, es war an der Zeit gewesen, einen solchen Ansatz zu unterstützen.

Jetzt wollte er sich wieder seiner Arbeit widmen. Diese Überarbeitung des Neuen Testaments machte ihn noch wahnsinnig. Es war zum Aus-der-Haut-Fahren. Da hatte sich der Filius dermaßen in einen Rausch geschrieben! In manchen Passagen wusste er nicht, schaute er nun »Jäger des verlorenen Schatzes«, oder wollte da einer was aus seinem Leben erzählen?

Das tat der Schriftsteller. Thomas Knöpfle hörte ihm gespannt zu. In Pfenningen hatte also dieses Spiel begonnen. Dort waren seine Fälle, die ersten und weiteren Fälle des Thomas Knöpfle passiert. So war das erste Buch entstanden. Und so würde auch bald das zweite entstehen, wenn es auch noch nicht einmal fertig geschrieben war.

»Was war es jetzt wirklich? Nur ein Spiel?«, fragte Knöpfle den Schriftsteller.

»Nicht ganz«, antwortete der, »ein wenig Ernst gehört in jede gute Geschichte, siehe Hans Bremer!«

Der Kommissar nickte. Der einzig wirklich Schuldige tat nun Buße im Norden Italiens. Würde er den ehemaligen Bürgermeister jemals wiedersehen?, fragte er sich.

»Der kommt schon mal wieder«, erriet der Schriftsteller seine

Gedanken. Sollte er dem Kommissar sagen, dass er sich bald, gleich nach seiner Rückkehr nach Pfenningen, an nichts mehr würde erinnern können? Er würde ein Buch lesen, das viel Ähnlichkeit mit den Vorgängen in Pfenningen hatte. Mit zwei Kommissaren, einem Alfred und einem Frieder, einer Klara und einer Barbara. Alle würden sie darin vorkommen und sich wundern. Aber sie würden sich auch fragen, wo denn dieser Hans Bremer abgeblieben war. Irgendwann würde Luise wohl eine Notlüge erfinden, dass der Hans ausgewandert war oder irgend so etwas.

»Und weiter, Bernd, wie?«, fragte der Kommissar sein Gegenüber.

»Ich bleibe und schreibe. Du, Thomas, wirst gehen«, sagte der Schriftsteller, »so geht diese Geschichte.«

»Was wirst du schreiben?«, fragte Thomas Knöpfle und nippte an seinem Espresso.

»Weiß ich noch nicht. Vielleicht eure Zukunft. Ich muss euch danken, euch allen. Durch diese erste Geschichte, dieses Spiel, habe ich mich selbst gefunden. Habe entdeckt, dass ich kein Spiel brauche, keinen helfenden Gott. Eine Geschichte kann aus sich selbst, von einem wie mir geschrieben, gut sein. Kann Menschen unterhalten, lachen lassen und Probleme aufarbeiten. Das ist die Kraft der Geschichten. Das ist auch ein bisschen Gott. War er vielleicht deshalb bei mir?« Der Schriftsteller schaute Thomas Knöpfle fragend an.

»Keine Ahnung«, sagte der, kurz angebunden, weil er immer noch über die Worte des Schriftstellers nachdachte.

»Find ich aber gut, schreib weiter, Bernd. Mal sehen, ob wir uns wieder einmal treffen«, sagte Thomas Knöpfle und verlangte nach einem Grappa. Er wollte Schwere, Ruhe vor dem Schlaf. Dann wollte er einen neuen Morgen und einen Anfang, der Klarheit versprach. Der Schriftsteller trank gern noch einen mit. Sie saßen gemütlich auf ihrer Terrasse und blickten über die Bucht auf die Amalfiküste. Nur aneinandergereihte Lichter ließen den Verlauf der Küste erkennen. Es war eine wunderbar klare Nacht. Droben am Himmel leuchteten die Sterne. Beide Männer schauten eine Weile nach oben und wunderten sich über die zahlreichen Sternschnuppen.

»Ob er uns zusieht?«, fragte Thomas.

»Sicherlich«, antwortete der Schriftsteller. Beide mussten bei dem Gedanken schmunzeln.

Als der Kellner mit dem Grappa kam, blieb er am Tisch stehen.

Die beiden Männer schauten auf. Der Mann war vielleicht Mitte sechzig und eine stattliche Erscheinung.

»Ich bin Claudio, der Wirt«, sagte er.

Der Schriftsteller und Thomas Knöpfle staunten nicht schlecht. Der Wirt stellte die beiden Grappagläser vor die Männer auf den Tisch.

»Einen schönen Gruß von Maria«, sagte er dazu.

»Sie können aber recht gut Deutsch«, meinte der Schriftsteller.

»Maria mi ha detto solo queste due frasi al telefono«, sagte Claudio und nickte den beiden zu. Dann ging er.

Die beiden Männer schauten sich erstaunt an.

»Maria hat ihm nur diese beiden Sätze auf Deutsch am Telefon gesagt. Er hat sie auswendig gelernt«, erklärte der Schriftsteller. Er hob sein Glas. Als sie sich zuprosteten, wehte der leichte Abendwind das Klingen der Gläser in die stille Nacht.

»Was wohl der Albtrauf macht?«, sagte der Schriftsteller.

»Habe ich auch gerade gedacht«, antwortete Thomas Knöpfle und lächelte.

Epilog

Wieso lächelt der jetzt?, fragte sich der Schriftsteller, als er ins Gesicht von Thomas Knöpfle sah. Der Albtrauf, die Schwäbische Alb, das war seine und dessen Heimat. Wie groß war diese Verbundenheit? Wieso ist Mensch so verheimatet?, fragte er sich. Aber dass der Kommissar lächelte, ließ ihn denken. Sollte der schon lächeln können?, fragte er sich. Denn wo ging sein eigener Weg hin? Vielleicht würden sie noch ein Stück Weg weiter zusammen gehen. Der Thomas Knöpfle würde doch nach Stuttgart gehen wollen, müssen oder dürfen. Würde er den Schritt tun? Vielleicht, dachte der Schriftsteller, vielleicht würde er diesen Schritt gemeinsam mit dem Kommissar tun. Er könnte sich vorstellen, dass der Litauer inzwischen einsaß. Die Sache in Pfenningen war erledigt. Spielende.

Das Häuschen in den Weinbergen war vielleicht zu haben. Geld hatte er, nicht gerade sehr viel, aber vielleicht doch genug, um dieses Häuschen zu kaufen. Dann würde er vielleicht über ihn schreiben, über den Thomas Knöpfle, der als Sonderermittler auf der Schwäbischen Alb unterwegs war. Ein Spaß würde das allerdings nicht mehr sein. Dann wäre der konfrontiert mit richtigen Verbrechen, deren Auflösung er zu meistern hätte. Wer weiß, dachte der Schriftsteller, das könnte passieren. Wäre eine schöne Sache, so ein Kommissar bei seinen Einsätzen auf der Schwäbischen Alb. Das würde auch ihm Spaß machen, gerade mit diesem Typen von Kommissar. Wollen sehen, sagte der Schriftsteller vor sich hin und suchte die Nummer des Immobilienmaklers raus.

Danksagungen

Ich danke meiner Familie dafür, die gute und liebe Grundlage zu sein, auf der ich schreiben kann.

Für sein kritisches Lesen bin ich Jochen Bäuerle zu Dank verpflichtet. Er hat maßgeblich durch sein positives erstes Urteil dazu beigetragen, dass ich an dieses zweite Buch glaubte. So glaubte wohl auch der Emons Verlag, der auch die »Butterbrezel« veröffentlichen »wollte«.

Dann gilt mein Dank meiner Lektorin Susann Säuberlich, die sich viel Mühe machte, ohne Vorkenntnis des ersten Bandes, Fragen zu stellen, Unstimmigkeiten auszumerzen und Anmerkungen zu geben, die sehr hilfreich in der Korrektur des Manuskripts waren.

Wie immer hatte ich einige Testleser und auch Freunde, die sich die Geschichte hin und wieder anhören mussten. Beides ist für mich unheimlich wichtig. Daher geht mein Dank auch an Jutta und Eddy, Mathi und Erwin, Petra, Annette und Christian, Brigitte und Peter und an Jürgen. Vielen Dank auch an Claudio für die entscheidenden italienischen Sätze!

Ich danke den Einwohnern von -ingen und -lingen für ihre Mithilfe auf vielerlei Art und Weise. Es war schön, so viele gute Rückmeldungen zum ersten Buch zu erhalten. Das ist schon so was mit der Vergangenheit. Da sind Menschen, die einem aus einer gelebten Zeit in die Feder fließen, und plötzlich sind sie da.

Ein besonderer Dank geht diesmal an meinen Schulkameraden Dietmar Nägele, denn er war es, der in einer Sportstunde damals einen Mitschüler in der Weise aufgefangen hat, wie ich das in diesem Buch eingebaut habe. Allerdings, wohlgemerkt, ohne den Kuss. Den habe ich dazuerfunden. Das sind dann eben die berühmten Geschichten, die tatsächlich das Leben schreibt!

Seid alle herzlich gegrüßt

Bernd Weiler

Das göttliche Nachwort

Es reicht mir langsam mit diesen Nachwörtern. Freilich, ich war auch bei diesem Buch wieder dabei. Obwohl ich anfangs so meine Vorbehalte hatte, muss ich doch sagen, es wurde wieder was. Schön war es für mich, mal in den Metzinger Weinbergen zu sitzen und diese Metzinger Hofsteige zu trinken. Das war ein ganz tolles Erlebnis, gerade für mich als Gott. Gut ist es, dass der Schriftsteller nun mehr zu sich selbst gefunden hat. Das schätze ich am Menschen, wenn er diesen Weg geht. Zu viele sehen sich die Augen platt oder rennen sich die Köpfe ein, anstatt in sich selbst zu suchen und zu finden.

Mein kleiner göttlicher Eingriff sei mir verziehen. Das musste einfach sein, und es macht halt so viel Spaß! Die Welt wird sich trotzdem weiterdrehen. Ich werde bleiben, bis an ein Ende, das es nicht gibt. Denn es werden immer Menschen sein, und es werden Geschichten sein bis in alle Zukunft. Nur eines: Die Menschen und die Geschichten müssen gut sein, dann klappt's.

Euer Gott

Nachwort des Herausgebers/des Verlags

Wir haben diesmal nicht viel nachzuworten. Das erste lief recht gut, warum sollten wir dieses zweite Buch, die »Butterbrezel«, nicht machen? Wie immer haben wir mit all dem, was drinsteht, nichts zu tun, haben, sozusagen, keine Ahnung, sind aber froh, wenn es dann gekauft wird. Wir sind trotzdem guter Dinge und freuen uns auf die Einnahmen. Unser Dank gilt dem Autor, der auf seine ganz subtile Art im Vorwort auf das erste Buch hingewiesen hat. Auch allen beteiligten Personen und Wesen wollen wir natürlich danken. Zuvörderst Gott. Dir Dank, mal wieder. Dem Kreuzfahrtunternehmen, dass zumindest unser Schiff nicht unterging. Allen genannten Autohäusern und sonstigen Herstellern, wie etwa Bäckereien, die erwähnt worden sind. Auch, und das muss deutlich von unserer Seite hier geschrieben werden, der evangelischen Kirche, dass sie uns ihre Kirchvorderen ohne Honorar zur Verfügung stellte.